古事記学者《コジオタ》ノート

三浦佑之
Sukeyuki Miura

神話に魅せられ、列島を旅して

青土社

はじめに

　わたしはとりあえず、古代文学・伝承文学を専攻する研究者の看板を掲げており、今までは、古事記や風土記、日本霊異記、そして遠野物語や昔話などに関する、どちらかといえば専門的な性格をおびた本を出してきた。ただし、謹厳な研究者とは違って、うさん臭い古老が語る古事記の口語訳なども出しているが、それさえもわたしとしては専門の立場からの仕事だと認識している。

　それに対して、ここにデビューすることになった一冊は、エッセイ集というような位置づけの本であり、わたしにははじめてのジャンルへの挑戦である。とは言え、収載したのは、さまざまな機会にさまざまな媒体から依頼を受けた書きもので、わたしの専門分野につながっているのは隠せそうにない。しかも、読んで楽しいエッセイを書くというセンスに欠けるわたしの文章だから、堅苦しかったりわかりにくかったりするかもしれない。それでもあえて、気ままなかたちで一冊の本を仕上げてみたいという夢があり、それを実現させたのが本書である。

　ただし、なんでもいいから書いたものを流し込んだというような安易な本ではない。そのほとんどはここ十数年のうちに書いた文章であり、そのなかから本書に合うものを厳選したのである。それゆえに、三幕からなる全体の構想はかなり計算されており、文章と文章とのつながりにも、それなりの工夫と連想がはたらいている。おそらく、一本読むと次の文章が読みたくなってしまうはずである。また、発表当時のままのようでありながら、それなりの推敲はおこなっており、読んでいただくとわかるのだが、ざらついたりぎくしゃくしたりしたところがないように心がけた。それでいて、心に残る何かが感じられる、そんな本に仕上がっているはずである。

第一幕では、古事記は今、どのように生きてあるのかということを紹介している。その享受の広がりのなかに、古事記のおもしろさと真のすがたが見いだせるように。

第二幕では、おもに古事記と遠野物語とにかかわる外歩きを中心にしてまとめた。フィールドワークの楽しさを味わっていただけるとうれしいと思って。

というような説明をするまでもなく、お読みいただくとすぐわかるが、やはりこの本にも古事記と遠野物語がしきりに顔を出す。結局のところ、お前の居場所はそこしかないのだと思われるかもしれない。しかし、いつものわたしではないことは、お読みいただければすぐ了解していただけるはずだ。

どこが違うか、それはここには、いささかなりとも、揺らぐ社会とのかかわりや、今わたしが生きる「ここ」を書いておきたいという思いが窺える文章を並べているところである。

それがもっともよく表れているのは、第三幕だと思う。ここには、その時々の時事ネタをを取りあげて、少しばかり厭味を言ってみたりした文章を並べている。それゆえにとくに、わたし自身の素の部分が出てしまったり、筆が滑ってしまったりしたところもあるのではないか。

それらのうちのどこかに癪に障る文章が混じっていたとしても、あちこちを行き来しながら書きためた備忘録が、春の空っ風に吹きあげられて散らばってしまったのだなと、鷹揚な慈悲心で受け入れてくださらんことを。木戸銭分の読みごたえはあると思うので。

古事記学者《コジオタ》ノート　目次

古事記学者《コジオタ》ノート

神話に魅せられ、列島を旅して

言い訳のある凡例

＊内容に関して、初掲のままに大きな改変は加えていませんが、全体の流れやバランスを考慮して表現を整えたり文章を加減したりしています。漢字表記については統一を心がけましたが、執筆時期に違いがあり、かならずしもきれいにそろっているわけではありません。

＊時点の表示は初掲時を基準にしていますが、一冊にまとめるに際して、違和感が生じないような処理をほどこし、紛らわしい場合には、（　）内に年数を注記するなどしました。

＊人名や書名などを含めて、常用漢字はすべて新漢字で統一することにしました。池沢さんや国男さん、そして国王さんや文芸春秋さん、どうぞお許しくださいい。漢字なんて記号だから簡略なのがいちばんと思ったものですから。ふだんはそうでもないのですが、なぜか今回は。

＊人名に敬称を付けているところと付けていないところがありますが、初掲誌・紙の性格や文章の流れに従ったもので、とくに意図はありません。本書でもあえて統一はしませんでした。

＊頻出する書名（古事記と遠野物語）およびその周辺の古典については、煩雑さを避けるために『　』を省略しました。

第一幕

吹きかえす　神話再生

1　まんが・小説に描かれた古事記

手塚治虫『火の鳥』（角川文庫、一九九二年）

歴史とは何か。古事記や日本書紀などを研究対象とするわたしは、いやでも歴史書に記述された「真実」について考えさせられる。

たとえばヤマトタケルだが、古事記の倭建命《やまとたけるのみこと》は父オホタラシヒコ（景行天皇）に疎まれ遠ざけられてさすらう御子、日本書紀の日本武尊《やまとたけるのみこと》は父天皇の命令を受けて忠誠を尽くす皇子として描かれる。どちらのヤマトタケルも戦いの果てに客死し、魂は白鳥になって飛び翔る。その結末は同じだが、キャラクターとしてはまったく別人である。常陸国風土記のヤマトタケルに至っては、「倭武《やまとたける》天皇」と呼ばれ、悲劇的な性格などまったく感じられないばかりか、后《きさき》とともに常陸の国を巡り歩く天皇として描かれる。

なぜ、同じ人物の事績がこうも違うのかと問われたら、だれが、だれのために書いたかによって、歴史はまったく別ものになってしまうからだと答えるしかない。そのことがよくわかっていた手塚治虫は、クマソ征伐について次のように述べている。

「もしクマソのだれかが／当時のクマソの記録を／書き残したとしたら／古代日本の歴史は／かなり変わっていたかもしれない（略）クマソ側から見れば／ヤマト王朝のクマソ征伐は／あきらかに侵略ということが／できたろう」（角川文庫版『火の鳥　ヤマト・異形編』　なお、／は改行の位置）

だから、「ヤマト編」に描かれるクマソ征伐の物語は、徹底的に川上タケル（日本書紀に基づいたクマソの首領の名）に寄り添って展開する。そして、そうであるがゆえに、古事記や日本書紀をリライトしただけの、そこいらの漫画「日本の歴史」のような読み捨ての学習教材ではない、手塚治虫の歴史観が横溢する作品として、わたしたちは『火の鳥』に引き込まれてしまうのである。

このように書いたからと言って、わたしは手塚マニアではないし、漫画に詳しいわけでもない。数か月前、書店に並ぶ『火の鳥』がなつかしくて第一巻「黎明編」を手にしたら止められず、未来編・ヤマト編・宇宙編・鳳凰編・復活編・羽衣編・望郷編・乱世編・生命編・異形編・太陽編と続く、手塚の死によって未完となった作品の既刊分を、つい先日やっと読み終えたところである。後半の何編かは、今回はじめて読んだ。

そのわたしが訳知り顔で言うのはおこがましいが、『火の鳥』は、過去と未来とを交互に描きながら近づいてゆき、最後は現代で連接するという構想だったらしい（「太陽編」でその構想は崩れているが、これが新たに構想された完結編とも読める）。そして、凡百の歴史の書にはない本書のすごさは、未来をも描いているところである。それはまるで予言書のごとくに存在するのだが、ちっとも嘘っぽくないのは神の仕業のゆえか。『鉄腕アトム』によってわたしたちが手塚から教えられたロボットとともにある未来の生活が、『火の鳥』の諸編では、生と死や愛と憎しみに向き合いながら展開する。そのために、歴史としてのリアリティを感じることができるのだ。

過去を描いた諸編においては、正史とされる権力の側の歴史、国家の歴史は徹底的に否定され、殺されてゆく者たち、虐げられる人びとの歴史が再現される。そこには実在の人も架空の人もいるが、どの登場人物も存在感に溢れている。橘諸兄《たちばなのもろえ》も吉備真備《きびのまきび》も、正史より「鳳凰編」のほうが真実に近いかもしれないと思ってしまうし、とても嫌な奴として描かれた源義経も、なるほどそうだと思いながら「乱世編」にのめり込んでしまう。

その一方で、義経にいいように使われる弁太（モデルは弁慶）の一途さ、彼のまわりにいる孤児や兵士たち、弁太が慕い続ける「おぶう」や妻の「ヒノエ」ら、名もない人びとに対する手塚の視線は、過去の諸編においても未来の諸編においても、いつも温かく切ない。名作のほまれ高い「鳳凰編」に登場する茜丸《あかねまる》と我王《がおう》との葛藤や両者の生き方には、共感を超えた畏れさえ感じてしまう。その背後に、変転し時間を超える生命という手塚のモチーフが潜んでいるからよけいに。

（原題「手塚治虫「古代史のリアリティ」『火の鳥』」『文芸春秋』二〇〇九年六月号、文芸春秋、二〇〇九年五月）

こうの史代『ぼおるぺん古事記』全三冊（平凡社、二〇一二〜一三年）

ある言語で表現された文章を別の言語に移すことを翻訳と呼ぶ。そして、この語はtranslationの訳語らしいのだが、それは、言語間の移し替えだけではなく、古典を現代語に訳す場合も、メディア・ミックスというおしゃれなことばで宣伝される音声や映像への変換も、広義には翻訳と呼んでいいのではないかと思う。

そして古事記の場合、まんがへの翻訳は、たいそう興味ぶかく可能性にあふれた作品を創りだせる原作だということを、こうの史代氏の『ぼおるぺん古事記』全三冊に出会って気づいた。もちろん、それはこうの氏の作品の完成度が高いという理由が大きいわけだが、一方で古事記という作品の文体や題材に起因するところもあるのではないかと思う。

描写しない文体

作家の池沢夏樹氏による古事記の現代語訳（『日本文学全集01　古事記』河出書房新社、二〇一四年）が出たとき、池沢氏と対談する機会があった。そこで池沢氏が、古事記の文体について、次のように述べていたのを、今もよく覚えている。

　ぼくの印象では、「神話・伝説」の類はずいぶん速い文体なんです。たとえば『源氏物語』などは、ゆったりとした文体で、微妙な心理の綾や、感情のもつれを丁寧に追いかけていきます。でも古事記はそんなものは何にもなくて、会ったと思ったら惚れて、寝て、あるいは争って、そして殺す、という風に話がテンポよく進む。そのスピード感を壊さないようにと、言葉をなるべく補わないようにしました。（「いまなぜ古事記を新訳したのか」『文芸春秋』二〇一四年一二月号）

速記者や編集者の手が入っている文章なので、池沢氏の発言のままではないが、わたしは、池沢氏が古事記の文体を「はやい」ということばで説明したのを聴いて、とても感心したのである。

池沢氏によれば、古事記には三種類の文章、いわゆる「神話・伝説」を記述する文章、神や人の「系譜」を記述する文章、そして「歌謡」の文章が混在し、それがモザイク状に構成されており、そのうちの「神話・伝説」を語る古事記の主体部分について、「ずいぶん速い文体」だと感じたというのである。

たしかに、池沢氏のいうように、散文部分は、まったくそっけなく筋を叙述するだけで古事記は展開する。そして、それを補うようにして、挿入された歌謡が「微妙な心理の綾や、感情のもつれ」を描こうとしているというふうに説明することはできるが、そうした説明が通用するのは中巻や下巻の人びとにかかわる伝えであって、上巻の神話においては、歌謡はほとんどなく、あっても役割は違っている。

池沢氏の発言を参照しながら極端な言い方をすれば、古事記というのは描写しない文体と呼べるような特徴をもつ作品なのである。そして、そこのところに気づいて作品を構想したのが、こうの史代氏の『ぼおるぺん古事記』であり、その結果、たんなる学習まんが的な筋を追うだけの作品ではない、独自の境地を切り拓く作品が完成したのではなかろうか。

そのあたりの事情を、こうの氏は、「あとがき」のなかで次のように述べている。

> 岩波文庫の「古事記」に出会ったのは、二十年近く前です。
> 現代語訳はそれまでもいくつか読んでいました。個性豊かな神々のあっさり無情な物語に、いつだってわたしは夢中でした。
> しかし、初めて見た訓《よ》み下し文は、擬音や神々の名前までもが立体的に物語を構成していて、見た事もないほど鮮烈で奇想天外でした。そしで初めて見た原文は、「記す」喜びにあふれていました。
> 漫画になるのを待っている！　と感じました。
> だって、漫画にはサイレントという絵のみで展開させる手法があるのです。文字を使わず意味を伝えられるのだから、古文が付いたからって読めなくなる筈がないのです。

こうの氏が選択したのは、原文の変体漢文（倭文体）を訓み下しにした訓読本文であった。それは、池沢氏のことばによれば、「はやい」文体であり、現代人にとっては理解しづらいところの多い文体であった（池沢氏の場合は、脚注を付けることによって意味を補っている）。ところが、ことばなんてなくても何とかなるのがまんがであった。絵に語らせることによって、文体のわかりにくさは補われ、サイレントな絵が、ふくらみをもった語りを可能にする。もしこれが、説明的な現代語で記されていたら、『ぼおるぺん古事記』がもたらすことになった鮮烈さは影を潜めてしまったに違いない。

絵のもつ力

例としてはどこでもよい、ページを開いて添えられた文章を読んでみる。たとえば、スサノヲ（須佐之男命）が高天の原を追放される部分をみると、古事記の訓み下し文では、次のようになっている。こうの氏の訓読本文は、なぜか「丸山二郎『標注訓読　古事記』（吉川弘文館）、西郷信綱『古事記注釈』（ちくま文庫）を参考にしながら、適宜、変更を加えている」（各冊の奥付注記）ということで、現在の一般的な訓みとは違うところもあるが、そのままにした。また、作品のなかでは句読点は用いられていないが、コマの変わり目に便宜的に読点をほどこした。

是《ここ》に八百万《やほよろづ》の神共に議《はか》りて、速須佐之男命《はやすさのをのみこと》に千位置戸《ちくらおきと》を負《おほ》せ亦《また》鬚《ひげ》を切り手足の爪を抜《ぬ》かしめて、神《かむ》やらひやらひき。

この文章に対応する「絵」は、第一冊「天の巻　天地創生」の「その八　ゐらぐゐらぐ」の最後の一ページ（七コマに分割）を用いて描かれている。そのなかの最後の四コマ、神がみに礫もて追われるスサノヲが高天の原をふり返るアップの顔、そして雲の上から心配そうに見下ろすアマテラス（天照大御神）の顔のアップ、その次には戻ろうとするアマテラスのうなだれた後ろ姿があって、最後に地上への通路を歩くスサノヲの後ろ姿が高天の原から見下ろすかたちで描かれている。

この場面のこうの氏の解釈が、古事記という作品の読みとして妥当か否かについては意見はあろうが、この場面をこうの氏がどのように読み、アマテラスとスサノヲとの関係をどのようにとらえようとしているかはよくわかる。おそらく、それが翻訳なのだし、ここに示されるある種の余韻は、こうの氏の古事記解釈によってもたらされたもので、絵でしか表わせない、あるいは絵であるからこそ表わすことのできた場面だと思う。その解釈は、第三冊末に添えられた「付録」のなかの、「おとうと」という短い作品によく示されている。

こうした場面は、全三冊のいたるところから読み取ることができる。たとえば、第二冊「地の巻　出雲繁栄」の、稲羽の国から連れてきたヤガミヒメ（八上比売）が、正妻スセリビメ（須勢理毘売）の嫉妬に困惑し、生んだ子を木の俣に挟んで国に帰ってゆく場面、第三冊「海の巻　天孫降臨」における、コノハナノサクヤビメ（木花之佐久夜毘売）が火の中で子を生むシーンについて、古事記本文の描写と、描かれた絵とを読みくらべてみればいい。

そして気づかされるのは、絵のもつインパクトである。文字にくらべて圧倒的な情報量をもち、見る者の網膜に焼き付けられる。原文にしろ訓み下し本文にしろ現代語訳にしろ、文字を読む場合には、想像力を駆使して行間から引き出さねばならない情報を、絵は的確に浮かびあがらせる。それは作者のイメージをあまりにも明確に描き出してしまうゆえに、読み手のがわの想像力を抑圧してしまうという批判も出るかもしれない。しかし、翻訳という視点で考えれば、どのように元の作品をわかりやすく語りなおすかという点において、まんがは、すぐれた手段であるということを教えてくれるし、描写しない文体をもつ古事記という作品に対しては、きわめて有効だということを気づかせてくれるのである。

わたし自身のことをいえば、以前、とても饒舌でいささかいかがわしい古老が語り伝えるお話として、古事記を口語訳したことがある（『口語訳 古事記』文芸春秋、二〇〇二年）。それは、古事記というのは元は音声をもって語り伝えられていたとわたしが考えているからである。専門的な語りの徒が抑揚やリズムをともなう音声によって語るという場を想定することによって、「文字」では再現しえない音声の「語り」がもつ叙述性の一端をつかめるのではないか、そのようなことを考えていたために、饒舌に説明してみせる古老を語り手として置いてみたのであった。

それに対して、先にふれた池沢夏樹氏の現代語訳は、古事記を撰録したとされる太朝臣安万侶《おおのあそみやすまろ》の視点で訳されているから、まさに「はやい」文体が踏襲されているのである。

文体の問題をこのように理解することで、わたし自身がこうの史代氏の作品『ぼおるぺん古事記』に共感する理由を、改めて納得した次第である。

想いをよせる「彼」

『ぼおるぺん古事記』はもとはWEB連載されたのだが、印刷刊行される段階で三分冊し、第一冊を「天の巻 天地創生」、第二冊を「地の巻 出雲繁栄」、第三冊を「海の巻 天孫降臨」と名づけている。この命名はなかなか巧みで、古事記神話の内容を的確に表現している。しかも、その全体を二六の章段に分けて、「なれりなれり」から「ことごと」まで重ねことば（畳語）による章段名を付している（重ねことばになっていない場合がいくつかあるが）。そして、重ねことばのすべてがオノマトペ（擬声語・擬態語）というわけではないが、意図的に同一の単語をくり返すことによって、あたかも「語り」であるかのような印象を与えてゆく。そこから、神話のもつ躍動感や音声的なイメージがかもしだされるという効果がもたらされることになった。三冊の巻名も二六の章段名も、よく考えぬかれており、古事記神話の性格が的確に把握されていることがわかるのである。

そうした、こうの氏のぶれることのない視座から読みなおされた古事記神話のなかで、第二冊「地の巻　出雲繁栄」に描かれるオホナムヂ（大穴牟遅神）からオホクニヌシ（大国主神）へと成長する出雲の神の物語に、こうの氏がどれほど共感しているかということが、読者にはよく伝わってくる。これは、わたしなども大いに共振できる読みだということを表明しておきたい。

日本書紀にはほとんど描かれることのないオホナムヂ／オホクニヌシの神話が、古事記上巻の三割以上（国譲り神話を加えれば四割超）を占めるのはなぜかといえば、古事記にとって語りたかったのは出雲世界の滅亡だったからではないかと思わせる。古事記における神話語りは、根源的に出雲への共感を潜ませて存在するといえるのではないか、わたしはそのように古事記を理解している。

そうしたことを、あまり明確に意識しない研究者や意識したくない研究者が多いなかで、こうの氏が、明確に出雲の神がみへの共感をにじませながら「地の巻　出雲繁栄」を描くのは、古事記神話とは何かということを考えるためにも重要な視点だと思うのである。古事記は天皇あるいは天皇の祖先神を讃美するために存在するというよりは、敗れていった神や人に寄り添いながら語られたのではないかと思わせるところが大きいと、わたしは考えているが（ぜひ、『古事記を読みなおす』［ちくま新書、二〇一〇年］や『古事記・再発見。』［KADOKAWA、二〇一六年］などをお読みいただきたい）、そうした立場からみて、とても共感しやすいのが『ぼおるぺん古事記』なのである。

そのことがよくわかるのは、三度目の正直のかたちで高天の原から地上平定に遣わされたタケミカヅチ（建御雷神）という神の描き方である。オホクニヌシおよびその息子二人とタケミカヅチとの関係において浮かびあがる、タケミカヅチの「ねちねち」したいやらしさは、コマの展開のさせ方からも、タケミカヅチの姿形からも十分に汲みとることができる。そして、その神のことを、巻末に置かれた「彼を追いかけて」という文章では、わざわざ「妙な者」と呼んでいる。

蛇足になるが、そのエッセイの表題に出てくる「彼」というのは、もちろんオホクニヌシのことであり、本作を連載のさいちゅうであろうか、ご夫君とともに出雲に旅した折のエッセイが「彼を追いかけて」なのである。だれでも、出雲神話を読むと出雲に行ってみたくなるものなのだ。

「天之御舎」のこと

このように述べたあとに、ひとつだけ疑問を呈しておきたい。それは、古事記の解釈に関するのだが、「その一九　いかにいかに」の最後の八頁（第二冊「地の巻　出雲繁栄」の末尾）に描かれた全二九コマである。

オホクニヌシの息子二人を降参させたタケミカヅチが改めてオホクニヌシの意志をたずねると、かれは、天空にある神殿のように自分の住まいを「治め賜はば」、自分はしずかにこもっているし、息子たちも長男を先頭にしてみな服従するだろうと述べたうえで、次のような行動に出る。わたしなりに現代語に訳して紹介する。

出雲の国の多芸志《たぎし》の小浜《おばま》に、天の御舎《みあらか》（タケミカヅチを天つ神の使いとして迎えるための館）を造って、水戸《みなと》の神の孫、クシヤタマを膳夫《かしわで》となして、伏《まつろ》いのしるしの饗《あえ》を差し上げて、祝いの言葉を申し上げることにした。そして、そのために、クシヤタマは海に潜る鵜となって海の底に潜り入り、海の底の赤土をくわえて来て、その土で八十《やそ》の平皿《ひらざら》を作り、海に生えるワカメの茎を刈り取ってきて、それを燧《ひきり》の臼に作り、また、ホンダワラの茎を燧の杵《きね》に作り、新たな火を鑽《き》り出して、オホクニヌシはあらためて誓いの言葉を唱え上げた。

「この、わが鑽れる火は、高天の原においては、カムムスヒの祖《おや》神様が、ひときわ高くそびえて日に輝く新しい大殿に、竈《かまど》の煤が長く長く垂れるほどに焚き上げられるがごとく、いつまでもいつまでも変わらず火を焚き続け、地《つち》の下はというと、土の底の磐根《いわね》までも焚き固めるほどに、いつまでもいつまでも変わらず火を焚き続け、また、強い縄の、千尋《ちひろ》もの長い縄を長く遠く延ばし流して、海人《あま》が釣り上げた、口の大きな、尾も鰭《ひれ》もうるわしいスズキを、ざわざわと海の底から引き寄せ上げて、運び来る竹の竿もたわみ撓《しな》うほどの大きなスズキを、おいしいお召し上がり物として奉ります」

(原文＝於出雲国之多芸志之小浜、造天之御舎而、水戸神之孫、櫛八玉神、為膳夫、献天御饗之時、禱白而、櫛八玉神、化鵜、入海底、咋出底之波迩、作天八十毘良迦而、鎌海布之柄、作燧臼、以海蓴之柄、作燧杵而、鑽出火云、「是我所燧火者、於高天原者、神産巣日御祖命之、登陀流天之新巣之凝烟之、八拳垂麻弖焼挙、地下者、於底津石根焼凝而、栲縄之千尋縄打延、為釣海人之、口大之尾翼鱸、佐和佐和迩、控依騰而、打竹之登遠々登遠々迩、献天之真魚咋也」)

『ぼおるぺん古事記』ではこの場面、想定された出雲大社の高層神殿が描かれ、そこにタケミカヅチを迎え、服属儀礼としての饗応をするさまが描かれている。しかし、原文「天之御舎」はオホクニヌシがこもると誓った出雲大社（杵築《きずき》の大社《おおやしろ》）のことではなく、タケミカヅチを饗応するための迎賓館であり、それを多芸志の小浜に建てたと解釈すべきなのである。

研究者のあいだでも意見の一致をみない箇所なので、こうの氏の解釈を批判するつもりはまったくない。ただ、この場面における、出雲大社がどのようないきさつで建てられ、タケミカヅチとオオクニヌシとのやりとりをどう解釈するかは、古事記を理解するうえできわめて重要な問題であるゆえに、よく読めていない研究者に向けてわたしとしては発言しておきたいのである。

わたしは、出雲に建つ高層神殿はもともと出雲のがわが自ら建てたもので（根の堅州《かたす》の国における最後の場面のスサノヲの宣言を読むべし）、その修繕と管理（祭祀）をタケミカヅチを通して天つ神のがわに要求した（治め賜はば〔治賜〕）と解釈し、「天之御舎」はオオクニヌシがタケミカヅチを饗応するために建てた迎賓館だと解釈するのである。

そのように解釈しなければならない「天之御舎」での饗応を、タケミカヅチが高層の出雲大社を造ってオホクニヌシを祭るさまを語っているのだとみなすような、まったく古事記を読めない古事記研究者がいるなかで、こうの氏の読みはまことに優れているのだが、「天之御舎」の解釈だけは修正を求めておきたいということである。

おわりに少し、性と笑い

『ぼおるぺん古事記』を読むたのしみは、神がみのほんわかとした性格や穏やかな生活であり、全篇に組み込まれた笑いの要素である。ゆいいつの例外は、「ねちねち」として顎のしゃくれたタケミカヅチである。おそらくこの穏やかさと笑いは、古事記の神話が「語り」に育てられた作品であるということにかかわっているだろう。そして、こうの氏の絵柄は、その古事記神話の雰囲気を巧みに描き出しており、まったく違和感がない（これはこうの氏の他の作品『夕凪の街　桜の国』などにも共通し、氏の人柄とも関係するのだろうが）。

もし、物足りないところはあるかと問われたならば、一つだけ、古事記のあちこちにみられる性的な場面が、『ぼおるぺん古事記』ではかなり抑制されているようにみえるという点を指摘しておきたい。国生みの場面も、天の岩屋《いわや》の場面も、ヤチホコ（八千矛神）とヌナガハヒメ（沼河比売）やスセリビメによる長い歌の贈答の場面も、エロチックなやりとりが露骨に語られているわけで、そこに古事記らしさが横溢している。それをそのまま絵に描くことが必要かどうかは別に考えるとして、『ぼおるぺん古事記』の描写がいささかお上品になっているという印象は否めない。

そしておそらく、ここで述べている笑いの要素も性的なイメージも、音声による「語り」の表現が抱え込んでいるものではないかと思う。文字に移されたとたんに、その多くは消されてしまうに違いない。だからたとえば、日本書紀からは、そのような場面がすっかり消去されて見つからないのである。

第一冊「天の巻　天地創生」が出たばかりのとき、わたしは「読売新聞」に書評を書いたことがあり、生意気な言い方ではあるが、『ぼおるぺん古事記』という作品が出たことについて、「『古事記』研究が間違いない方向へ進んでいるということが確信できてほっとする」（二〇一二年六月五日朝刊）と評価した（第二冊「地の巻　出雲繁栄」の帯に引用されている）。そして、その印象は全三冊を前にした今も、まったく変わっていないということを申し添えて、まとまりのない作品論の筆を擱くことにする。

（原題「行間を描く――こうの史代『ぼおるぺん古事記』論」『ユリイカ』二〇一六年一一月号、青土社、二〇一六年一〇月）

古事記編纂一三〇〇年　関連本出版相次ぐ

大地の誕生から語り出される神がみの物語と、高天の原《たかまのはら》から降りてきた神の子孫とされる天皇たちの事績とを伝える現存最古の歴史書、今年（二〇一二年）はその古事記が編纂一三〇〇年を迎えたというので、新聞各紙をはじめ学術誌も商業誌も工夫をこらした古事記特集を組んで賑わっている。ちょうど今、書店には創刊七五〇号記念の『芸術新潮』五月号が並び、独特の切り口で古事記を紹介する。また七月下旬から一一月上旬には、島根県が出雲市を中心に「神話博しまね」という大イベントを予定し、宮崎県や奈良県も負けじと神話の国を宣伝する。

出版や観光を巻き込んで一大ムーブメントとなった古事記関連の事件といえば、一九四〇年の「紀元二千六百年」を思い出す。時代が違うと笑われるかもしれないが、へんなかたちで古事記が利用され悪の道に引きもどされてはたまらない。古事記研究に携わる者としては気を抜けないが、そうさせないためにはきちんとした情報と知識を提供することが必要になる。

古事記とはいかなる作品で、そのおもしろさをどう読みとればいいか。今までのように国家や天皇の側から読むのではなく、わたしたちの側から読むのがいい。

好都合にも、節目の年にふさわしい本が出た。『ぼおるぺん古事記』というまんがである。この作品は、ほのぼのとしたタッチで広島と原爆そして戦争を鋭く描いた『夕凪《ゆうなぎ》の街　桜の国』（双葉社、二〇〇四年）や『この世界の片隅に』（双葉社、二〇〇八年）で知られる漫画家こうの史代が古事記に挑んだ意欲作だ。こうのと古事記との組み合わせが成功している。出たのは三巻のうちの第一巻で、スサノヲのヲロチ退治神話までが収められる。登場するのは神々しくはないユーモラスな神たちで、じつにていねいに、系譜も含めて古事記の神話を忠実に追っている。しかも筋をなぞるだけではなく、こうのの解釈が興味深い。たとえば章のタイトルには「なれりなれり」「そそぎそそぎ」「すがすが」などオノマトペふうの重ねことばが用いられるが、それだけで、こうのが音や語りに耳を傾けながら古事記を読んでいることがわかるのだ。

神話を絵にするのはむずかしいと思うが、イザナキが妻を追って黄泉《よみ》の国へ行く場面に引き込まれた。スサノヲが、馬の皮を剥いで高天の原の機織り小屋に投げ込む場面では、肉のほうではなく剥いだ皮だろうと突っ込みを入れながら読む。絵があるゆえに、具体的な場面を浮かべて読めるのが楽しい。

斎藤英喜の『古事記　不思議な1300年史』（新人物往来社）は、古事記がどのように受容されてきたかを論じた類書のない研究であり、成立にかかわる斬新な視点も提起される。私も七一二年成立の根拠となる序文は疑わしいと考えているが、斎藤は、平安時代に何度も行われた日本書紀の講書（学者が解釈し講義する場）において、そのサブテキストであった古事記の起源を説くために作られた神話が、序文ではないかと言う。

その後古事記は、中世の宗教家たちの手を経て、一八世紀末に本居宣長によって表舞台へと引き出される。そうした古代から現代に至る古事記の受容史をわかりやすく理解できる貴重な本である。また同じ著者の『荒ぶるスサノヲ、七変化』（吉川弘文館）は、中世という混沌とした時代に、スサノヲという神がどのように語り変えられていったかを掘り下げている。神話の解釈は新しい神話の創造でもあったという中世への視点が刺激的だ。

敬語ばかりの現代語訳は敬遠しようとか、日本という語をくり返す入門書は避けたほうがいいとか、古事記関連本への注文はいくつもある。しかし、こうのや斎藤の本を読むと、古事記研究は間違いない方向へ進んでいるということが確信できてほっとする。

（「読売新聞」二〇一二年六月五日朝刊）

桐野夏生『女神記』（角川書店、二〇〇八年）

ヤマトの遥か南に浮かぶ小島「海蛇の島」に生まれたナミマは、姉の、生者を守護する陽の巫女《みこ》カミクゥと対になって、島人たちの死後の祭祀を運命付けられた陰の巫女だった。ところが、一六歳になったナミマは島の掟を犯し、呪われた家の少年マヒトと結ばれる。二人は島から逃げるが、小舟でヤマトへ向かう途中で出産したナミマはマヒトに殺され、黄泉《よみ》の国を司る女神イザナミに仕える巫女になった。

新・世界の神話シリーズの一冊として、ギリシャ神話とモチーフを共有する黄泉の国の神話を題材にした桐野の新作は、巫女ナミマの一人称で語られる。空間も時間も超越して異界と地上とを往き来する物語に、伝統的な「死者語り」の文体はよく似合う。たとえば、蜂になって生まれ故郷の島に行ったナミマが、自分の殺された理由を探る場面は、脱魂《だっこん》型シャーマンが神がかりしているようで生々しい。

自分の死んだ姿を見て恐れ、通路を塞いで逃げた夫イザナキへの怨みをいつまでもたぎらせるイザナミ。愛する夫マヒトが、なぜ自分を殺したのかがわからずに苦しみ続けるナミマ。子を産んだがゆえに死ななければならなかったイザナミと、子を産んだがゆえに殺されたナミマとを通して、死と生、憎しみと愛、怨みと憂えを問いながら、産む女と産ませる男とのあいだの深淵を、桐野は浮かび上がらせる。イザナミは、女神であることに苦しみがあり、暗闇に閉じ込められ、穢れていると言われた怨みは絶対に消えないと言う。

イザナミが抱き続ける憎悪を、イザナキであるわたしが理解できたと言うには後ろめたさが付きまとう。ただ、男たちの社会の平安を祈るために南の島の巫女たちが籠もる静謐《せいひつ》な聖所や、臭気ただよう暗闇に横たわる腐爛《ふらん》した女神を思い浮かべながら、巫女ナミマの死者語りに引き込まれ、安穏を揺さぶられたということだけは伝えておきたい。

（「東京新聞」＆「中日新聞」二〇〇九年一月四日朝刊）

高尾長良『影媛』（新潮社、二〇一五年）

もっとも古い来歴をもち、それゆえに使い古された「二男一女」型の恋愛譚、日本書紀の影媛《かげひめ》を題材にして小説を書こうとするのだから、作者はよほど勇気と自信にあふれた人なのでしょう。この王道パターンを使うと、話型が強固すぎるために俗っぽくありふれた恋愛小説に陥りやすいのです。それゆえに、高尾さんがどのように影媛を再生させてくれるか、題名を見ただけで興味がわきます。

そして一読、古代文学への知識の深さに三嘆しました。しかし、わたしは古代文学研究者を自負しており、この小説に関してはふつうの読者ではいられません。そのためでしょうか、読み終えたあとに作者から、「さあ、わかった?」と挑発されている気がしてお尻がむずむずします。そこで、頼まれもしないのに答案を書いてみることにしました。

……

舞台は五世紀末のヤマト。ホムダワケ（応神天皇）・オホサザキ（仁徳天皇）から始まった王権が、オホハツセワカタケル（雄略天皇）の没後、後継ぎの不在もあって求心力を失い、越前から南下したヲホド（継体天皇）を始祖とする六世紀以降の王権へと移行する、その繋ぎ目の時期に、権力争いに紛れて咲いた一輪の花、それが影媛である。影／カゲは、カカやカガと同じくかがやく意で、かげ媛とはかぐや姫と同意だから、何人もの男に言い寄られるヒロインの名にふさわしい。

日本書紀によれば、はじめ影媛は平群臣鮪《へぐりのおみしび》と恋仲であったと伝える。平群はヤマト盆地北西部を本拠とする豪族で、同盆地南西部で大きな力をもった葛城《かづらき》氏が大王オホハツセに滅ぼされて以降、大王（天皇）家に対抗する勢力になったらしい。その影媛と鮪とのあいだに横恋慕するかたちで割り込んだのが、大伴氏という軍事集団を後ろ楯にもつ皇太子ヲハツセワカサザキであった。勇猛な大王オホハツセと始祖オホサザキとを混ぜて小振りにしたヲハツセワカサザキは、妊婦の腹を裂いて胎児を取り出したり、人を木の上に登らせて下から矢で射落とすのを楽しみにしたり、とかく暴虐・奇行ばかりが目立つ天皇で、のちに付けられた漢風諡号《しごう》を武烈という。

影媛は日本書紀にしか出てこないが、似た話は古事記にもあり、大魚《おふを》という名のヒロインをめぐる、平群臣の祖《おや》志毘《しび》と御子袁祁《をけ》との争いが語られる。ヲケはヲハツセワカサザキの叔父にあたる大王（顕宗天皇）である。

日本書紀の影媛物語は、五世紀末の権力争いという歴史性を色濃く反映させているのに対して、古事記では二男一女型のストーリーに寄り添って語ろうとする。そのぶん古事記は単純にみえるが、ヲケという貴種はありふれた御曹司ではない。父を殺され、身の危険を感じて兄とともに播磨に逃げ隠れ、火焚きとして灰まみれになっていたのを、度を越した殺し合いの果てに血統が途絶えそうになった大王家の跡取りとして迎えられたシンデレラ・ボーイであり、飛びきりのヒーローである。一方の日本書紀は、古事記があっさりと語ったヒロインをクローズアップし、恋人を殺されたあとの悲哀を長編歌謡によって彩るなど、影媛を際立たせる工夫をみせる。

高尾の小説『影媛』は、日本書紀に描かれた影媛と、古事記から文字を借りた志毘とを主人公に物語を編み上げた。しかし、この若い作者は、五世紀を舞台にした歴史小説を書こうとしたわけではないはずだ。そうでありながら、鹿が群れ走る平群の山の風景を眼前に浮かばせ、海柘榴市《つばいち》での歌垣《うたがき》を彷彿とさせる、その描写の巧みさには舌を巻いた。

なかでもわたしが感嘆したのは、物部氏のむすめ影媛を脱魂型のシャーマン（作中では「巫《かんなぎ》」）に設定し、彼女のトランスを描いてみせたところである。飛翔する魂をカワセミ（翡翠）に変身させて描くのは、じつに見事だ。また、狩猟の民をイメージさせる志毘に、宴の最中に鹿を解体させ、立派な角を付けた鹿皮を被って舞わせる場面もいい。万葉集の「乞食者《ほかひびと》の詠《ながめごと》」や日本書紀の「室寿《むろほ》き」の呪詞を自在に駆使して文体が生きている。

古事記だけにやけに詳しいわたしを家族はコジオタ（「古事記オタク」の略）と揶揄するが、この作家も立派なコジオタに違いない。最初の小説『肉骨茶』は古事記から主人公の名をとる（ただし、内容は拒食症の少女・赤猪子《あかいこ》の、ごくふつうの現代小説）。

小説『影媛』に使われた表現をざっと数えてみたが、古事記・日本書紀・万葉集などを踏まえたと思われる比喩や描写が、気付いただけでおよそ八〇か所。おそらく、芥川賞の選考委員も含めて、ふつうの読者には出自不明のことばが並んでいたのではないか。しかも、それらが主題と緊密かというと、オタク趣味全開なだけではと思わせる危うさも抱え込む。それが、選考委員のひとり宮本輝の、「なにを読み手に与えようとしたのかが、まったく不明」といういささか乱暴な評にも繋がる。この小説の、「山野にのみ、王有り」はだいじな主題だと思うが、それを描く結構としては、いささか大仰すぎはしないか。

初掲誌に比すると増えてはいるが、奥泉光の選評にもあるように、「難読の漢字には繰り返しルビをふる」べきだ（初出だけでは覚えきれない）。そうしないと、読み手が試されている気分になって、読書を苦しく感じさせる（この点は最初の読者である編集者の責任が大きい）。また、目新しさを求めたはずの比喩を受けるのに、「〜様に」「〜の様な」「〜の様だ」が頻出するのには興ざめした。その数、二百余例、なにか工夫ができそうな。糅《か》てて加えて、たいそう魅力的な、影媛がカワセミになって飛ぶ場面だが、夢の部分も含めて「一人称」語りにするなど他の場面と書き分けてみたら、読み手の印象はどう変わるだろう。

今、そんなことを若い作家と語りあう、うざい編集者がいてもいいのではないか。

……

いつもの試験と同じく時間と予習が足りず恥ずかしい答案ですが、古代のことばに漬《なず》んで楽しい小説を紡いでくれた作者に、コジオタからの大いなる連帯と敬意を表します。

（『文学界』二〇一五年五月号、文芸春秋、二〇一五年四月）

2　スーパー歌舞伎　ヤマトタケル

ヤマトタケルの不良性（二〇〇五年上演）

ヤマトタケルは二人いる。古事記の倭建命と日本書紀の日本武尊、どちらもヤマトタケルノミコトと読み、オホタラシヒコ（第一二代景行天皇）の御子なのだが、この二人ほど人格を異にした同一人物をわたしは知らない。

日本書紀の日本武尊は、天皇に忠誠を尽くす遠征将軍として勇敢に戦い、従順な息子として父のために戦う。当然のごとくに、オホタラシヒコは慈愛に満ちた天皇＝やさしい父として、日本武尊をまもり続ける。ところが、古事記の倭建命はまったく別の人物として造形されている。

父オホタラシヒコから、食事をともにしなくなった兄オホウス（大碓命）を教えさとせと命じられたヲウス（小碓命、のちのヤマトタケル）は、兄が厠に入ったところを捕まえ、手足を引きちぎって薦に包んで投げ棄ててしまう。それを知った父オホタラシヒコは、わが子の凶暴さに畏れを抱き、ヲウスを、西に棲むクマソタケル兄弟の討伐にかこつけて追放する。その発端から、古事記のヤマトタケルは重いテーマを抱え込んでいる。

兄オホウスが食事の席に出なくなったのは、父＝天皇の妃になるはずの女を奪って自分の妻にしてしまったのが原因だと古事記は語っている。そこから考えると、兄オホウスはすでに結婚可能な年齢に達しており、一方のヲウスは少年だった。ちなみに、今回の舞台のように双子という設定は日本書紀をもとにした解釈である。

ヲウスは、わき上がる自らの感情や力を制御することができない。そして、それこそが少年であることの証しである。兄オホウスの四肢をバラバラにしてしまうのも、よく熟れた瓜を切り刻むようにクマソタケルを斬り殺してしまうのも、ヲウスが少年だからである。もちろん、魂の入れ物である肉体を破壊することで死者の再生を防ぐという古代的な意味もあるが、物語としてみれば、少年性の象徴である「横溢する力」を際立たせようとする語り口である。したがってこれは少年英雄を語るためのパターンなのだが、そのパターンは、時に過剰な逸脱をみせることがある。

クマソタケル兄弟を倒したヤマトタケルは、熊曽《くまそ》の国から出雲の国に巡り、その地の勇者イヅモタケルと友の契りを交わしたうえで水浴びに誘い、だまし討ち同然の手口で殺してしまう。ここまでいくとあまりに凶暴すぎて共感しにくくなるためか、今回の舞台でもイヅモタケル殺しは省略されている。ところが、ヤマトにもどったのち、ふたたびオホタラシヒコによって都を追われて東に向かったヤマトタケルからは、暴力的な性格が消えて、代わりに恋物語などが入ってくる。それはヤマトタケルが少年から大人になったことを示す変化だといえよう。

いつの時代も、古事記に語られているヲウスのような、横溢する感情や腕力を制御できないままに、少年たちは生きる。古事記では、スサノヲやヤマトタケルがその典型である。そして、このふたりが時代を超えて魅力的なのは、父との対立をはらんで苦悩するところではないかと思う。父と娘、母と息子のように異なる性をもつ親子が親和的な関係に置かれるのに対して、父と息子、母と娘のように同じ性をもつ親子が対立的な関係を生じやすいのは、いつの時代も変わりがないらしい。

古事記に語られるヤマトタケルは、唐突な比較と思われるかもしれないが、アメリカ映画の傑作『エデンの東』（エリア・カザン監督、一九五五年）におけるジェームズ・ディーンと同じだ。彼が演じたキャル（ケイレブ）と父アダムとの関係、あるいはキャルと兄アロンとの関係は、そのまま、ヲウスと父オホタラシヒコ、ヲウスと兄オホウスとの関係に置き換えることができるからである。

今となっては遠い想い出だが、中学生から高校生にかけての数年間、わたしは父とことばを交わした覚えがない。おそらく、父と対立することが自分が自分であることの証しだったのだと思う。ところが今、学生たちに聞くと、反抗期のころもけっこう父親とうまくやっていたらしい。かく言うわたしにも成人した息子がいて、彼が中高生の頃、対立したりけんかをしたりした記憶がない。仲良くやっていたかどうかは別にして、わたしが父親に接したように、息子はわたしを拒絶してはいなかった。こんなことを言うのは、わたしがいい父親であるということを言いたいからではない。むしろ、逆である。大きな存在である父と対立することで、子どもは成長できるのだ。

古事記が今日的な価値をもつのは、たとえばヤマトタケルの物語が今まさに切実な問題としてある親子や家族の関係を突きつけてくるところであって、けっして現存最古の歴史書だからではない。おそらく、スーパー歌舞伎「ヤマトタケル」が再上演されるのも、古事記に、今も古びない魅力があるからに違いない。

客席に座わり華麗な宙乗りの技を見つめながら、白い鳥と化したヤマトタケルがどのような思いを胸に翔り飛んでゆくのか、あらためて思いをめぐらしてみたい。

（原題「ヤマトタケルの不良性」『スーパー歌舞伎　ヤマトタケル』（公演筋書）新橋演舞場、二〇〇五年三月／再掲載、中日劇場公演プログラム、同年六月）

変容するヤマトタケル（二〇一二年上演）

ヤマトタケルの物語は古事記と日本書紀とに載せられているので、読み比べてみたという方もいらっしゃるかもしれない。その感想は聞くまでもなく、だんぜん古事記のほうがおもしろい。そもそも父親の言うままに動くいい子の主人公など、家庭は円満で理想的かもしれないが物語にはならない。

おそらく古事記に語られるヤマトタケルが誕生するまでには、さまざまな変遷があったに違いない。あまり知られていないと思うが、常陸国風土記には「倭武天皇《やまとたけるのすめらみこと》」とあり、天皇として常陸の国の各地を巡行する短い話がいくつも語られている。研究者のなかには、志半ばで命を落とした悲劇の御子に同情した人びとが、ヤマトタケルを天皇に昇華させて語り伝えたと考える人もいる。しかし、たとえ土地の人がそのように語っていたとしても、国家の命令によって中央から派遣された役人たちがまとめた常陸国風土記に、天皇でもない人物を天皇として語る伝承が採録され中央に報告されるというのはいささか考えにくい。

常陸国風土記の成立年は不明だが、律令国家が地方の国々に地誌（風土記）の編纂命令を出した和銅六年（七一三）からあまり隔たっていない時期にできたとみるべきで、国家の正史・日本書紀（七二〇年成立）よりも成立が古い。一方、日本武尊《やまとたけるのみこと》という名をもつ日本書紀では天皇になっていない。それは古事記の倭建命《やまとたけるのみこと》も同じだ。

これはどうしてかと考えると、古事記や日本書紀によってわたしたちが知っている天皇の即位の順番が確定する以前、ヤマトタケルは天皇になっていたのではないかという推測に至りつく。突拍子もないと思われるかもしれないが、その痕跡があるのだ。

古事記をみると、ヤマトタケルが亡くなって白い鳥になって天空に翔ったと語られたあとに、妃や子どもたちの系譜が付されているが、これは歴代天皇のほかにはほとんど例がない。そうした系譜の存在や常陸国風土記の「倭武天皇」という呼称を勘案すると、古事記や日本書紀が天皇になることなく夭逝したと語るのとは別の伝えが、古層として存在したのは間違いなさそうに思われる。ではなぜ、わたしたちが知っているような話になったのか。

ヤマトタケルは、地方を平定するのに功績のあった御子として、遠征ののちに天皇になったと伝えられる英雄的な存在だった。それがある段階で、悲劇的な最期をとげる御子へと変容してしまった。語り伝えられる伝承というのは、人から人へと伝えられる過程でさまざまな変容をこうむるのは避けられない。伝承は聴き手に共感されながら揺れ動き、いくつものエピソードを加えたり減じたりしながら語られてゆく。具体的に想定すれば、語り手は聴き手を意識しながら、父である天皇との対立葛藤や、叔母ヤマトヒメの援助、オトタチバナヒメの登場などさまざまなエピソードを加えたり変えたりしながらドラマを盛りあげようとする。時には、イヅモタケルをやっつける場面のように（スーパー歌舞伎「ヤマトタケル」では省略）、主人公の行き過ぎた暴力を語ったりするのもそのためだ。

そのように変容し続ける途中で文字化されたのが、古事記のヤマトタケルだと思う。それに対して日本書紀では、正史らしい理想の皇太子像が求められ、父天皇に忠誠を尽くして戦う皇子になった。

このように説明すると、物語が歴史になるなんて、と思われる方もあろう。しかし、語り伝えられる伝承というのは、そうした自在さを持っていたのであり、おもしろい話は人びとのあいだでさまざまに膨らみ続け、思わぬ方向へと展開してしまう、そういうものなのだ。そして、それが主人公の魅力を作り上げてゆくのである。

もう七年も前になるが、場所も同じ新橋演舞場で「ヤマトタケル」が演じられた時のこと、幕間にロビーでくつろいでいると、老齢のご婦人二人の、「ヤイレポの言うほうが正しいわよね」「そうよね、ヤマトタケルのほうが悪者よね」という会話が耳に入り、はげしく同意したのを思い出す（ヤイレポとは、ヤマトタケルを殺そうとする相模の国造《くにのみやつこ》の舞台での名前）。そして、そのようなかたちで聴く者や観る者の思いを反映させながら変容し続けてゆく、そこに物語の魅力があるのではないかと思う。

さて今回の公演では、どのようなヤマトタケルが描かれ、どのようなヤイレポや帝が登場するのだろうか。大いに楽しみだ。

（原題「変容するヤマトタケル」『スーパー歌舞伎　ヤマトタケル』（公演筋書）新橋演舞場、二〇一二年六月）

【追い書き】一九八六年にスーパー歌舞伎を立ち上げた三代目市川猿之助は、その最初の出し物として「ヤマトタケル」を取りあげ、主役・脚本・演出という三役をこなし（原作は梅原猛）、最後の場面の宙乗りが大評判になった。わたしが観た二〇〇五年の公演では、猿之助は脚本・演出を担当し、ヤマトタケルを市川右近・市川段治郎のダブル・キャストで、二〇一二年の公演では、四代目市川猿之助（右近が襲名）がヤマトタケルを演じ、歌舞伎界に入った九代目市川中車（香川照之）が帝役を演じたことも話題になった。

3　宝塚歌劇　スサノオ──創国への魁（二〇〇四年上演）

大地と神がみの誕生から語り出される古事記は、物語の宝庫です。人間の生と死の起源、少年の冒険と成長、許されない恋、兄弟の対立と葛藤、勇気と裏切り……、さまざまな物語を包み込みながら、一三〇〇年の時を経て古事記はわたしたちの前に残されました。

上・中・下の三巻からなる古事記は、上巻冒頭に添えられた「序」に、七一二年成立と記されていますが、この「序」には疑問があって、本文は七一二年より数十年前に書かれたとわたしは推測しています。

分類するとすれば、古事記は現存最古の歴史書ですが、歴史といっても、過去の出来事や事件を記録した書物ではありません。古事記に語られているのは、古代の人びとが想像力によって紡ぎ出した物語だといったほうが正確です。しかし、それら語られた物語の背後には、さまざまなかたちで、古代の日本列島に生じた出来事や時代の風景が投影されてもいるのです。

神がみの活躍を語る上巻は、イザナキ・イザナミの兄妹神が大地や自然神を生み成すところから始まり、イザナキの黄泉《よみ》の国訪問を経て、アマテラス・ツクヨミ・スサノヲの出生へと展開します。太陽神アマテラスと弟スサノヲとの対立が暗闇の世界を出現させ、天《あめ》の岩屋《いわや》の前で行われたアメノウズメの踊りによって光は回復します。混沌の原因を作ったスサノヲは高天《たかま》の原《はら》から追放され、地上に降りてヤマタノオロチを退治し、クシナダヒメと結婚します。それに続いて語られるのは、スサノヲの子孫オホクニヌシの物語で、稲羽《いなば》（因幡）のシロウサギは有名です。オオクニヌシは、地下の根の堅州《かたす》の国を訪れ、その国の支配者となっていたスサノヲの試練に耐えて成長し、スセリビメを妻にして地上へもどり、葦《あし》原《はら》の中つ国を統一して王者になるというのが、古事記神話の前半部分ということになります。

神話の後半は、オオクニヌシの支配する葦原の中つ国を奪い取ったアマテラスの子孫たちを中心に物語は展開します。地上を平定しようとして高天の原から派遣された神がみは、オオクニヌシとその息子たちに手こずりながらも、三番目に遠征したタケミカヅチが地上を平定します。その地上に、アマテラスの孫ニニギが降りてきて、山の神の娘コノハナノサクヤビメと結婚してウミサチビコ・ヤマサチビコを生み、そのヤマサチビコ（ホヲリ）が釣り針を探しに行ったワタツミ（海の神）の宮でトヨタマビメと出会って結婚します。

つまり、山の力と海の力とを身につけてパワーアップしたアマテラスの子孫が、地上の支配者として君臨することになったというわけです。これが天皇家の起源です。

中巻と下巻には、初代天皇カムヤマトイハレビコ（神武）から三三代目のトヨミケカシキヤヒメ（推古）にいたる代々の天皇の系譜と事績が語られています。ただし、系譜だけしか伝えられていない天皇も多く、最初のほうの天皇たちは、歴史を長くみせるために付け加えられたと考えられていて、実在性はほとんど認められません。

中巻には、兄と妹との禁じられた恋によって破滅するサホビコ・サホビメ、父オホタラシヒコ（景行天皇）との対立によって都を追われる少年ヲウス（ヤマトタケル）など、よく知られた人物が登場します。サホビコ・サホビメは氷室冴子《ひむろさえこ》『銀の海　金の大地』のモデルになっていますし、ヤマトタケルは映画・芝居・小説などさまざまなジャンルで今も活躍しています。近年のものでは、荻原規子《おぎわらのりこ》『白鳥異伝』や黒岩重吾『白鳥の王子ヤマトタケル』などのほか、市川猿之助のスーパー歌舞伎も評判になりました。

下巻は、五世紀頃の日本列島を舞台に物語が展開します。主要な登場人物として、五世紀前半に実在したオホサザキ（仁徳天皇）や五世紀後半のオホハツセワカタケル（雄略天皇）がいます。オホサザキは大阪府堺市に巨大な古墳があって有名ですし、ワカタケルは埼玉県行田市の稲荷山古墳から出土した鉄剣に名前が彫られていたというので脚光を浴びました。もちろん、時代が新しいといっても、そこに語られていることが事実だとはいえませんが、権力争いに端を発した戦いや策略の物語が多く、なかなかリアリティがあります。

今回雪組によって演じられる詩劇「スサノオ――創国への魁」の主人公は、古事記に登場する神がみのなかでももっとも魅力的な神です。父イザナキに命じられた海原の統治を拒否して追放され、姉アマテラスに別れの挨拶をしようと高天の原に昇って疑われ、姉との対立によって世界を混沌に陥れた罰として地上に追い遣られてしまいます。

スサノヲは、制御不能な混沌とした力を秘めています。それが少年の証しだということもできます。ところが、高天の原を追われて地上に降りたスサノヲは、毎年イケニエを要求する自然神ヤマタノヲロチを退治し、クシナダヒメと結婚して地上に秩序をもたらします。地上に降りたスサノヲは、少年から青年へと成長を遂げているのです。

外から訪れた英雄が知恵と勇気によって怪物を退治するという神話は、ユーラシア大陸に広く伝わる類型的なものですが、スサノヲという英雄神が魅力的なのは、みずからは制御できない暴力性を秘めながら、未来を切り拓こうとする成長物語になっているところです。たとえば、神の怒りを受けて傷つき死んでしまう悲劇の英雄ヤマトタケルとの違いはそこにあります。
スサノヲとヤマトタケルは親子のように似たところが多いのですが、スサノヲにあってヤマトタケルに見いだせないのは、翳《かげ》りをもちながら新しい時代を目指して生きようとするたくましさをもつところです。不良っぽいのに頭がよくてやさしいという、現代のドラマやマンガにも出てきそうなキャラクター、それがスサノヲなのです。
スサノヲは原話ではどのように語られているか、スサノヲ以外にはどのような神や人が出てくるか、公演をご覧になって興味を持たれた方は、ぜひ古事記を読んでみてください（自己宣伝になりますが、お勧めは、わたしの訳した『口語訳 古事記』（文春文庫）です）。きっと、スサノヲ以外にも何人もの魅力的なヒーローやヒロインに出会うことができるはずです。

（原題「『古事記』への招待」宝塚歌劇団雪組公演パンフレット『スサノオ――創国への魁』阪急コーポレーション、二〇〇四年四月）

【追い書き】 スサノオを演じたのは雪組トップスター朝海ひかる、イナダヒメは舞風りらでした。なお、宝塚雪組公演のタイトル「スサノオ――創国への魁」に合わせて、パンフレットでは神名の表記を新カナにしましたが、本書に収めるに際して、他の文章と統一して旧カナに変更しています。

4　春本『天野浮橋』「然善」とイザナミは言った

猥褻でなければ春画ではない

その昔、若松孝二の映画を観た。たしか、いろんな意味で評判になった『壁の中の秘事』だったと思うが、体にケロイドをもつ男と若い女が裸で絡まる場面があり、そのケロイドを舐めながら「わたしのヒロシマ」とかなんとか言いつつ汗と唾液だらけになって延々と交わり続ける映画だった（それ以外の場面をすっかり忘れているのでこういう品の悪い言い方をするのだが）。新宿のアングラ劇場の座席に埋もれて観ていたわたしは、「エロか政治（芸術）か、どっちかにしてくれ」と声を上げそうになったが、まわりの観客も同じような感想をもったらしく失笑が漏れていた。パロディならいいのだが、真剣にこれをやられると観せられるほうはたまったものではない。というのは、股間を硬くしたい時と脳ミソを柔らかくしたい時とは別であってほしいからだが、あの時はどっちが目的だったのか、今は覚えていない。

春画が芸術になって美術館に奉り上げられるようになり、芋の子を洗うようにして見ず知らずの若い女性と並んでまじめくさった顔をして鑑賞するなどということが、恥ずかしくもなく平気だというのが開かれた社会なのかどうか。エロと呼んでも猥褻と呼んでもいいが、そうでなければ春画ではない。裸体の美しさとか表情の豊かさとか衣服や調度の見事さとか、それは春画にとっては二の次の小道具でしかなくて、春画が春画であるのは交接である。そして、そのデフォルメされた交合のリアリティによって欲情をもよおさせようとして描かれたのが春画だと定義づけておきたい。

その上で、デフォルメこそが芸術の母だというなら、春画はまことにみごとな芸術作品である。いつも我が身のコンプレックスを呼び覚ます春画に描かれた巨大な男根の、その上に這う血管を流れる血液の鼓動、男根を受け入れた女陰の襞の揺らめき、それらをありありと見せつける写生力に対して、これが芸術だと認定するのに躊躇いはない。そこにあるのは、一途に極めようとする職人の性《さが》が生みだした写実なのだから。

ちなみに、日本の春画のお手本になったのではないかといわれている中国の春画を論じた中野美代子『肉麻図譜《ろうまあ》』(作品社、二〇〇一年)に収められた絵は、中野さんも「あとがき」で言うようにつまらない。その大きな原因は絵の稚拙さにある。下半身が貧弱な男女が抱き合い貧相な男根を入れても、まったくそそらないのである。

リアリティを追究したデフォルメが究極まで突き進むと、そこにはパロディだけが残るのかもしれない。あの有名な、「蛸と海女図」(葛飾北斎『喜能会之故真通《きのえのこまつ》』)が象徴的な作品だろう。

そういえば、この作品に噛みついたのか、煙管をくわえた男と遊女とが交接するモロ見え場面に噛みついたのかわからないが、文芸春秋社長が『週刊文春』の編集長に三か月の休職を命じるなどという強面な判断を下して失笑を買ったのは、パロディと正面からどつき合ったからではないかと思う。上品な『週刊文春』から猥褻性を排除したいという思いから出た行動であれば、社長の判断はあながち間違いとは言えない。しかしその場合には、毎号掲載されている「淑女の雑誌から」を削除する必要はないかどうか(『週刊文春』ではもっとも楽しみな記事だが)、スキャンダル記事の下品さは問題にならないのかどうかなど社内基準を示す必要はあろう。そうでないと社員が混乱しないかと心配するからだが、同じ月に出た看板月刊誌『文芸春秋』一一月号でも春画が扱われ、不鮮明ではあっても蛸やモロ見えが挿絵として使われているところからみると、社長とは違って、社員はみなさん春画がお好きなようで安心した。

パロディという点でいうと、「蛸と海女図」をもじったのが会田誠「巨大フジ隊員VSキングギドラ」（一九九三年）だが、この絵は猥褻かというと判断は保留したい。森美術館での展覧会「会田誠　天才でごめんなさい」（二〇一二年）では、何枚かの絵とともに一八歳未満入場禁止の部屋で展示されていたから、通常の判断では猥褻性が高いということになる。しかしこの絵でわたしは抜けないわけで、抜けない絵など猥褻ではないとすれば、蛸の絵と同様に猥褻度は低いということになる。それはおそらく、作者が意図的にみずからの技法を突出させ、パロディ性をとことん追い求めようとしたからではないかと思う。ただし、会田さんが猥褻度を低くしようと目論んだかどうかは知らない。

柳川重信『天野浮橋』

絵画にも春画にも素人であるわたしが、猥褻や芸術について論じてもだれも関心を寄せてはくれないし、本誌（『ユリイカ』）の編集者がわたしを指名してくれたのは、神話との関係を考えてほしいということだと思うので、話題を神話と春画との関係に絞ろう。

そのために、知識の乏しい春画について少し調べてみたところ、やはり神話を題材にした春画（春本）があることがわかった。『天野浮橋』という。

天・地・人の三冊からなる『天野浮橋』は、天保元年（一八三〇）刊行の色刷りの大本。幸いにも『江戸名作艶本　六』（解説＝A・ガーストル、翻刻＝早川聞多、学習研究社、一九九六年）として刊行されており簡単に入手できた。内容は表題どおりの艶本で、「文章は絵のなかにはないが、付文の量が多く、各巻、六図に五話あるが、一丁の絵に平均三丁の話があり、三巻で六三丁ある。艶本に珍しく文章とその図柄ははっきりと一致して」おり(「解説」のあとの「補記」)、文章を読みながら挿絵としての春画を楽しむといった趣向の作品である。

その天の巻には二つの序文が付され、最初の序には「天のうきはし」という表題に続けて、次のようにある。

抑《そもそも》世界の始り、二神あまのうきはしのうへより、天のとぼこをおろし、青海《あをうな》ばらをさぐり給ふ。其したたり、おのころ嶋となる。二神此嶋にあまくだりし時、せきれいを御らんじ、男女交合《みとまぐはい》をさとし、夫婦の道をはじめ国土山川草木までもうみ出し給ひしのち、高天の原より日向《ひうが》の国にあま下り給ひて、豊芦原《とよあしはら》なかつ国の主《あるじ》となり給ひし。(以下、略)

それに続いて、扉絵一頁があり、着物を着たイザナキとイザナミらしき二人が太鼓橋の上に立ち、男は手に鉾を持っている。橋の下は海らしく、小さな岩礁(おのころ嶋)があり、その上にはセキレイが一羽止まっている。その頁をめくると二つめの「序」があり、次のように書き出されている。

夫《それ》天に牽牛織女ありて、鵲《うじゃく》の橋に星合あれば、地にまた伊奘諾伊奘冉の尊ありて、天の浮橋に交合《かのこと》をはじめ給ふ。(以下、略)

この「序」を読んで次の頁を開くと、ようやくお目当ての色刷りの絵が見開きで二図あり、一枚目は烏帽子姿の男と花魁が座って抱き合い、すでに一物は女の股間に挿入されている。次を開くと、二人は布団のなかで抱き合い、男が上から押し被さり、女は両足を挙げて男の腰に巻き爪先を内側に折り曲げている（これが、春画におけるよがりポーズのパターン）。そして、その次の丁から付文があって絵の背景が語られてゆく。

題名や序ではイザナキ・イザナミの神話を題材にしていることを強調しているが、期待して見ていっても、どこにもイザナキとイザナミが交わっている場面はない。それどころか、収められた話はごくありふれた江戸の街の色模様といった按配で、神話とはまったくかかわりがない。エロビデオ（今はDVDか）と同じ手法で、とにかく交わればいいのだ。

序にみえる神名の表記やセキレイが描かれているところからみて、参照されている神話は日本書紀である。すでに本居宣長『古事記伝』は全巻の出版を完了しているとはいえ、この時代の人びとが読むのは日本書紀（あるいは『先代旧事本紀』）がふつうだった。

セキレイについてみると、日本書紀巻一の第四段第五の一書は次のように記している。

> 一書に曰く、陰神《めかみ》先《ま》づ唱へて曰はく、「美哉《あなにゑや》、善少男《えをとこ》を」と。時に陰神の言先《ことさきだ》つるを以ちての故に、不祥《よからず》として、（略、やりなおす）。遂に合交《まぐはひ》せむとして、其の術を知りたまはず。時に鶺鴒《にはくなぶり》有り、飛び来《きた》り、その首尾《かしらを》を揺《うごか》す。二神、見《みそこなは》して学び、すなはち交道《とつぎのみち》を得たまふ。

ニハクナブリと訓の付されたセキレイ（鶺鴒）は、ツツ・トツギヲシヘドリ・マナバシラなど異名が多い。マナバシラは「マナ＝男根（マラ）＋ハシラ＝柱」、ニハクナブリは、「ニハ＝庭＋クナ＝尻＋フリ＝振り」あるいは「クナブ（クナガフ＝交接する）」の意と解されており、性的なイメージをつよくもった鳥である。春画を見ていると、しばしば鳥が描かれているが、オシドリなどを含めて、鳥は男女の交合を連想させるのかもしれない。

さきほど引いた「序」に出ていた「鵲」とはカササギのことで、中国の七夕伝説において牽牛と織女の橋となって二人を結び合わせる鳥である。万葉集の七夕歌にもしばしばうたわれる。また、日本霊異記には、カラスの邪淫を見て出家した男の話（中巻第二縁）があったりする。

あるいはネコやイヌが男女の交わりを見ていたり、動物が交わっていたりして、春画には動物が欠かせない。女の背後から斑犬がくながっている八犬伝のパロディらしき構図もある。人も動物も、くながう動物としては同じだとでも考えているようにみえる。

そんな絵を観ていたら、タラシナカツヒコ（仲哀天皇）が神の怒りに触れて死んだ場面を思い出した。その死によって露わになったという国中の穢れが列挙されているなかに、「馬婚《うまたはけ》、牛婚、鶏《とり》婚、犬婚の罪」が出てくるのだが、なぜこうした獣婚を列挙しなければならないのか。いつの時代でも、一般社会においてよくある行為だとはとても思えないのだが、人と人とが交わるように、動物同士が交わるように、動物と人も対等に交わることがあるとでも考えているのだろうか。そうした認識と春画のなかの動物たちはどこかでつながるのか、つながらないのか。交わりというのが人倫を超えた行為だという発想はありそうな気がする。そうでなければ人は「性」を謳歌できないのではないか。

満ち足りた交わり

日本書紀の文体は堅苦しいが、音声の語りの雰囲気を遺す古事記の場合、イザナキとイザナミとによって語られる最初の交わりは、とてもおおらかに進行する。

ここにイザナキは、その妹イザナミにお尋ねになった。「お前の体はいかにできているのか」と。

すると答えて、「わたしの体は、成り成りして、成り合わないところがひとところあります」と、イザナミは言うた。

それを聞いたイザナキは、「わが身は、成り成りして、成り余っているところがひとところある。そこで、このわが身の成り余っているところを、お前の成り合わないところに刺しふさいで国土《くにつち》を生み成そうと思う。生むこと、いかに」と問うた。

するとイザナミは、「それは、とても楽しそう」とお答えになった。

それでイザナキは、「それならば、われとお前と、この天の御柱を行きめぐり、逢ったところで、ミトノマグハヒをなそうぞ」とおっしゃった。

【原文】於是、問其妹伊邪那美命曰、「汝身者如何成」答白、「吾身者、成成、不成合処一処在」伊邪那岐命詔、「我身者、成成而、成余処一処在。故、以此吾身成余処、刺塞汝身不成合処而、以為生成国土。生奈何」伊邪那美命答曰、「然善」伊邪那岐命詔、「然者吾与汝行廻逢是天之御柱而、為美斗能麻具波比」


このようにして最初の交わりは行われることになったと古事記は語る。その「性」のおおらかさについてはしばしば指摘されるとおりだ。少なくとも、性を閉じられたものとは感じていないし、淫靡で汚らわしいものとも感じていない。

引用部分のほとんどはイザナキとイザナミとの会話で進行するが、それはおそらく、ここに描かれた表現が音声を基盤にでき上がっているからである。だからこそ、この場面のポイントともいえる「然善」というイザナミの返事が口をついて出る。

「然善」は、訓読すれば「しか、よし」とか「しか、よけむ」ということになろうが、印象としてはとても明るい。そして、その明るさあるいは開放感や積極性は、二神のテンポのいい会話によってもたらされている。一種の掛け合いである。それはけっして、文字の文脈から導き出された表現ではない。そして、足りないところに余ったところを刺し塞いで子を産もうなどという即物的な誘いのことばを発するあたりに、古代における交わりがいかなるものとしてあったかがよくわかる。まるで春画における超弩級に誇張された挿入場面と同じではないか。

さきの『天野浮橋』の「序」にも、「男女交合」に「みとまぐはひ」の訓を付していたが、男女の交わりをミトノマグハヒ（美斗能麻具波比）と呼ぶ。

ミトの「み」はほめことばとして付けられる接頭語で、「と」は「と＝処」とする解釈が一般的だが、わたしは出入り口をさす「と＝門」がいいと思う。これは女陰をさす「ホト」も同じで、ホはすばらしいものをいうほめことば。つまり、ミトもホトも「すばらしい入り口」をいう語である。後ろに付く「まぐはひ」だが、「マグフ＋ヒ」というのが原義で、交合するという意味の「マグフ」という動詞に継続の「ヒ（フの名詞化）」が付いた語構成ではないか。マグフという語の存在は確認できないが、「マク（枕く）」あるいは「マグ（求ぐ）」とかかわって想定することができる。

厳密に考えると、「みと」も「まぐはひ」も解釈に揺れが出るが、複合語「みとのまぐはひ」が、女性器をさすことばを用いて男女の「くながひ」を表現しているというのは動かない。現代でも、性交をあらわすことばは女性器をさすことばにサ変動詞「する」を付けて表現するのがふつうだが、ミトノマグハヒは、それと同じ語である。そして、現代では一般的に、隠語として密やかに（時に伏せ字を使って）用いるようなことばになってしまったが、それを開けっぴろげに用いているところに、国生み神話のもつ「語り」性と、古代における性交に対するイメージが表れている。そうしたあり方を、「語り」のもつ明るさやおおらかさだと表現してもいいし、「語り」のもつ猥褻さや卑猥さだというふうに説明してもいい。どちらも同じことだからである。

そして強引に結びつければ、春画における開放感と猥褻さの共存は、ミトノマグハヒ神話と同じではないのか。わたしたちからみれば矛盾するような、明るくて猥褻な国生み神話の性格こそが、イザナキとイザナミとのあいだで交わされる会話の本質であり、それは「語り」という表現が根源的に抱えこんでいる性格だということができるのである。

くながう古代

絵はないが、古代にはことばがあふれている。平安時代のかな物語になると、性への欲望は渦巻きながら、ことばを失って交わりの場面をいっさい描こうとはしない。ところが、漢文で書かれた物語はそうではない。たとえば、一〇世紀に書かれた『続浦島子伝記』という漢文作品をみると、蓬莱山に行った浦島子と異界の仙女との交わりが次のように描かれる。現代語に訳して引用してみよう。

仙女の白い肌を抱いて、二人は一つのベッドに入り、玉のような体を撫で、細い腰をやさしくいたわり、その美しさを口にしながら、交わりの限りを尽くした。それはまるで、比目《ひもく》の魚が並んで泳いでいるような楽しさであり、鴛鴦《えんおう》（オシドリ）が心を一つにして遊ぶような夢心地であった。その押したり引いたりするさまや伏して抱き合う姿というのは、古の尊い教えの通りであり、忘れ草の助けを借りないで憂いを忘れることができるようで、仙薬を飲まなくても齢を延ばすことができるようでもあった。

この、「比目の魚が並んで泳いでいるような楽しさであり、鴛鴦が心を一つにして遊ぶような夢心地であった」とわたしが訳した部分は、原文には「魚比目之興、鸞同心之遊」とあり、これは性交の体位を表す表現だった。せっかくなので、その体位がどのようなものであったかということを、『医心房』という書物を用いて紹介しておこう。この書物は平安時代に丹波康頼《たんばのやすより》という宮中の医官が記した全三〇巻にわたる大部の医学書だが、その巻二八「房内篇」の第一三章「卅法」というところで、中国の『洞玄子』という書物を引用するかたちで、性交体位三〇通りを解説しており、その七番目と八番目に、魚比目と燕同心（鸞同心に同じ）が並んで紹介されている。原文は漢文で書かれているが、手許にある出版科学総合研究所版（一九七八年刊）に収められた吉田隆氏の現代語訳によって紹介する。

七、魚比目（二匹の魚が並んで、互いに目をくっつけるさま）
男女が並んで横になり女は片方の脚を男の上に乗せる。顔は向かいあい口をあわせて舌を吸う。男は両脚を伸ばし、手で女の上側の脚を担ぎ、玉茎を挿し込む。

八、燕同心（燕が二羽、心を一つにして、巣の中で睦みあうさま）
女を仰けに寝かせ、足を伸ばして開かせる。男は女に乗っかって腹の上に体を伏せ、両手で女の腰を抱いて、玉茎を丹穴の中に入れる。

おそらく、平安貴族たちの閨房における指南書といった役割をはたしていたと考えられるのだが、それを近代の粗忽な学者が、性交体位の名「魚比目」を泳いでいるヒラメ（平目は比目魚とも書く）のことだと早とちりしたために、「鯛や平目の舞い踊り」という尋常小学唱歌が作られてしまったというのは、豆知識的な付け足し（三浦佑之『浦島太郎の文学史』五柳書院、一九八九年）。

ヤチホコ（立派な「矛」を持った神、オホクニヌシの別名）は、正妻スセリビメの嫉妬に悩まされながらも、高志の国のヌナガハヒメに求婚したりして恋を謳歌するが、そこでヌナガハヒメやスセリビメがうたう歌のなかにも、春画のような場面が描かれる。ほとんど同じだか、ここにはヌナガハヒメがうたった共寝のさまを引いておく。

たくづのの　白きただむき
あわ雪の　わかやるむねを
そだたき　たたきまながり
またまで　たまで差しまき
ももながに　いはなさむを
あやに　なこひきこし
やちほこの　神のみこと

「ま白き綱にも似たわが腕を、あわ雪に似たわが若き胸のふくらみを、そっと抱きしめやさしく撫でていとおしみ、なめらかなわが手とたくましいその手をさし巻いて、からめた足ものびやかに尽きぬ共寝もいたすゆえ、はげしくつよい恋の焦がれも今しばらくは、ヤチホコのいとしいお方よ」というような意味。

こうした女のがわの積極性が神話の真骨頂でもある。そしてそれは、イザナミの発した「然、善」ということばにも通じる。それに対して、男の腰に回した足の爪先を内側に折り曲げ、男の首に腕を巻き付けた春画の女たちの性はどのようにあったのだろうか。春画は男の願望でしかないのか、女も楽しんでいるのか。

性の猥雑さは、高天の原で行われる聖なるどんちゃん騒ぎにも現れる。アマテラスが隠れたあとの真っ暗闇の高天の原で、アマツマラ（聖なる男根）という名の神は、おのが男根を石のように硬くすることのできる魅惑的な女神イシコリドメ（石＋凝り＋の＋女）とふたりで溶けた金属を固めて鏡を作り、これまた妖艶なアメノウズメは裳の紐を解いてホトの前に垂らして見せて、男神たちを歓喜の渦に巻き込んでゆく。上品なかな物語にはとても描けない場面だが、平安時代の貴族社会のなかにも性的な表現はあふれていたらしい。右に引いた漢文伝の『続浦島子伝記』や『医心房』もそうだったが、もとは民間歌謡としてうたわれていたものが貴族たちのあいだに入りこみ、雅楽の旋律を伴ってうたわれたとされる歌謡集「催馬楽」にはとんでもない歌がある。

くぼの名をば　何《なに》とかいふ
くぼの名をば　何とかいふ

つらたり　けふくなう　たもろ
つらたり　けふくなう　たもろ

このように追ってくると、近世の春画へと至る道筋は、古代から脈々と受け継がれていたのだと思えてくる。そしてその起源は、神話はもちろんだが、大小の石で作られた縄文時代の男根群や女陰を誇張した土偶にまで遡ることができそうである。

（原題「然善とイザナミは言った」『ユリイカ』二〇一六年一月臨時増刊号、青土社、二〇一五年一二月）

5　絵画　青木繁と古事記

没後一〇〇年（二〇一一年）を記念した青木繁展「よみがえる神話と芸術」を観た。命日の三月二五日に石橋美術館（福岡県久留米市）で幕を開け、京都国立近代美術館を経て七月中旬から東京のブリヂストン美術館に場所を移した展覧会も、九月四日に幕を閉じた。わたしが出かけたのは開始間もないブリヂストン美術館だったが、荒れ模様の平日であったためか入館者は少なくゆったりと鑑賞することができた。

青木繁といえば代表作は「海の幸」（一九〇四年、油彩）、獲れた三匹のサメを担いで夕暮れの海辺を行進する裸体の漁師たちが描かれている。はじめて観た実物は思ったより小さかったが、それは、迫力ある群像とサメの姿が大きなカンヴァスを連想させるからだろう。こちらをじっと見つめる白い顔の人物が全体の印象を引き締めるのに効果的だ。あるいは女性ではないかと思わせる知的な目鼻立ちは、恋人であった福田たねをモデルにしているからか。

この絵の前に立つと、わたしなどはごく自然に海幸山幸の神話を思い出す。古事記の神話では「ワニ（和迩）」と呼ばれるサメは、古代の人びとにとってワタツミ（海の神）が人の前に現れる時の姿だ。それゆえに青木繁の神話への傾倒ぶりを考えると、この絵の奥にはウミサチビコの世界が潜められているのではないかと勘ぐりたくなる。しかもそれが、天皇に血をつなぐヤマサチビコではなく、敗北したウミサチビコだというのが青木らしいと、かってないイメージを作りあげる。

青木繁が題材に古事記の神話を選んだのはよく知られている。わたしの興味もそこにあるのだが、まずは題目を掲げる。

黄泉比良坂（一九〇三年、色鉛筆・パステル・水彩・紙）
大穴牟知命（一九〇五年、油彩・カンヴァス）
日本武尊（一九〇六年、同右）
わだつみのいろこの宮（一九〇七年、同右）

青木が活躍した期間は短く、東京美術学校に入学した翌年一九〇一年から死の前年一九一〇年までのわずか一〇年。一九歳から二八歳までを傲岸不遜にわがままに駆け抜けた青年は、その画業の中心に古事記神話を据えた（もう一つの中心は「海」）。しかも展覧会の図録によれば、「黄泉比良坂」には習作が二点、「日本武尊」には素描が一点、「わだつみのいろこの宮」には下絵が五点も遺されており、綿密な計算のもとに描かれた様子も窺える。どれもよく知られている絵なので、何かの機会に目にしたという方は多いはずだ。

「黄泉比良坂」は坂を登り終えようとするイザナキと追手たちを描いた絵、「大穴牟知命」は頭を手前にして仰向けに倒れた裸の男の左脇と足元に白衣の女性二人が立て膝で屈む。「日本武尊」は桙《ほこ》を持ち遠くを見つめて立つ男とその足元に座る男を描き、「わだつみのいろこの宮」は樹の俣に座る男とその男を見上げて立つ二人の女性を描いている。

今回これら神話を題材とする作品群に向き合って感じたのは、どの絵も暗くて死をまとわりつかせているということ。そして確信したのは、日本書紀ではなく、たしかに古事記を題材として描いているということであった。

「黄泉比良坂」は死者の世界を描いているのだから、闇のように不分明で暗いのは当然だ。絵の右手上方に生者の世界があり、わずかに光明がさしている。そのなかに頭を抱えるようにしてぼんやり浮かぶのがイザナキで、イザナミと醜女たちが群れる穴のなかには累々と屍が積み重なっている。題名から古事記神話に基づいているのはわかるが（「比良坂」は古事記の用字）、この時期の神話画のほとんどがかかえている皇国史観プロパガンダにはならない特異な画題であり、まるで地獄絵を見るようだ。

「大穴牟知命」は、兄たちが転がし落とした焼けた大岩を抱きとめ、大やけどで死んだ少年神オホナムヂを描いている。母神の頼みによって高天の原のカムムスヒが遣わしたキサガヒヒメ（赤貝の女神）とウムガヒヒメ（蛤の女神）による治療を受けて、オホナムヂは生き返る。生き返りはするが、古事記神話の構成からいえば、高天の原から降りてきた天つ神一族に滅ぼされてしまう国つ神一族の頭領がオホナムヂである。

つぎの「日本武尊」は父天皇に疎まれて死に向かう青年を描いている。それゆえに、青木自身をモデルにしたというヤマトタケルが寂しげな眼差しを向ける先は、輝かしいフロンティアではなさそうだ。絵に未来が感じられず、お伴は疲れ果てて座っている。場所は、走水で犠牲となったオトタチバナヒメを偲び歎いた足柄の坂か。背後に富士山らしき山が見えるので、日本書紀が歎きの場に選んだ碓日の坂（碓氷峠）ではない。座っているのは、ただ一人最期まで仕えたと古事記に語られているナナツカハギ（七拳脛）であろう。題名には日本書紀の表記「日本武尊」を用いているが、内容は間違いなく古事記のヤマトタケル（表記は倭建命）に寄り添っている。

さて四枚目は、死のイメージなどないと言われそうな「わだつみのいろこの宮」だが、簡単にないとは言い切れない。現物に向き合うと、縦長のカンヴァスのなかでまっ先に目に飛び込んでくるのは、左下に立つ赤い衣の女神トヨタマビメの凛々しい面立ちである。彼女の足元からは水泡が立ちのぼり、そこが海底であることが示される。後ろ姿を見せる右側の白い衣の女性は水汲みに出た侍女、樹の俣に座るのが釣り針を探しにきたホヲリ（ヤマサチビコ）。異伝を含めて日本書紀の神話にはこの構図に合致する伝えはなく、古事記の神話を描いたとみて誤らない。

賞をねらっていたのに三等末席となり、審査の不公平をなじった文章が遺る作品である。一等になれなかった理由は不明だが、わたしの印象では、主人公のホヲリがうまく描けていない。表情は自信なさげで、ホヲリの視線とトヨタマビメの視線とがまったく交わらず、両者は別方向を向いている。これは、神話としても絵としてもまずいのではないか。トヨタマビメは、ホヲリの来訪を喜んでいないのかと思ってしまう。

この絵に、代表作「海の幸」を重ねると、青木が描きたかったのはトヨタマビメであり、ワタツミ（海の神）を祀るウミサチビコ（ホデリ）の側だったのではないか。そして彼らも、高天の原から降りてきた天つ神一族に滅ぼされたのだった。

敗戦までの日本近代絵画には、ひとつの大きな潮流として神話画や歴史画があった（山梨俊夫『描かれた歴史――日本近代と「歴史画」の磁場』ブリュッケ、二〇〇五年）。そこでは、近代国家の国策とかかわって、日本称賛や国威高揚に資する絵画や彫刻が求められた。

小学校の教科書にも、数多くの神話や歴史が取りあげられている。神話では、天の岩屋・スサノヲのヲロチ退治・イナバの白兎、上代の歴史では、神武東征・日本武尊・神功皇后が定番だった。その中身をみると、主要な部分は国家の正史である日本書紀に寄りかかって組み立てた話が多く、その一部に話をもり上げるための彩りとして古事記を混ぜ合わせている（三浦佑之「国定教科書と神話」『古事記を読む』吉川弘文館、二〇〇八年）。そのためにも、「記紀」という呼称は便利だった。

二〇一〇年の秋、島根県立石見美術館（益田市）で展覧会「神々のすがた　古事記と近代美術」が開催された。挙国一致を勧めたり戦意を鼓舞したりするために制作された国策芸術は、戦後はもちろん現在においても、美術館や学芸員は貸し出しや展示を躊躇するために、体系的な展示を企画するのはなかなか骨が折れるのである。その困難を押して開催にこぎつけた英断に敬意を表しつつ、講演を依頼されて石見美術館を訪れたのは、展示が始まって一か月を経た頃だったが、ちょうど一万人目の来場者があったというので、記念品の贈呈式が行われていた。五万人ほどの人口しかない益田市の美術館が、一か月で一万人の入場者を集めるというのは驚異的なことだと思う。東京なら、その百倍の入場者があっても不思議ではない。それほど評判を呼んだ展覧会だった。

その充実した「神々のすがた」展を鑑賞していてわたしが気づいたのは、「古事記と近代美術」という副題がつけられていながら、展示品の多くが日本書紀から題材をとっているということだった。そしてそれは、教科書などのありようからすれば、ある程度想像できることでもあった。そのことに、この展覧会の企画者、石見美術館学芸員（当時）の真住貴子氏も気づいており、のちに「美術と古事記」（『現代思想』二〇一一年五月臨時増刊号）と題する論文を書いている。

作品を鑑賞し図録（『神々のすがた　古事記と近代美術』島根県立石見美術館、二〇一〇年）を確認したうえでいえば、描かれた題材は、スサノヲのヲロチ退治、神武天皇の東征、ヤマトタケルと草薙の剣、神功皇后の朝鮮征伐というのが四天王と呼んでいい人気者である。そして、それらの内容（神武東征に描かれる金の鵄）や題名（素戔嗚尊や日本武尊など日本書紀に基づいた表記）をもとに述べると、そのほとんどが日本書紀の記述を踏まえて描かれている。これは国定教科書の題材ともかさなるのだが、いずれの話も逆賊との勇猛な闘いや領地拡大のための遠征として解釈しなおせる内容であり、近代国家の国策に呼応しやすい題材だった。

一方、それらとは別に、イザナキ・イザナミの国生み神話や天の岩屋神話、ウミサチ・ヤマサチ神話のように、そのままではプロパガンダには直結しない場合もある。その時には、話の展開がおもしろいとか絵になりやすい場面があるとかの理由で、古事記を選んだり日本書紀を選んだりしたかもしれない。たとえば天孫降臨の場面で、先導者として降りてきたウズメとサルタビコとの対面を、安田靫彦「天之八衢」（一九三九年）や小堀鞆音「天孫降臨図」（制作年未詳）が描いている。どちらも日本書紀に伝えられた胸乳をあらわにしたウズメを描くのだが、国威高揚のためというよりは、そのほうが絵になりやすいからだと思われる。

あるいは小林古径「神崎の窟」（一九〇七年）のように、出雲国風土記にしか出てこない加賀《かか》の潜戸《くけど》の神話を題材にして母子像を描いためずらしい作品も存在する。何を題材に描くかは作家の興味や創作意欲にかかわるのであろうが、そこに国策が濃厚に反映された作品が多くなるというのは、芸術作品の場合も例外ではない。よほどの覚悟と自覚がないと、時代の流れに疑義を差し挟むのはむずかしい。だから、ほとんどの作家は、正史である日本書紀に基づいて創作する。

そうした近代絵画や彫刻の情況を見わたした時、古事記しか描かない青木繁の神話への向き合いかたは、きわめて異質だ。その上、死に向き合う神話を絵画の主題に据えるというのは、国威高揚を声高に叫ぶ時代に反抗する行為だとしか思えない。また、出雲神話を取りあげるというのも、滅ぼされた側への共感がなければ思いつかなかったのではないか。

そもそも、古事記だけが出雲神話に大きな分量を割いてオホナムヂの国土統一とその繁栄を語るのは、律令国家が排除しようとした古層の神話が残留したためである（三浦『古事記を読みなおす』ちくま新書、二〇一〇年）。滅ぼされた側を、青木繁がどう考えていたかを確かめるすべはない。しかし、かれが選んだ題材を並べてみると、たまたま選んだとは考えられない。

出雲神話に関して、石見美術館の図録『神々のすがた』を確認すると、青木繁以外では、保田龍門という彫刻家にオホナムヂの根の堅州《かたす》の国訪問神話を題材としたレリーフ「大国主命とすせり姫」（一九四二年）があり、根の堅州の国からスセリビメを背負って逃げる姿を大きなクスの板に彫り出している。その裏面には柱に髪の毛を縛られたスサノヲが彫られて、これも古事記の神話に基づいているのが例外的だ。

青木繁が描いた古事記神話の特異性について述べてきた。そのことが、絵画としての価値や完成度とどのように響きあうか、それを論じる知識や眼力を、残念ながらわたしは持ち合わせていない。ただ、没後一〇〇年を経て今なお生彩を放ち、未来へと生き延びる魅力を、青木繁の神話画が秘め持っているというのは、だれの眼にも明らかではないかと思う。

（『文学界』二〇一一年一〇月号、文芸春秋、二〇一一年九月）

【追い書き】　古事記神話に題材をとった青木繁の歴史画については、このエッセイを書いたことで興味がふくらみ、あらためて論文「青木繁の描いた古事記」（『国学院雑誌』第一一二巻第一一号、国学院大学、二〇一一年一一月）を書いた（改稿して『古代研究』［青土社、二〇一二年］所収）。

6　スーパーカー　オロチの走る街

光岡自動車が、「オロチ　ヌードトップロードスター」というスポーツカーを、2005東京モーターショーに出品して話題を集めたらしい。わたしは実物を見ていないが、ウェブ・サイトに掲載された動画や写真をみると、フロントグリルのあたりは、今にも獲物を飲み込みそうな威圧感があるし、丸くてまっ赤なテールライトは、得体の知れない怪物の目のようだし、曲線とうねりを目立たせた車体は、地を這うオロチを連想させる。

ガルウイングのスーパーカーとオロチという古めかしい名前とが、けっこうしっくりと馴染んでいて、いいじゃないかと思う。すでに、二〇〇三年のモーターショーに「オロチ　プロトタイプ」というのが出ていたそうで、オロチという名前の車が市販されるのも近いという。それにしても、この車で街を走ったら、さぞかし目立つことだろう。運転するには、かなり勇気がいりそうだが、ポルシェに乗るよりはオロチに乗ってみたい、という気にさせる名前とフォルムである。

だれが決めたのか知らないが、オロチというマイナス・イメージをもつことばを、高級スポーツカーの名前にしたというのは、大胆な決断である。イメージとしてはわかるが、なかなかオロチとは名付けにくい。トヨタやホンダのスポーツカーには、ぜったいに採用されない名前であることだけは確かだ。

ところで、この文章を読んでくださっているほとんどの方が、オロチは「大蛇」だと思っているのではなかろうか。たしかに、国語辞典には、オロチは大蛇のことをいうと説明されている。それは間違いではないが、オロチというのは、もとは大蛇をあらわすことばではなかった。

オロチは、古事記の神話に登場する恐ろしい怪物の呼び名である。正式名称は「高志之八俣遠呂知／コシノヤマタノヲロチ」、略して「遠呂知／ヲロチ」といい、スサノヲ（須佐之男命）という英雄に殺されてしまう。よく知られている神話だが、簡略に、ヲロチ退治神話を紹介しておこう（以下、古事記を引く時は、原文の発音を尊重して、オロチではなく、ヲロチと表記する）。

＊

神がみの住まう高天《たかま》の原を支配する太陽神アマテラスは、弟スサノヲの乱暴な振る舞いに畏れて岩屋のなかにこもってしまう。そのために、世界は真っ暗闇になってしまうが、ウズメという妖艶な女神のストリップによって、アマテラスを岩屋から引き出し、明るい世界を取りもどす。そして、神がみの合議によって、世界を混沌に陥れたスサノヲは、高天の原から地上に追放される。

地上に降りたスサノヲは、出雲の国の肥《ひ》の河（現在の斐伊川）の上流で、老夫婦のあいだで泣いている美しい少女クシナダヒメに出会う。泣く理由を尋ねると、老いた男アシナヅチが、「わたしどもの娘は、もともと八人《やたり》いたのですが、コシノヤマタノヲロチが、年ごとにやってきて喰ってしまいました。今またそやつが来る時が近づきました。それで、泣いているのです」と答えた。そこでスサノヲは、「そやつの姿はどんなか」と問うと、「その目はアカカガチのごとくに赤く燃えて、体一つに八つの頭と八つの尾があります。また、その体にはコケやヒノキやスギが生え、その長さは谷を八つ、山の尾根を八つも渡るほどに大きく、その腹を見ると、あちこち爛《ただ》れていつも血を垂らしております」と答えるのであった。

それを聞いたスサノヲは、娘のクシナダヒメをくれるならヲロチを退治してやろうと言う。老夫婦が承知すると、二人に強い酒を作らせて八つの桶に入れ、それを八つの門ごとに準備した桟敷の上に置いて、ヲロチが来るのを待っていた。ヲロチは、聞いていた通りの姿でやって来ると、八つの頭を八つの桶につっこんで酒を飲み、酔って寝込んでしまう。

「さあ、それを待っておったスサノヲは、みずからの腰に佩《は》いておった十拳《とつか》の剣《つるぎ》を抜き放つと、その蛇を、たちどころに斬り刻んでしもうた。それで、肥の河は血に変わってしもうて流れたのじゃ」と語られている。そして、八つある尻尾の、まん中あたりの尾を切ると、霊験のある剣が出てきたので、高天の原のアマテラスに献上した。それが、天皇家の「三種の神器」の一つとして、今は名古屋市熱田区の熱田神宮に祀られている「草薙《くさなぎ》の剣」である。

＊

会話部分は、『口語訳　古事記』（文芸春秋、二〇〇二年）を引いて紹介したが、この神話からはさまざまなことが指摘できる。

まず、ヲロチ（正式名称はコシノヤマタノヲロチ）という名前について言うと、高志は地名で、現在の北陸地方をいう地域名称である。この神話の舞台になっている出雲からみて、高志（越）は未開の世界をさし、その野蛮性を象徴するのがヲロチという怪物なのである。ヤマタという語は、ヲロチの姿について問われたアシナヅチが、「体一つに八つの頭と八つの尾」があると言った、その形状から名付けられている。そして、ヲロチという語は、「ヲ（尾）＋ロ（古い格助詞で「～の」の意）＋チ（霊力をあらわす接尾語）」という語構成になっており、「尾の霊力」という意味だ。

なぜ、「尾の霊力」と呼ばれるかというと、この怪物の武器が尻尾だと考えられていたからである。それは、紹介した神話の最後の場面で、ヲロチの尾を斬ったら霊験のある剣が出てきた、と語られていることによってわかるはずである。つまり、ヲロチということばは、尾の霊力、尻尾の怪物といった意味であって、決して「大蛇」という意味ではないのである。

古事記の原文を追っていくと、最初からずっと、コシノヤマタノヲロチとかヲロチといった呼称で、恐ろしい怪物のことが語られていく。そして最後の場面、スサノヲが、酔って寝込んだヲロチを斬り刻むところになって、「その蛇を、たちどころに斬り刻んでしもうた」というふうに、初めて「蛇」という漢字を用いて表記する。

名前がわからないものは、恐ろしい。それは、こちら側では掌握できない異界性をもっているからである。そして、正体が明らかになると、なーんだということになる。幽霊かと思って肝を潰していたら、枯れ尾花（ススキの穂）だったというのと同じである。その手法が、この神話では巧みに使われており、ヲロチという呼び名が、正体不明の怪物の恐ろしさを増幅させている。だから、枯れ尾花が幽霊ではないように、ヲロチということばは「大蛇」であってはならないのだ。それが、後世になると、ヲロチ退治神話が有名になったこともあって、「ヲロチ＝大蛇」ということになってしまったというわけである。

さて、ヲロチの意味が判明したところで、この神話の構造を説明してみよう。

スサノヲは、神がみの住まう聖なる世界・高天の原を追われ、地上に降りてきた英雄である。一方のヲロチは、高志という野蛮な世界に棲む、グロテスクな姿をした怪物であるが、具体的にいうと、アシナヅチが語ったヲロチの姿から連想できるのは、川を象徴化した自然神の姿である。

アカカガチというのはまっ赤に熟れたホオズキのことで、赤い目は怪物や妖怪の恐ろしさをいうパターンである。そのあとの、「体一つに八つの頭と八つの尾」があり「体にはコケやヒノキやスギが生え、その長さは谷を八つ、山の尾根を八つも渡るほどに大きく、その腹を見ると、あちこち爛れていつも血を垂らして」いるというヲロチの姿は、山の奥から谷を削って蛇行し、支流を集めて海に流れ込む大河をあらわしているとみてよい。

ヲロチ退治神話は、知恵をもつ英雄が野蛮な自然神を制圧し、人間に、新たな文化をもたらすという構造によって語られているのである。そこでは、ヲロチに酒を飲ませ、酔ったところを殺すという語り口が、スサノヲの「知恵＝文化」を象徴する。

要約ではふれなかったが、スサノヲは、高天の原から稲の種をもって降りてきたと語られている。そして、生贄《いけにえ》になるところを救われ、スサノヲと結婚するクシナダヒメは、「霊妙な（クシ）＋稲田（イナダ）＋女神（ヒメ）」という意味をもつ。つまり、スサノヲとクシナダヒメとの結婚は、稲種と水田との結婚であり、稲作の始まりをあらわしているのである。それは、日本列島における「文化」の始まりを意味する。また、結婚という行為も、ヲロチが女を喰うのとは違うという点で、「文化」の始まりであった。

ただし、ここからもう一歩踏み込んで考えると、この神話は、とても危ういところに行ってしまう危険性をもっている。スサノヲの行為は、ほんとうに「文化」であり、ヲロチ退治は「正義」なのかという疑問が生じてしまうからである。相手を酒に酔わせて殺すというのは、歴史上、卑怯な手口として用いられたり語られたりすることが多い。そこからわかる通り、スサノヲのとった行動は、知恵でありつつ狡い行為でもあるという二重性を抱え込んでいる。喰うのと結婚は違うといったが、ヲロチを退治するから娘をくれというスサノヲの出す交換条件は、ヲロチの要求と同じだというふうにも見える。

光岡自動車の「オロチ　ヌードトップロードスター」の話題から、ずいぶん遠くへきてしまったような気もするが、オロチという名前には、このような深みがあるのだということを知ってもらおうと思って紹介した。スーパーカーを買う時の参考にというのではないが、酒席の話題にはできるだろう。

最初に、オロチということばには「マイナス・イメージ」があると言ったが、単純にマイナスと言えるかどうか、そこは問題である。というより、オロチのもつ「負」性の裏側には、いとおしさとも言えるような感情がまとわりついている。だから、わたしたちは、光岡自動車の「オロチ」に、ただの車名というだけではない何かを感じてしまうのかもしれない。トヨタ製のエンジンとトランスミッションを借りて走るというオロチだが、ぜひともトヨタをふり切って独走してほしいものだ。

＊

古事記という、ほとんど滅びかけていた作品が、最近あちこちで取り上げられるので、わが事のように喜んだり戸惑ったりしている。その責任の一端はわたしにもあって、数年前の古事記ブームのきっかけは、『口語訳　古事記』(前掲)の出版であった。税込みで三五〇〇円もする高価な本が、一〇万部以上売れたというのは、我ながらまったくの驚きであった。その後、さまざまな分野で古事記が取り上げられるようになった。

二〇〇五年三月のスーパー歌舞伎「ヤマトタケル」の再演もそのひとつだが、その少し前、二〇〇四年四月(東京公演は六月)には、宝塚雪組公演「スサノオ——創国の魁」が上演された。また、今年(二〇〇五)九月には、ダンスオペラ「UZUME(ウズメ)」の公演があり(愛知県芸術文化センタープロデュース)、今もっとも人気のあるダンサー、ファルフ・ルジマトフが、スサノヲを踊った。また、わたしもかかわっているのだが、俳優の鈴木瑞穂さんによる『口語訳　古事記』を語る会も二度の公演を行って好評を博した（二〇〇五年一月、東京都庭園美術館。同年六月、俳優座劇場）。

それらの多くがスサノヲやヤマトタケルを対象としたもので、国家とか天皇とかを讃美するというよりは、どちらかといえば、反王権的、反国家的な性格をもつ部分が、大きく取りあげられているのが特徴で、スサノヲに殺されるヲロチや、ヤマトタケルに討伐されるクマソタケルに目が向けられていく。こうした傾向は、とても健全であり、わたしたちの社会が少しばかり成熟したことを示すのではないか。

かなり強引にまとめようとしているのだが、こうした在り方は、二一世紀を生きるためのコンセプトを考えようとする時、大いに参考になりそうだ。弱いものや敗れてゆくもの、地方にある暮らしや自然の片すみにあるもの、――そうした世界に目を向けるところから、新しい文化も新しいビジネスも始まると思われるからである。そして、そうした動きは、もうとっくに動き出している。そうでなければ、わたしたちの文化は、次代への活力を秘めた成熟に向かって進めないからである。

（富士通社内ＷＥＢサイト「Qfinity」二〇〇五年一二月）

【追い書き】　この原稿を発表したのちの二〇〇七年、オロチは発売された。売れ行きは好調だったようで何度かのマイナーチェンジが施されていたが、先日、光岡自動車のホームページを確認したところ、二〇一四年四月には何世代目かの「ファイナルオロチ」限定五台が完売し、現在のところ新車の購入は不可能らしい（http://www.mitsuoka-motor.com/lineup/new/finalorochi/）。わたしは偶然に一度、都心を走るオロチを目にしたことがあるが、地を這うようなかっこいい走りっぷりであった。

古事記に関する公演についてふれておくと、京都を中心にして小劇場運動を展開する劇団「ニットキャップシアター」が、主宰者で脚本・演出を手がけるごまのはえさんの、「少年王マヨワ」（二〇一三年初演）や「カムサリ」（二〇一五年初演）を大阪や東京で上演している。声をかけていただいたわたしは、「少年王マヨワ」の東京公演の際には、終演後の舞台でごまのはえさんとトークをさせてもらったりした。また、『週刊新潮』の「掲示板」欄を借りて古事記の公演情報をお尋ねしたところ、俳優の田村亮さんの奥様から、田村さんによる「朗読と音楽で描く　日本神話の世界」（二〇一三年初演）のDVDをお送りいただいたこともある。

その他、テレビでも古事記に関する番組はいろいろと作られており、わたしがかかわった番組だけでも、「ナゾ解き古事記　神と人との1300年」（朝日放送、二〇一二年）、「歴史秘話ヒストリア　どんな縁でも結びます！　不思議の国・出雲　神話から小泉八雲まで」（NHK総合、二〇一二年）、「BSプラチナム　古事記の世界　CGアニメでひも解く日本誕生物語」六回（BSフジ、二〇一三〜二〇一四年）、「100分de名著　古事記」四回（NHK Eテレ、二〇一三年）、「NHKスペシャル　シリーズ遷宮　第2回　出雲大社　オオクニヌシ」（NHK総合、二〇一四年）、「体感！古事記　日本始まりの物語」（NHK総合、二〇一四年）などが放映された。

7 教科書　倭建命伝承の読みかた

すぐれた文学作品である古事記が国語教科書に取りあげられるのは、研究にたずさわる者としてはとてもうれしい。でありながら一方で、神話にしろ天皇にまつわる伝承にしろ、その読み方については注意を要するというのも忘れてほしくない。

なかば冗談のようにわたしは、さまざまに出版される古事記関連書を選択する際に、「敬語まみれの本と「日本」を連呼する本は読まなくていい」と学生に言う。冗談めかしてはいるが、この基準はけっこう大事だと思っている。神話や伝承に登場する神や天皇のことを述べるのに敬語を用いるのは、その書物が古典研究とは別のところを意識しているからではないかと思ってしまうのだ。語られているのは物語であるという明確な対象化が、古事記という色のついた作品を考える場合には必須の態度である。

変体漢文（倭文体）で書かれた古事記の原文をみればわかるが、神のことも天皇のことも、ほとんど敬語を使おうとはしていない。わたしたちは、本居宣長の訓読に馴らされ、平安時代のかな物語と同じような敬語まみれの文章に変換して古事記を訓読しているだけなのである。

もうひとつ、古事記を論じるのに「日本」を連呼する本は注意を要するというのは、いくら探しても古事記には「日本」という語は出てこないからである。それとは対照的に、日本書紀の場合は「日本」のオンパレードで、ぜんぶで三〇〇回近く用いられている。その「日本」という国名が成立したのは、七世紀後半であるというのが現在の有力な見解だと思うが、それは律令国家の成立と見合うものだとみてよい。そうした律令的な「日本」を体現し称揚するために編纂された歴史書が日本書紀であり、書名からもわかるように、日本書紀では「日本」が連呼されるのである（正史『日本書』の「紀」として編纂されたのが日本書紀である）。それに対して古事記は、「日本」が出現する以前の列島を語っているのであり、そこには「倭」と表記されるヤマトしか存在せず、「大和」という表記すら出てこない。

たとえば、誰もがその名を知っているであろうヤマトタケルは、古事記では「倭建命」、日本書紀では「日本武尊」と表記され、ともにヤマトタケルノミコトと訓む。とても同一人物とは思えない表記だが、内容を比較しても、古事記の倭建命と日本書紀の日本武尊とではまるで別人である。そこに、両書の立場や性格の違いが如実に反映しているとみなすことができる。

日本武尊は、父オホタラシヒコ（景行天皇）に忠誠を尽くして戦い死んでゆく英雄として描かれる。父はわが子の身を案じ、死の知らせを聞くと、これからは誰とともに国を治めればよいのかと言って嘆く。二人は律令国家が理想とすべき君臣として、父子として、きわめて親和的な関係のなかで描かれる。

それに対して古事記の倭建命と父オホタラシヒコとの関係は、最初から最後まで対立を孕んでしか存在しない。父天皇は、わが子の「建《たけ》く荒き情《こころ》」に畏れ、クマソタケル（熊曽建）兄弟の討伐を口実に西へと追放する。それゆえに、無事に遠征からもどるとすぐに、父は息子を東へと向かわせる。すでに少年ではなく、心身ともに成長した倭建命は父の心を見抜き、伊勢の地で神を祀る叔母ヤマトヒメに会うと、父天皇の仕打ちに涙を流す。この、現代でも共感できそうな対立的な父子関係は、倭建命が最期を迎えても修復されることはなく、死後にも安らぎの地を与えられることはない。

日本書紀の日本武尊を支えているのが律令的な論理だとすれば、古事記の倭建命を支えているのは、古代的な語りの論理だとわたしには思われる。物語を文字が制御する以前の、音声による語りが、古事記の倭建命という主人公を動かしている。それが徹底した悲劇性を語り継いでいったのだし、いくつものエピソードをつないで物語を展開しようとする古事記独特の構成を可能にしたのである。そして、語りにおいては、時に物語は主題を逸脱し、主人公の行動が突出してしまうというようなことも起こってしまう。その一端が、イヅモタケル討伐譚に見いだせる。

女装して宴会にもぐり込み、酔っぱらったクマソタケル兄弟を刺し殺すのは、少年ヲウスにとって、勝つためのただ一つの手段であり、そこで発揮される「だまし討ち」ともいえる知恵は称賛に価する。ところが、クマソタケルからヤマトタケルの名を献上され成長した勇者が、出雲へと向かったあとの行動は、同じようには説明できない（当然のことだが、このエピソードは日本書紀には出てこない）。

すなはち、出雲国に入りましき。その出雲建を殺さむと欲《おも》ひて、到りてすなはち友《うるはしみ》を結びき。かれ、窃《ひそ》かに赤檮《いちひ》をもちて詐《いつは》りの刀《たち》を作り、御佩《みはかし》として、ともに肥河《ひのかは》に沐《かはあ》みき。しかくして、倭建命、河よりまず上り、出雲建が解き置ける横刀《たち》を取り佩きて、詔《のりたま》ひしく、「刀を易へむとおもふ」と。（以下、略）

河から上がったイヅモタケルに偽物の刀を持たせると、一刀のもとに打ち殺す。おまけにヤマトタケルは、「……さ身無しにあはれ（刀身がなくて可哀そう）」という、まるで敗者を嘲笑するかのような歌をうたって都へ帰ってゆく。ここまでいくと、ヤマトタケルの英雄性をどのように考えればいいか、困惑を禁じえない。

正義とは何か、知恵とは、友情とは。

この話を読んだ高校生に聞いてみたい。古事記に描かれた父と子との関係を、あなたたちはどのように読むのか、と。というのも、高校生の頃のわたしにとって、父親というのは反発し対立する相手でしかなかったのだから。おそらく、みずからの命を犠牲にしてヤマトタケルを助ける女性の献身物語を読まされるより、父と子との対立、あるいは友情と裏切りについて考えるほうが、高校生にとってよほど興味がわくのではないか。

(『ニューサポート高校　国語』vol.21　東京書籍、二〇一四年四月)

【追い書き】　検定教科書についてふれておきたいことがある。最近、新聞を賑わした教科書選定に絡む謝礼問題についてである。贈収賄の疑いがある事件で、多くの教科書会社が関与しているようだが、この事件で思い出すのは、国定教科書制度が実施される原因になった、明治三五年(一九〇二)の「教科書疑獄事件」である(粉川宏『国定教科書』新潮選書、一九八五年)。この事件を口実にして明治政府は教科書の国定化を断行し、皇民化教育を一気に推し進めたのである。

教育関係者や教科書会社の役員・社員は、今も、同じような危険性があることを認識しているのだろうか。そんなことなど平気でやってしまうのが国家だということを、歴史を教訓として肝に銘じておきたいものである。

8　現代語訳　池沢夏樹訳『古事記』を通して

古典から現代までを網羅した日本文学全集の刊行は一九六七年以来というから、およそ半世紀ぶりということになる。しかも、その時の「カラー版日本文学全集」(河出書房)全五七冊の刊行リストをみると、古典を扱った巻は、『古事記・万葉集』『源氏物語』二冊『平家物語』『竹取物語・伊勢物語・枕草子・徒然草』『西鶴・近松・芭蕉』の六冊だけであるのに対して、刊行中の「日本文学全集」(河出書房新社)では、全三〇巻のうちの一二巻に古典文学作品が配当されており、その割合は四倍にもなっている。近現代文学の愛好者や研究者には疑義もあろうが、古典文学の復権を願う者としては、個人編者である池沢夏樹氏の大英断に敬意を表したい。

工夫された翻訳

その第一巻に収められ第一回配本として出た池沢氏自身の訳による『古事記』(二〇一四年)は、ずいぶん評判になり版を重ねている。その前のカラー版日本文学全集の『古事記』が福永武彦の訳であり(『現代語訳　古事記』と題して河出文庫所収)、親子二代の現代語訳が読めるのもたのしい。しかも両書を比べると、神名の初出時には「漢字(カタカナ)」、二度目からはカタカナのみで記すとか、歌謡は訓読本文を二句ずつの分かち書きにして隣りに現代語訳を並べるとかの表記上の工夫が共通し、系譜を省略しない点も同様で、池沢氏が福永訳を意識しているのは間違いがない。

むろん、古事記の解釈については新しい研究の成果が十分に配慮されており、脚注形式をとることによって、小説家の手になった従来の現代語訳（福永のほか、鈴木三重吉や石川淳、田辺聖子から梅原猛まで）とはずいぶん印象が違う。ただし、今回の全集に収められる他の古典作品が同様の体裁をとるということはないようで、古事記の文体を生かしながら現代語に訳そうとした池沢氏の熟慮のうえの選択らしい。そうした苦心や方法については、本書の巻頭に置かれた「この翻訳の方針――あるいは太安万侶さんへの手紙」と題された文章を読めばよくわかる。

「ぜんたいの基本方針としてあまり自分のことばを補わず、あなたの文体ないし口調をなるべく残すことを心掛けました」と述べているとおり、池沢氏は、古事記の文体の簡潔さを評価し、それを現代語に生かそうと腐心している。刊行直後のわたしとの対談では「ずいぶん速い文体」だと評していたが（「いまなぜ古事記を新訳したのか」『文芸春秋』二〇一四年一二月号）、その「速さ」を生かすために、「これまでの作家たちの現代語訳はふつうの読者が知らないことを説明として本文に織り込んで」きたのを排除し、説明を脚注に置いたのだという（「この翻訳の方針」）。

そしてその時、池沢氏が選んだ「説明」は、西郷信綱『古事記注釈』（四冊、一九七五〜八九年、平凡社。ちくま学芸文庫八冊、二〇〇五〜六年）の借用であった。施された注のほとんどは西郷の見解を踏まえており、引き写しといっていい部分も多い。そして、今回の訳では、それが大いに成功しているというのがわたしの印象である。今、古事記の研究者としてもっともすぐれた読み手である西郷信綱の解釈に基づくことで、池沢氏の信頼できる現代語訳ができていると思うからである。それは、研究者と小説家との共鳴の成果といえよう。

ただし、『古事記注釈』も刊行されてすでに長い時を経ており、訂正すべき点が多々あるのも事実である。そのあたりについては、わたしがゲラの段階で池沢氏の原稿を確認し、巻末には「解題」も書かせてもらったので、研究者間の見解の相違を別にすれば、最先端の研究水準が踏まえられているはずだ。そして、今回の全集では、他巻の古典作品についても同様の作業がなされると聞いている。

テクストの多様性

古事記を理解する上での「困難」について池沢氏は、「テクストの多様性」にあると指摘し、具体的には、「神話・伝説」と「系譜」と「歌謡」という、「形式において互いに関係の薄いテクストが混在」していることだと指摘する（「この翻訳の方針」）。そして、その三つのテクストの混在を明確に意識しながら、池沢氏の翻訳はなされている。

中心となる「神話・伝説」では、「テンポよく進む」「そのスピード感を壊さないようにと、言葉をなるべく補わない」文体で叙述され、省略されがちな「系譜」は、べた書きで連ねるのではなく、神名や人名を一柱（一人）ずつ並列して表記する。それによって系譜は存在感を強め、作品のなかでの自己主張が読みやすくなった。そしてもう一つの「歌謡」は、音仮名表記された元のことばの音声やリズムをそのまま漢字かな交じり文で表記し、訳文を並べるというかたちで対処する。それによって、三者三様の文体が混在するテクストを現代語に復元しようとした、それが池沢氏の翻訳の新鮮さである。

池沢氏の創意工夫は、古事記を口語訳したことがあるわたしにとって、教えられることが多かった。ことに、系譜の訳し方については大いに感嘆したが、今となってはあとの祭り、歯噛みするしかない。

このように整理してみると、池沢氏の訳が求めようとした文体と、わたしが二〇〇二年に出した『口

語訳　古事記』（文芸春秋）の文体とでは、まるで正反対の方向を向いており、おそらく池沢氏は、わたしの訳を受け入れることはないと思う。しかもその違いは、小説家と研究者という立場から生じるのではなく、語り手の視点をどこに置き、だれに寄り添うかというところから生じている。

その点について述べる前に付記すれば、古事記の場合、変体漢文（倭文体）と音仮名表記とによって、漢字だけで記述されているという点は、現代語に訳す際に注意を要する。そこでは、平安以降のかな散文とは違い、「漢文体→和文訓読→現代語」という二段階の変換作業が必要になる。研究者の手になる注釈書の類なら、原文と訓読文と現代語の三種を並べることも多い。しかし、一般向けの本ということもあって、池沢氏もわたしも現代語訳しか載せていない。この点に関して、刊行後にわたしは、原文を併載すべきだという批判を受けたことがある。古事記の現代語訳に訓読本文を添える必要性は感じないが、たしかに漢字だけの原文を載せればよかったと反省し、講演資料等の作成の際には実践している。

ちなみに、漫画による古事記（上巻のみ）の翻訳、こうの史代『ぼおるぺん古事記』三冊（平凡社、二〇一二〜一三年）という画期的な作品では、それぞれの巻の冒頭に原文を流し込み、本文には訓み下し文を用いている。漫画が主体だからできたことかもしれないが、まことに慧眼である。

だれに寄り添うか

前書きとして置かれた「この翻訳の方針」という文章の副題が「あるいは太安万侶さんへの手紙」となっているのは象徴的だが、池沢氏の『古事記』は、古事記「序」に出てくる太安万侶という撰録者に寄り添うかたちで書かれており、「序」に記された安万侶の撰録方針をなぞるかたちで訳されている。これは、翻訳者の立場としては本道であり、理想的な古事記の現代語訳だということになる。それに比べれば、饒舌な上に、原文にはない古老の語りと称するうさん臭いぼやきまで加えたわたしの口語訳は、翻訳を逸脱しているという刊行当初からの批判があるとおりだと言わざるをえない。

しかし、そうした批判は承知しながらわたしなりの言い訳をしておくと、わたしは、文字以前の「語り」を想定して古事記を訳そうとした。そこに稗田阿礼ではない架空の語り手を登場させることで、漢字を用いて書物となった「古事記」以前のすがたを、「語り」という音声のことばに移しかえようと試みたのである。遺された古いことば、理解できない外《と》つ国のことばを、今のわたしたちにわかることばに置き換えるのが翻訳だとすれば、わたしが試みたのは、遺された古いことばを、今あることばを駆使して想像のなかにしか存在しない無文字の時代のことばとして復元することであった。

読んで気づいていただけたかどうか、わたしの口語訳では、漢字や漢語をいっさいもたない時代に生きた古老に語らせているのだが、そこで用いている和（倭）語が漢字・漢語を受容することによって生じたことばか否かというような吟味はなされておらず、学問的な厳密さがあるわけではない。

では、そうした試みをなぜしたかと言えば、「語り」という文体を求めた時、発せられることばの発話者（語り手）を具体的に設定しなければ、ことばが紡ぎ出せなかったからである。いわゆる「一人称」で語ろうとすると、「わたし」とはだれかを明示する必要が生じるのだ。それに対して、文字によって書かれた文体は、そのあたりがあいまいなままでも成立してしまう。現代の小説が、「三人称」とか「神の視点」とか呼ばれる文体で叙述できるのは、それが書かれた作品だかららしい。

池沢夏樹氏が安万侶の立場に立って古事記を訳したのは、彼が文字を駆使する小説家だからではないかとわたしは理解した。それに対してわたしは、遠き代の文字をもたない語り手を引っ張りだしてみたかったわけで、それはわたしが「語り」論を掲げて古事記研究をおこなう研究者であったということによる。そしてそこには、当然のように古事記「序」への疑いがともなっている。

＊

古典の翻訳は、研究者によってなされるのがいいか、文学者によってなされるのがいいかと聞かれれば、どちらも必要だと答えるしかない。その場合、研究者はみずからの文体を磨き鍛え、小説家は研究の水準に敬意を払うという、それぞれの切磋琢磨が欠かせないということではないか。

そして古事記の場合、そのことよりも何よりも、どのような立場で作品に向き合うかという思想性のほうが大事なのではないかと考えている。古事記が近代のある時期にいかなる歴史を担わされていたかという認識と担わせていた研究者や知識人に対する明確な姿勢が見受けられない現代語訳はまずいのである。その基準としてわたしは、古事記を論じるのに、日本、日本と連呼してはいないか、神や天皇を敬語まみれにしてはいないか、この二つを目安にすればいいと思っている。もしそうした臭いを感じたら、読まなくていい。

（『リポート笠間』59号「特集＝古典の現代語訳を考える」笠間書院、二〇一五年一〇月）

池沢夏樹『静かな大地』（朝日新聞社、二〇〇三年）

アメリカ式「牧の知」とアイヌの「山の知恵」が作った理想郷チコロトイ（我らの畑）の繁栄と没落を描く長編小説。淡路洲本《すもと》の武士の子、宗形三郎と弟の志郎は、両親や妹と日高静内に移住する。アイヌの少年オシアンクルと出会った兄弟は、アイヌの習俗や言葉を身につけ、先住民に心を寄せながら成長する。

三郎は選ばれて札幌官園で近代農業や牧畜の知識・技術を学び、静内の東の遠別《とおべつ》に牧場を拓く。それは、アイヌとの共生をめざした反骨的な理想郷作りであった。宗形牧場は良馬を生産し、各種の農作物を作り、苦難を乗り越えて繁栄する。しかし、和人の妬みを買い、北海道開拓に暗躍する黒幕にねらわれた三郎と宗形牧場は……。

川や野で遊ぶ少年たち、老婆モロタンネの炉端語り、自然を熟知したシトナの教えは、苛酷な大地に生きるアイヌの人びとの静かで満ち足りた生活を浮かび上がらせ、サケ漁・クマ狩り・結婚・出産・葬式などの習俗を通して、アイヌと和人との交流や対立を炙り出す。明治を生きた宗形三郎の一代記という体裁をとる小説は、アイヌが受けた苦難と差別の物語、明治という時代への、和人たちへの告発の物語でもある。

この小説は、宗形志郎の娘・由良《ゆら》の聞き書きのスタイルをとる。死を間近にした父の語りに始まり、老いたオシアンクルの語り、三郎から弟への手紙、母の語り、砂金掘りの語りが続く。それらを聞き取る由良は、アイヌの語り部のように記憶し記録する。途中にいくつか挟まれる三人称叙述の章は、由良が記録の整理を託したニプタサ（チコロトイで育ち、アイヌ学校の教員になった）による語りということになろうか。

「言葉の民」アイヌの手法を借りた、幾重にも重ねられた一人称語りのスタイルは、物語に起伏をもたらして心地よく、時に重い。大河小説の魅力を堪能しながら、アイヌモシリ（アイヌの大地）とアイヌの歴史に想いを馳せた。

（「東京新聞」＆「中日新聞」二〇〇三年一一月九日）

幕間に① おふくろとオヤジ

方言周圏説の証明

わたしの生まれは三重県一志郡美杉村丹生俣《にゅうのまた》、それでは見当もつかないという方のために説明すれば、本居宣長と牛肉で有名な松阪市からJR名松線で西に一時間余り、隣は奈良県宇陀郡御杖村である。わが故郷の集落は、名松線の終点「伊勢奥津」駅から峠をひとつ越えたところにあり、今は母がひとりで暮らしている。

二〇〇六年正月から美杉村は合併によって津市に編入されたのだが、そこが「市」だとはだれも信じそうにない山奥の集落である。わたしはその山奥で中学校を卒業するまで過ごし、高校三年間は津市で下宿生活を送り、高校卒業とともに東京に出てきた。今はたまにしか帰郷しないし、お国ことばもすっかり忘れているが、電話で母の相手をしたり、名古屋で新幹線から近鉄特急に乗り換え、車内で女性販売員の売り声を聞いたりすると、途端にこちらのアクセントがあやしくなる。

小さい頃から話していたのは伊勢弁の一種で、アクセントは関西系、語尾はやわらかい感じで「〜やなあ」となる。特徴的な語彙をあげると、手袋は「はく」と言い、借りてくるは「かってくる」、買ってくるは「こうてくる」と言うが、これは、伊勢弁にかぎらず西のほうではめずらしくないだろう。

　戦後すぐの生まれであるわたしなどが子どもの頃は、まだまだ方言は健在だったと思うが、それでも親の世代のことばとはずいぶん違っていた。ことに、外の世界との接触が少ない母親のことばには、古めかしい単語や言い回しがいろいろと混じるのである。

　母は大正九年（一九二〇）生まれで、生まれも育ちも美杉村だが、たとえば、「いましおいでなした」（今ちょうどお越しになった）というような言い方を日常的に用いる。意味はわかるのだが、戦後生まれのわたしには「いまし」というのは奇妙な言い回しで、自分で使うことはなかった。

　古語が好きな方ならわかるだろうが、「いまし」の「し」は強意の副助詞、古典文学ではごくふつうのことばだということを、高校に入学して古文を読むようになって知った。ちなみに、万葉集や『土左日記』などの用例を引く『日本国語大辞典』（旧版）には、「いまし」は三重県志摩郡や奈良県宇陀郡の方言だと記されている（この両地点を直線で結んだ中間点あたりが我が故郷）。

　また、これもわたしの世代ではすでに消えていたが、母は、「夜」のことを「よさり（よーさり）」と言う。「よさり」は「よ（夜）＋さり（去）」で、「さり」は「来る」という意味の古語「さる」の連用形名詞化である。同じく『日本国語大辞典』には『竹取物語』や『伊勢物語』などの用例が引かれ、方言としては仙台から九州まで広範囲に分布することが紹介されている。

　二六の年齢差しかない母とわたしだが、母のことばはずいぶん古風な感じがする。そして、今も母が使う「今し」や「夜さり」ということばを聞くたびに、現在では否定的な評価しか聞かない「方言周圏説」（柳田国男）が正しいのではないかと思うことである。ただし、その母もカタツムリはデンデンムシであった。

（原題「わたしの好きなお国言葉　第31回　方言周圏説の証明」小学館国語辞典編集部ウェブサイト、二〇〇四年公開。のちに活字化され、「方言周圏説の証明」と題して小学館辞典編集部編『私の好きなお国ことば』（二〇〇七年、小学館）に収録された）

心の語録　「心してな」

離れて住む母が、電話口で。「気をつけて」という挨拶句だと思い、いつも「うん」と返事をするだけだが、思慮の足りない息子に、「よく考えて」と諭しているのかもしれない。

（「東京新聞」二〇〇三年九月某日、夕刊一面）

オヤジ

オヤジは三重県の山奥で材木屋を営む飲んだくれで、おふくろを泣かせてばかりいた。柱や板に加工した材木をトラックに満載して名古屋の市に行った日は、運転手と空のトラックがもどってきて、懐の暖かくなったオヤジはどこかで途中下車。飲み続けて懐が寂しくなると家にもどるというような生活をしていた。よくそれで商売が続くものだとまわりは感心したが、いつのまにか材木屋は畳んでいたから、やはり無理だったのだろう。

すでにオヤジもおふくろもいないので書いてもいいと思うが、酒ばかりではなく、オヤジはどうやら女にもだらしがなかったらしい。おふくろは、オヤジが当てにならないので裁縫を教えたり美容院を開いたりして稼いでいた。ある時、その美容院で働いていた美容師さんにオヤジが手を出し、まっ最中の現場に乗り込んだおふくろとの間で修羅場の騒ぎ。あんな田舎でそんなことがあったら、村中の噂になってたいへんだろうと思うのだが、案外平気で大きな顔をして暮らしていた。

中学時代は、そんなオヤジが嫌いでケンカばかりしていた。それでもいっしょに山に行って植林をしたり枝打ちの手伝いをしたりもした。小学生のころには、名古屋に行った帰りにグラブを買ってきてくれてキャッチボールをしたりしていたから、ごくふつうの親子関係は持続できていたのだろう。その後、高校に進学したわたしは町に出て独り暮らしをはじめた。そのために夏休みや正月くらいしか両親といっしょに生活しなくなる。高校時代はまだ県内に住んでいたので、車におふくろを乗せて下宿に来たりしていたが、大学に入ってからは、オヤジとの会話はほんとうに少なくなってしまった。

そんなオヤジが、一度だけ電話をかけてきたことがある。大学院を修了する頃か働きはじめた頃のこと、こんど『古事記伝』の版本が出るようだが買ってやろうかというような内容だった（その情報は地元の新聞で知ったらしい）。値段を聞くと驚くほど高価だし使いこなせそうもないので丁重に断ったが、今思うとオヤジとしては残念だったかもしれない。

というのは、オヤジが尊敬する郷土の偉人は本居宣長だったから。彼が宣長を知ったのは尋常小学国語読本（第三期国定教科書）の「松阪の一夜」だと思う。小さい頃、鈴屋《すずのや》に連れて行かれたこともある。

だから息子が古事記を研究することになって、オヤジはけっこう喜んでいたのかもしれない。聞いたことはないが。


（『文芸春秋』二〇一二年一〇月号、文芸春秋、二〇一二年九月）

鎌鼬・一目連・風の三郎

わたしにはまったく記憶がないが、小さい頃にカマイタチに遭ったことがあると母は言う。ある日の夕方、遊びから帰ったわたしの太股が切れているのを見つけ、その傷口からカマイタチの仕業に違いないと思ったそうで、母は今でもカマイタチを信じている。

木々のそよぎ、木枯らしの音、膚に触れる感触、その存在はいつも感じならがら、そのものの姿を視認することのできない風は、見えないからこそいつも恐ろしく、異界から何かを運んでくる不思議であった。しかし、その姿を具体的な像としてイメージすることはむずかしかったに違いない。古事記に登場する風の神シナツヒコが具体像を結ばず、俵屋宗達の風神図が袋を背負った鬼でしかないのは、風が姿をもたないことに由来する。

その不可視の姿に像を与えたのが、カマイタチ（鎌鼬）と呼ばれる妖怪である。越後の人、橘茂世の随筆『北越奇談』（文化九年［一八一二］）には、越後の七奇（七不思議）の一つとして次のように記されている。

鎌鼬《かまいたち》　一に構太刀、時所に定りなし。多くは社地を過《よぎ》る者、不慮に面部手足なんど皮肉割破《さけやぶ》れて白くはぜかへることとなり。傷口の大小にかはりあれど、さして血も出《いで》ず痛みもなく、何のわざとも更に名付がたきものなり。（略）又、其の治方に古き暦紙《れきし》を焼て貼れば即ち効あり。是、邪を去るの故か。

構太刀という別名は近世の他の随筆などにも散見されるが、その傷口の鋭利さとことばの連想による後付けで、やはり鋭い刃をもつ鎌とすばしっこいイタチから発想された名前だと考えるのがよかろう。そのカマイタチは、本体の風とおなじく姿を見せない妖怪であり、気づかないうちに人に傷を負わせてしまう。相模では「かま風」と呼ぶと『立路随筆』（林百助著、成立年未詳）にある。

同書によれば、「伊勢、美濃、駿河にては一目連《いちもくれん》と云ふ」とあるが、『閑田次筆』（伴蒿蹊著、文化元年［一八〇四］序）では、カマイタチと一目連は別もので、後者は、「一道の暴風、屋を壊り、天井床畳をさへ吹上、あるひは赤金もておほへる屋根などもまくり取離ちたり、纔《わづか》に幅一間ばかりが間にて、筋に当らざれば咫尺《しせき》の間にて障《さはり》なし」とあるように、竜巻のことをいうらしい。それに対して、カマイタチは冬のつむじ風からイメージされているようにみえる（俳句ではカマイタチは冬の季語）。なお、「盆の大きさくらいの明るいもので、嵐の最中に山から出て何回も往復」（『綜合日本民俗語彙』）するというカゼダマ（風玉）も、この「一目連」の仲間だろう。

付記すると、『北越奇談』にいう「古き暦紙」を焼いた灰を塗るという治療法は他の随筆類にもあり、広く信じられていたらしい。障子紙に古い暦を使うと難に遭わないとも伝えている。冬が終わると暦は更新されるから、冬の妖怪カマイタチも退散するということなのだろうか。

風が擬人化されると、「風の三郎」と呼ばれる妖怪になる。新潟県蒲原郡あたりでは、風が吹くと子供たちが、「風の三郎さま、よそ吹いてたもれ」と声を揃えて唱えるという（『綜合日本民俗語彙』）。どうも、シナツヒコ以来、風の神は男性が優位だった。

それにしても、なぜ「三郎」と呼ばれるのだろう。三男坊は暴れ者といった印象でもあるのか、新潟に限らず、風の妖怪は三郎の名で呼ばれることが多いようである。たとえば、一七世紀初めに近江国に吹いた大風を恐れて、人びとが「弥三郎風」と呼んだということを指摘し、お伽草子『伊吹童子』の伊吹の弥三郎から、実在の柏原弥三郎へと辿ってみせたのは佐竹昭広『酒呑童子異聞』（平凡社、一九七七年）であった。ただ、イブキという風を地名にする土地に伝えられた主人公の名前が「弥三郎」だったというところには、実在から口碑へという単線的な変遷を追うだけでは見通せない、風と三郎（弥三郎）とのつながりがあったのではないか。

柳田国男が『桃太郎の誕生』で紹介している越後の伝承によれば、弥三郎という男の母を喰って「弥三郎婆」に化けた鬼婆は、「俄に西の空が大荒れして黒い雲が蔽ひかかり、其雲の中から大きな手を出して」弥三郎に襲いかかってきたというから、この「弥三郎婆」も風の妖怪だったとみてよい。

ここまでくると、宮沢賢治の描いた「風の又三郎」にも登場願うしかなかろう。主人公の少年高田三郎が村の子供たちに「風の又三郎」と呼ばれるのも、おそらく、花巻あるいは作品のモデルになったらしい遠野の山村あたりで、風の妖怪が「又三郎」と呼ばれていたからに違いない。そこで子供たちの唱える呪文、「雨はざっこざっこ雨三郎　風はどっこどっこ又三郎」は、賢治の創作だったのかどうか。

そういえば、一九七九年に突如出現し子供たちを脅えさせた「口裂け女」は、鎌を持ち、すごいスピードで追いかけると語られたが、彼女はきっとカマイタチの後裔に違いない。そして、現代では「古き暦紙」がポマードになった。

（原題「風の妖怪──カマイタチ・一目連・風の三郎」『言語』第21巻第13号〈特集・風の言語学〉大修館書店、一九九二年一二月）

【追い書き】両親のことにふれた文章を置いたが、わが母は二〇〇八年一二月に亡くなり、父は母より一〇年前に亡くなっているので、生まれ故郷とはすっかり間遠になった。

敗戦からちょうど一年後の一九四六年八月、わたしは、三重県一志郡多気《たげ》村丹生俣に生れた。雲出《くもず》川の支流、八手俣《はてまた》川の源流にある、どん詰まりの集落である。そこは、二〇一四年に公開された映画「ＷＯＯＤ　ＪＯＢ　神去なあなあ日常」（矢口史靖監督、三浦しをん原作）で知られることになったが、映画に出てきた風景のいくつかは、わたしが遊びまわっていた六十数年前とほとんど変わっていない。

多気村は、昭和の大合併によって七つの村が合わさり一志郡美杉村（一九五五年）になり、平成の大合併によって津市美杉町（二〇〇六年）になった。そして、平成の大合併によって、一志（壱志・壱師）という古代以来の由緒ある郡名が消滅したのは、古代文学を専攻するわたしにはいささかさびしい出来事であった（津市一志町という町名はあるが）。一志の名は、古事記の第五代天皇ミマツヒコカヱシネ（孝昭天皇）の子アメオシタラシヒコ（天押帯日子命）の子孫として並べられた氏族のなかに、「……伊勢の飯高の君・壱師の君……」とある豪族「壱師の君」が居住した土地である。『続日本紀』天平一二年（七四〇）条や『延喜式』に、地名「壱志郡」の名をみる。氏族名が先か地名が先かはわからないが、ずいぶん長い歴史をもつ呼称であるのは明らかなのに、全国の多くの郡名とともに消滅した。その点に関しては、本書、第三幕の4「暴力をめぐる二、三の断章」でふれた。

第二幕

あおられる　旅の足跡

1　異界につながる岩と洞窟

一三歳になった夏に、大峰山（山上《さんじよう》ケ岳《がたけ》）の山駈けを体験した。わたしの生まれ育った三重県の山村には大峰講という組織があって、少年たちの多くが、中学校を卒業するまでに一度は、先達《せんだち》と呼ばれる行者（修験者）に連れられて大峰山に入り、白装束に身を包みわらじを履いて、表行場と裏行場をめぐる修行をするのが習わしであった。あとになって知ったことばを使えばイニシエーション（通過儀礼）ということになり、わたしもサンジョウさんから帰ると中学生であっても一人前として遇された。

一般にもよく知られた「西の覗き」という行《ぎょう》は、一〇〇メートルはありそうな垂直に切り立った断崖絶壁の上で行われる。ごつごつした岩場で腹這いになり、両肩にロープを掛けて空中に上半身を突き出されるのである。そして先達は、「勉強するか」「親の言うことを聞くか」と少年たちを責めたてる。黙っているとロープをゆるめて体を前に突き出されるし、「はい」と返事をしても「ほんまか」と言いながら突き出される。まわりの大人たちは、もっと前に出せとか、目を開けろとかはやしたてる。下を覗くと、谷底に生えている巨木が草のように小さい。

高一の夏にも二度目の大峰での行を体験しているのだが、こまかなことはほとんど忘れている。もちろん、約束した勉強もあまりしなかった。今も鮮明に覚えているのは、西の覗きにかぎらず、ずっと岩にへばり付いていたということである。山深く鬱蒼とした森林に包まれた吉野の山々だが、行場はどこもむき出しの岩塊がそそり立っており、修行とはさながらロッククライミングなのである。

今考えると、大峰山の岩塊が修行の場として選ばれたのは、古代の人びとが地の底からせり出した岩を神秘的なものとみなして畏れ敬ってきたからである。そこは異界に通じる場所、大地の力を感じる場所であり、巨岩は磐座《いわくら》と呼ばれた。

わたしの専門である神話を引き合いに出して説明すると、大地の力というのは地母神的な性格をもつイザナミのことだと言ってもよいし、出雲神話に登場するオホナムヂだと言ってもよい。オホナムヂのナは、「地《な》」とも「穴《あな》」とも解釈されるが、いずれにしろ人びとが生きる大地を支配し守護する神である。

地表に突き出た岩や絶壁は、「岩根」と呼ばれる根を通して大地の根源につながるものであるゆえに、大地の力を受感できる場所になるのではないか。祝詞《のりと》の決まり文句「堅磐《かきは》に常磐《ときは》に」は永久にあってほしいことを「磐《いは》」に託して祈ることばであり、宮殿は「底つ磐根《いはね》に宮柱太敷《ふとし》き立て」なければならない。そうすることで、人は大地と交信し大地に護られると古代の人びとは信じたのである。

松尾芭蕉が「語られぬ湯殿にぬらす袂かな」(奥の細道)と詠んだのと同様、今もきびしいタブーが守られ写真撮影も厳禁の湯殿山神社の御神体は、まぎれもなく磐座である。十数年前だったろうか、山形県を車で走っていて巨大な鳥居に出くわしたので、何があるのかもよく知らないままに谷間の細い道を歩いていった。そしてその先で見た光景は、まさかと言う以外になく、その驚きは今も脳裏に焼きついている。

また、「お灯《とう》祭り」という火祭りで知られる神倉神社の御神体「ごとびき岩」も、日本書紀の一書がイザナミの墓所と伝える熊野灘の海岸に聳える「花の窟《いわや》」もみごとな磐座である。五〇〇段以上もある石段を上った上に広い岩盤があり、その上に巨大なごとびき岩が載っている。お灯祭りでは、その岩盤の上に松明《たいまつ》を持った「登り子」と呼ばれる男たち二〇〇〇人ほどがひしめき、閉じられていた門が開くともに、火の帯となって階段を駆け下りる。あのすさまじい祭りのエネルギーは、ごとびき岩を通して大地の底からわき上がってくるのではないかと思わされる。

岩塊が発散させるエネルギーを感じてわたしを驚かせたのは、玄界灘に孤立する沖ノ島の祭祀遺跡群であった。宗像《むなかた》神社沖津宮を護る神官だけが交代で滞在する神の島に上陸するのには許可が必要で、取材ということで年に一度の大祭に加えてもらった。水平線しか見えない玄界灘で、遠くに三角形の島が見えてきた時には、竹取物語のくらもちの皇子ではないが、少なからず興奮させられた。上陸して眺めると、小さな島には無数の巨岩が立ち、古代にはその岩上や岩陰で祭祀が行われた。調査によって確認されているのは四世紀後半以降の遺物だが、それ以前に何もなかったかどうかはわからない。

この島が海原のまっただ中にある孤島であることや宗像という海の民の一族が祀ることからみて、航海の安全にかかわる祭祀が行われたに違いない。おそらく島に散らばる巨岩や岩石でできた島そのものをケーブルとして、ワタツミ（海の神）や底なる大地にいます神とつながろうとしたのだと思う。

もうひとつ、あちこち歩いていて出くわすのは洞窟である。そして、岩と洞窟はよく似た性格と役割をもっている。地表にせり出した岩塊は「岩根」を通して地底につながると考えられており、一方、岩に開いた穴は、よりリアルに地底への

図1　お灯祭り

通路とみなされているからである。

古事記のオホナムヂは、地の底にある根の堅州《かたす》の国に行き、大神スサノヲの課す試練を克服すると、その力を譲り受けて地上にもどり、葦原《あしはら》の中《なか》つ国の王オホクニヌシとなる。その異界往還の旅は、木の国（今の和歌山県）にある木の俣《また》から根を通って根の堅州の国に行き、黄泉津比良坂《よもつひらさか》を経て地上に帰ったと語られる。異界との通路はいくつもあるのだ。

島根半島の日本海に面した海岸にある猪目《いのめ》洞窟は、出雲国風土記では「黄泉《よみ》の坂・黄泉の穴」と呼ばれ、その穴の近くに行く夢を見た者はかならず死ぬと伝えられている。古事記の黄泉津比良坂というのも、地上と地底とをつなぐ傾斜した穴と考えるのがよい。猪目洞窟へは、出雲大社のわきにある細い道を抜け、峠を越えて島根半島の北側の海岸に出なければならない。海辺の小さな集落のはずれにある洞窟は、今は船溜まりとして使われている。ところが発掘調査によると、弥生時代から古墳時代にかけての遺骨十数体とさまざまな遺物が出土しており、古代の葬送の場所であった。海辺に面した海蝕洞穴に死者を葬ることによって、その魂は、穴を通って大地の底に下りて行くと考えていたのである。同様の洞窟は日本海沿岸にいくつか存在する。

そのうちのひとつ、能登半島の付け根に近い大境《おおさかい》洞窟も、複数の人骨が埋まっていたことで知られる遺跡である。立山連峰を対岸に見ながら走る海岸道路は、じつに気持ちがいい。そしてここも、小さな漁港のはずれにある岩壁に穿たれた穴で、現地の案内板には、住居として使われ落盤によって生き埋めになったのだろうと説明されている。しかし、地形も形状も猪目洞窟とそっくりな大境洞窟は、縄文時代以降ずっと死者を葬る穴として利用されていたとみたほうがいい。

洞窟に入るというのは、その穴がいくら奥が浅くても、観光用に整備された鍾乳洞であっても、わき上がる畏れと不安を抑えることができない。それは、この先が異界につながっていると感じてしまうからではないか。貫通している加賀《かか》の潜戸《くけど》でさえ、ラフカディオ・ハーンがそうであったように、船に乗って洞窟のなかに突進すると神秘的な感動に打たれて声も出ない。洞窟のなかは異界なのだ。

ことさらに岩塊や洞窟を探して出かけているわけではない。神話の舞台や古い神社を求めて歩いていると、時に岩や穴に出くわすのだ。ここにとり上げた一〇か所は交通の便がよくなかったり天候に左右されたりして、簡単には行けないところもある。それだからこそ辿り着いた時には感動も大きくなる。

岩なので触れるとひんやりと冷たい。そして、揺るぎなくたしかに存在する。今流行りのことばで言えば、これらの岩や洞窟の多くは古代人のパワースポットであった。当然のことながら、彼らはさまざまな方法で神との接触を試みたわけだが、岩や洞窟に対する信仰は、縄文時代にまでさかのぼる古さをもっている。そして、今やわたしにとっても、もっとも古代的な風景のひとつであり、たしかに神がいますことを実感させてくれる場所だ。しかも岩や洞窟に触れていると、イハナガヒメ（石長比売）を追い返して短命になってしまった天《あま》つ神ニニギとは逆に、長命も夢ではない。

異界につながる岩と洞窟一〇選（北から南へ）

（1）湯殿山神社御神体（山形県鶴岡市）

見たことを話してても聞いてもいけないというタブーが遠い時代から守られた東北修験の聖地。行ったという人に会うとかならず、どちらからともなく凄いですよねということばが口をつく。ありがたくも裸足で御神体に登れる。

（2）龍泉洞（岩手県岩泉町）

鍾乳洞に渡された網目通路の下にはエメラルドグリーンの水が地の底まで続いている。こんな色彩を放つ水があるのかと、怖さと美しさに立ちすくんだ。それ以来、コンビニで龍泉洞の水があるとつい買ってしまう。

(3)大境洞窟(富山県氷見市)
能登半島東海岸の付け根近くに穿たれた海蝕洞穴で、大正時代に洞窟では日本初となる発掘調査が行われた。その結果、複数の人骨や土器片などが出土し、縄文時代中期から近世にかけて六層の複合遺跡が見つかった。

(4)大峰山「西の覗き」(奈良県天川村)
役行者の時代から続く大峰修験の霊場は、岩との格闘だと言ってもよい。そのなかで、もっともよく知られているのが「西の覗き」だ。切り立った岩場から肩にロープを掛けて上半身を突き出す。わたしはこれで大人になった。

(5)神倉神社ごとびき岩(和歌山県新宮市)、花の窟(三重県熊野市)
どちらも熊野灘の断崖に立つ巨岩。ごとびき岩は神が降臨した岩と伝え、二月の火祭り(お灯祭り)では、二〇〇〇人もの男が松明を持ってひしめく。花の窟は、日本書紀がイザナミの墓と伝え、お綱《つな》掛《か》けという神事が行われる。

(6)沼島《ぬしま》上立神岩/下立神岩/平磯《ひらばえ》(兵庫県南あわじ市)
いつ頃から言い出されたのか定かではないが、淡路島の南に浮かぶ沼島という小さな島の東海岸に立つ奇岩群は、イザナキとイザナミがオノゴロ島に降りて結婚したところだという。太平洋の荒波が打ち寄せる岩場である。

（7）加賀の潜戸（島根県松江市）、猪目洞窟（島根県出雲市）
潜戸は岬の先端に凸字型に穿たれた海蝕洞穴で、波が静かな時には観光船で通り抜けることができる。何度行っても、その荘厳な空間に圧倒される。同じく海蝕洞穴の猪目洞窟は死の国への入り口とされ、死者を葬ったところ。

（8）沖ノ島（福岡県宗像市）
玄界灘のまっただ中に孤立する岩石の島に海水で禊ぎをして上陸すると、島には宗像大社沖津宮があり、周辺には至るところに大地から巨岩が生えている。その岩の上や岩陰で祭祀が行われており、数えきれない遺物が見つかった。

（9）鵜《う》戸《ど》神宮（宮崎県日南市）
海岸の絶壁に作られた階段を降りると中腹に岩窟があり、そのなかに朱で彩られた神社が建っている。まるで母の胎内を思わせるが、ここはカムヤマトイハレビコ（神武天皇）の父ウガヤフキアヘズが誕生したところと伝える。

（10）通り池（沖縄県宮古島市下地島）
大地に空いた円筒状の二つの空洞で、胯間を縮み上がらせながら下を覗くと濃紺の水面が輝いている。海中の鍾乳洞の天井部分が陥落してできたとされ、二つの池は洞窟で海とつながっている。人魚や継子の哀しい伝説がある。

（原題「こだわりの旅――岩と洞窟」『文芸春秋ＳＰＥＣＩＡＬ』二〇一〇季刊夏号〈もう一度日本を旅する〉文芸春秋、二〇一〇年七月一日）

吉川宗明『岩石を信仰していた日本人』（遊タイム出版、二〇一一年）

なぜか人は岩石に魅せられ、そっと触れてみる。湯殿山神社（山形県）の御神体、神倉神社（和歌山県）のゴトビキ岩、玄界灘の孤島・沖ノ島（福岡県）に立つ巨石群などを前にすると、信仰心のないわたしでさえ神々しさを感じてしまう。

そういえば、古代の明日香はさまざまな形に加工された岩石が立ち並ぶ都だった。

本書の著者は、そうした岩石の魅力に取りつかれた研究者のひとりである。すさまじい執念とでも形容するしかない態度で岩石に向き合うが、単なるマニアでもおたくでもない。あくまでも冷静に、研究対象として岩石祭祀を分類し、それを通して人間の心に向き合おうとする。

柳田国男、折口信夫、鳥居龍蔵、大場磐雄、野本寛一ら錚々たる民俗学者や考古学者による岩石信仰の研究史を批判的に検証するところから本書は始まる。そして今までの研究を修正するために、概念規定の明確化を提唱する。岩石が相手だけに、著者の研究はきわめて手堅い。

日本列島の各地に散らばる千か所以上の事例を集めた上で、それら祭祀対象の岩石を、それ自体が「信仰対象」となった岩石、「信仰者と信仰対象の間を取り持つ媒体」とされる岩石、偉人の腰掛け岩のように聖跡として伝えられる岩石など五つの基本類型に分類し、それに基づいて詳細な下位分類を試みる。そのように厳密なとらえ返しをすることによって、あいまいさを残したままに論じられてきた岩石祭祀研究を、学問として確立しようとするのである。

こうして紹介すると、たいそう堅苦しい本のようだが、さにあらず。後半では、岩石祭祀の現場のいくつかがわかりやすく紹介されている。しかも著書に載せきれない全容は、著者が運営するウェブサイト「岩石祭祀学提唱地」で公開されている。ところが残念なことに、その有益で貴重な情報は、無料HPサイトの閉鎖により、間もなく縮小移転せざるをえないらしい。どこかに、支援してくれる組織があればいいのだが。

（「読売新聞」二〇一一年一〇月九日朝刊）

野本寛一『地霊の復権』（岩波書店、二〇一〇年）

洞窟や奇岩、天空に突き抜ける巨木、旅先で出会うと、信仰心もないのに神々しい感じにうたれる風景。うち棄てられた屋敷跡や道ばたの祠《ほこら》、辻に置かれた丸い石、開墾されずに残された畑のなかの樹木——それら一つ一つのモノたちを、民俗学者である著者は訪ね歩き、ふれあい愛おしみ、地霊として記録する。

しかし、これが地霊だと定義づけられるような、きちんとした姿や形式があるわけではない。共通しているのは、大地とつながり、大地の力を感じさせるモノたちであり、それらが存在するのにふさわしい場所と言えばいいか。

突然もてはやされ、人が押しかけるパワースポットも地霊のひとつと言えようが、著者が追い続けるのはもっと地味な、土に生きる人びとの生活が感じられる場所だ。

そうした場所が、今棄てられようとしている。あるいは棄てられた。大地を傷つけて人は棲みはじめ、必要がなくなると見棄てて去ってゆく。地霊はどうなるのかという思いが、著者を歩かせる。

環境やエコということばになぜかなじめない、という人にもぜひ読んでほしい。

（「読売新聞」二〇一一年二月一三日朝刊）

【追い書き】　ここに紹介した岩と洞窟については、本幕の2「神の宿る風景」と3「古事記の舞台を歩く」でも取りあげている。なぜなのだろう、巨岩は人を惹きつけるようで、ウェブサイトを検索しても、いろいろとヒットする。そのなかの一つで本にもなったのが、書評で取りあげた吉川宗明氏のサイトである。書評の最後に書いたサイト移転の件だが、無事に移転して何年間か運営されていたのだが、最近になって閉鎖されたらしく見当たらない。氏のブログを覗いてみたら、最後の記事に、「三月末（二〇一五年―三浦、注）で、ホームページを閉鎖しようと思います。研究の意志はあるのですが、ホームページの管理ができず、です。十五年やってきて、こういうアプローチで研究をする後継者を残せなかったのが心残りですが、本は永久に残るので、後学の徒が出てくることを待ちます」とあります。残念ではありますが、結婚というおめでたも含めていろいろと事情があったようです。

ところが、あらためて検索したところ、二〇一六年三月より「石神・磐座・磐境・奇岩・巨石と呼ばれるものの研究」（http://megalithmury.blogspot.jp/）という名でブログが開設されたようである。なにはともあれめでたい。

岩や洞窟というのは大地の底につながっており、そこに、わたしたちは神秘的な力を感じるのではないかと思う。そんなことを教えられたのが、野本寛一氏の著書であった。そして、野本氏ほど、今も日本列島の隅々まで歩き続ける民俗学者をわたしは知らない。

2　神の宿る風景

(1) 火＝破壊と創造

イザナキとイザナミが結婚して大地を生み、野山や風や木を神として生みなす。最後に火の神カグツチを生んだイザナミは、産道を焼かれて死んだ、と古事記は語る。

カグツチのカグは、カカ・カガなどと同じく輝く意、ツは格助詞で「〜の」の意、チは霊力を表す接尾語だから、輝くもの、激しく燃えるものを神格化した呼び名である。別名がカガビコというから、男性神と考えられていたらしい(アイヌの火の神は老婆だ)。

母神イザナミの死と引き換えに、火は人びとにもたらされた。ありきたりな説明しか思い浮かばないが、この神話には、あらゆるものを破壊し、あらゆるものをつくり出す、二面的な火の威力と神秘性が象徴されているとみてよいだろう。

高天《たかま》の原から高千穂峰に降りた神ニニギが、桜の花のように美しいコノハナノサクヤビメと出会い、一夜の交わりを結ぶ。しばらくしてサクヤビメが妊娠を告げると、ニニギは、ほかの男がはらませた子だと疑う。

するとサクヤビメは、出入り口のない産屋《うぶや》を造り、その中に入ると周りを土で塗りふさぎ、産屋に火を付けて出産する。ニニギの疑いを晴らすためである。その火の中から生まれたのが、ホデリ(海幸彦)、ホスセリ、ホヲリ(山幸彦)の三兄弟であった。

天皇家の系譜のはじめに位置する神話にも、火の神秘性が語られている。マジックのような、アクロバチックな行為が、ニニギの子だということを信じさせるのではない。火の浄化力が、ニニギの心に生じた疑いを晴らすのである。

火は、あらゆるものを焼き尽くすことで、まったく新たな生命を誕生させる。

あちこちの神社で行われる火にかかわる祭りを見ていると、そうした破壊と浄化、新たな生命の誕生などの観念がうかがえる。小正月の民俗行事「どんど焼き」にも、古いものを焼いて新しい力を手に入れようとする、人びとの願いがこめられている

写真（九三頁、図1参照）は、毎年二月六日に和歌山県新宮市の神倉神社で行われる「お灯《とう》祭り」の一こまである。たいまつを掲げた二〇〇〇人近くの男たちが、五〇〇段以上もある急峻《きゅうしゅん》な石段を、火を持って駆け降りる勇壮な祭りだ。この火を持って無事に山を降りた少年は、大人として認められる。山の下に戻ると、心配顔の母や少女たちが並んでいた。

（2）剣＝さまよう神剣の物語

鏡と玉に剣を加えた神宝が、天皇家が地上を支配する王であることを保証するシンボル「三種の神器」である。そのうちの鏡と玉は、天の岩屋にこもったアマテラス（天照大御神）を引き出す時に作られた祭具だった。

それに対して、「草薙（草那芸）の剣」は、まったく素性が違っている。

東国平定に赴いたヤマトタケルが、賊にだまされて焼津の野に誘い出され、火攻めに遭う。タケルは、叔母ヤマトヒメにもらった剣でまわりの草をなぎ払い、反対に向けて火をつけ（「向い火」という）、難を

逃れた。それ以来、この剣は草薙の剣と呼ばれた。

　その後、ヤマトタケルは熱田の宮に剣を置いたまま、伊吹山の神を退治に出かけて死んでしまう。そのために今も、草薙の剣は熱田神宮（名古屋市熱田区）に祭られているわけである。

　古事記によれば、草薙の剣は、頭が八つ、尾が八つもあるヤマタノヲロチの体に秘められていた。高天の原から地上に追放されたスサノヲが、ヲロチにささげられたいけにえのクシナダヒメを救った時に、切ったまん中あたりの尾の中から手に入れたのである。

図2　剣／おほほ祭り

　ヲロチのヲは「尾」の意、ロは古い格助詞「～の」、チは神格を表すので、ヲロチとは尾の霊力という意味になる。

　その剣をスサノヲは、高天の原のアマテラスに差し上げる。アマテラスの孫ニニギが地上に降りる時、それを他の二つの神宝とともに地上に持ってくる。

　以来、天皇のそばに置かれていたが、霊力が強すぎるので、剣と鏡は伊勢の地に移された、と『古語拾遺』は記す。そして剣は、伊勢に仕えるヤマトヒメから、東国へ遠征するヤマトタケルに授けられた。

　ヨーロッパの伝説でも、ファンタジー小説でも、名剣は英雄とともにさまよい続け、さまざまな物語を生み出してゆく。草薙の剣も、まさに名剣中の名剣といえよう。

　熱田神宮に祭られるようになっても、この剣は安穏とはしていない。日本書紀によれば、天智七年（六六八）に、道行《どうぎょう》という渡来僧が盗み出し、新羅に持ち去ろうとした。ところが暴風雨のために逃走に失敗、剣は朝廷に保管される。

熱田に戻るのは一八年も後で、それを喜ぶ「酔笑人神事《えようどしんじ》」が今も、五月四日に熱田神宮で行われる。喜んで酒を飲み笑ったのを再現したので、「おほほ祭り」ともいう（図2写真、参照）。なんとも微笑ましくなる神事であった。

（3）岬＝神の寄りつく場所

海に突き出た岬に立っていると、自分の体が揺れてくるような不思議な気分に襲われることがある。おそらく、果てしなく広がる海面に囲まれ、不安定な感覚になるからではないかと思う。

古代の人びとにとって、岬は神の寄りつく場所であった。ある時、オホクニヌシが三保の岬（島根半島の東端、現在の松江市美保関町）にいると、海のかなたからアメノカガミ船に乗り、ヒムシの皮をぬいぐるみのように着た神がやって来た。

ヒムシとは蛾か鳥の一種らしく、カガミ船とは豆科の植物ガガイモの実のさやで、とても小さな神であることを表している。寄り来た神はスクナビコナと言い、二神は力を合わせて国造りをしたと、古事記には語られている。

前にとり上げたニニギが、高天の原から高千穂に降り、美しいコノハナサクヤビメに出会ったのは、笠沙の岬だった。サクヤビメは海のかなたからやって来たのではないが、そこは二つの世界が接触する場所だから、ニニギとサクヤビメは笠沙の岬で出会ったのだ。

ミサキのミは接頭語、サキは先（崎・前）で先端部分を指し、平地にでも海にでも張り出しているのがサキである。ミ（御）という接頭語が付くのは、そこが神のいます場所だからである。

このサキという語は、サク（咲）ということばとつながりがあると考えられている。枝の先端に神が寄りついて最高の状態になっていることが、「咲く」の意味である。

二つの世界が接触し触れ合う場所としてのサキは、サカ（坂）やサク（割）ともつながることばらしい。二つの世界が触れ合うところは、言い換えれば、二つの世界を分断する場所でもある。

図３　笠沙岬（野間半島）

今で言えば、国境が同じ性格を持っている。二つの世界を分断する場所は、二つの世界をつなぐ場所であり、人と人、人と神とが出会う場所である。友好な関係を築くか、対立点として遮断するか、それはわたしたちの関係性のとりようが違っているにすぎない。

ニニギとサクヤビメが出会った舞台とされるのは、南さつま市笠沙町の野間半島である。薩摩半島の南西端にあり、東シナ海に突き出した風光明媚な場所である。今は、風力発電用の巨大な風車が回っている。

（4）柱＝神のアンテナ

神話や祝詞《のりと》によく出てくる決まり文句に、「底つ岩根に宮柱太《ふと》敷き、高天の原に氷木《ひぎ》高《たか》知りて」という表現がある。

神殿や宮殿を褒めることばで、大地の底深くまで太い柱をどっしりと立て、天空の高天の原まで届くほどに、氷木を高々とそびえさせる意味である。氷木とは、千木《ちぎ》とも呼び、神社の屋根の上にあるV字形の木をいう。

この決まり文句は、壮大な建物を柱と氷木とによって褒めており、ただ大きいとか高いとかではなく、柱が大地の底深くから天空にまで届いている様子を表している。おそらく、大地と天空との両方につながっている必要があるのだ。

鉄筋の量を減らしたために強度不足となったマンションが、少し前に大きな社会問題になった。どっしりとした柱が必要なのは、古代も変わらなかった。しかも、「太い柱だから頑丈だ」というだけではない。

高くて太い柱が、大地と天空とをつなぐ。そのことにより、大地の神がみからも、天空の神がみからも力を受け取ることができ、守られると考えていたのが、古代的な観念である。

万葉集の巻二十に、「真木柱《まけはしら》讃めて造れる殿の如《ごと》いませ母刀自《ははとじ》面変《おめかは》りせず（真木の柱に祈りをこめて造った御殿のように、元気でいて下さい母上よ、お変わりなく）」という、防人に旅立つ息子の歌が伝えられている。

御殿というのは大仰な言い方で、恐らく自分たちの住む家を指すのだろう。そして、家の柱を立てる時には、祝福のことばを唱えながら、いつまでもしっかりと建物を守ってくれるように祈っていたのがわかる。

ハシラの語構成は「ハシ＋ラ（接尾語）」で、ハシの語源は、「あちらとこちらとをつなぐもの」をいう。頓知の一休さんではないが、橋も端も箸《はし》も、はしごのハシも、みな同じで、二つの世界をつなぐものが「はし」なのだ。

天空に高々とそびえる柱が、縄文時代にすでに立てられていた事実は、三内丸山遺跡（青森市）の巨大柱が証明している。
起源は不明だが、七年ごとに立て替えられる諏訪大社の「御柱」や、二〇年ごとに遷宮がくり返される伊勢神宮の社殿の下に立てられた「心の御柱」は、神を迎える目印と考えてよい。

図４　柱／御頭祭

（５）洞窟＝女神のいますところ

洞窟というのは奥が見えないこともあり、恐ろしくて神秘的な気分になる。大地の底をのぞくような感じがするからだろうか。

今までに行った洞窟のなかで、とくに神々しさに打たれたのは、加賀《かか》の潜戸《くけど》だ。何度行っても、その感動は変わらない。今は松江市になったが、日本海に面した島根半島の北側、島根町加賀に小さな入り江がある。その入り江の東側は、北に張り出した岬になっている。その先端には凸字形の海蝕洞穴があり、海のトンネルになっている。そこが潜戸だ。

東西の長さは約二〇〇メートル、まん中あたりに大きなドーム状の空間があり、そこから北に向いて穴があり、岬の先端に抜けている。

加賀は小さな港だが、隠岐島との定期航路があって高速船が就航している（加賀港の隠岐航路は二〇〇七年に廃止された）。

図5　洞窟／潜戸

その高速船の乗り場の脇から、潜戸観光の遊覧船が出ており、シーズン中（四月から一〇月）の海が凪いでいる時には、潜戸に行くことができる。ベテランの漁師さんが、船底がガラス張りの小さな船を操り、幅が二メートルほどしかない洞窟の入り口に突入するのは、スリル満点である。そして中に入った途端、神秘的な風景を目にしてかたずを飲む。

潜戸は、もとは行き止まりの穴だった。それをキサカヒメという女神が「暗い岩屋だ」と言って、弓矢で射抜いてしまったという。また、人がこっそり近づくと女神が驚いて怒るので、音を立てながら近づくという。これが、出雲国風土記に記された伝承である。

興味深いことに、音をたてて近づく習俗は、近代までずっと続いていた。一九世紀末にこの地を訪れたラフカディオ・ハーン（小泉八雲）は、潜戸をくぐった時の体験を、随筆「子供たちの死霊の岩屋で——加賀の潜戸」（『新編　日本の面影』角川ソフィア文庫）に書いている。それによると、老いた漁師が櫂を操って洞窟に近づくと、船首に座っていた漁師の老妻が、舟に置いてあった石で舟端をたたき出したという。

千数百年も前からずっと、変わることなく潜戸の神秘性が受け継がれているのはすごいことだ。そしてこの洞窟に入ろうとしたら、だれもが厳かな気持ちにならざるをえないだろうと、信仰心のないわたしも思うのであった。

（6）岩＝揺るぎないもの

月刊誌の連載「古事記を旅する」の取材で、神話にゆかりの地や神社を訪ねる機会が多い。そのなかでしばしば出くわすのが、ご神体、神の依り代として祭られている巨大な岩石（磐座）である。

図6　岩／沖ノ島

それは、海のなかに立つ岩だったり、山の中腹にそびえる岩壁だったりする。あるいは、海岸の洞窟や奇妙な形をした大岩の場合もある。

神主さんの唱える祝詞の決まり文句の一つに、「堅磐《かきは》に常磐《ときは》に」ということばがある。堅い岩や変わらない岩のように「いつまでも」「どっしりと」とかの意味で、永遠性や不動性をたたえる表現だ。その岩石の上や傍らで、かつては神を迎える儀礼が行われた。

先に紹介した柱の話では、大地と天空の両方につながっていることが必要だと説明したが、それは、岩の場合も同じである。ただし、天空のほうはおもに柱が分担し、岩石は大地の力を引き出すのではないだろうか。

これは、岩がしばしば「磐根《いはね》」「石根《いはね》」と呼ばれることからの推測である。岩は、大地に深く根を張り、その根を通し

図7　鳥

て大地の神がみとつながることができると古代人は考えたのだと思う。

もっとも有名な磐座の一つとして、玄界灘に浮かぶ沖ノ島の祭祀遺跡がある。一九五四年（昭和二九）から一五年以上も調査が行われ、四～八世紀にかけての膨大な量の祭祀遺物が出土した。それ以来、この島は「海の正倉院」と呼ばれている。

時代が古い遺物は巨大な岩石の上から、時代が下ると岩陰から見つかった。理由はわからないが、岩の上から岩の下へ祭祀の場所を移したのである。

沖ノ島は、九州と朝鮮半島とをつなぐ航路上にあり、航海の安全を祈る島であった。荒れ狂う海を無事に渡るには、揺るぎない岩石の上で神を祭ることが必要だったのだろう。もちろん玄界灘の孤島は、船乗りにとって、とても重要な目印であった。

沖ノ島には、今も宗像大社（福岡県宗像市）の「沖津宮」が祭られている。無人の神の島で、神職一人が交替で田心姫《たごりひめ》神を守りながら、この島で繁殖する海鳥のオオミズナギドリといっしょに暮らしている。

（7）鳥＝魂を運ぶもの

奈良盆地や大阪平野にある大きな古墳を訪れると、さまざまな鳥に出会う。古墳をとりまく濠には、餌になる小魚が多いので水鳥が集まるのだ。

オシドリやカモやコハクチョウが水に浮かび、墳丘の樹木の枝にはシラサギやアオサギが羽根を休めている。姿を確認できない小鳥たちの鳴き声も聞こえる。

図8　船／諸手船神事

今や、自然環境を守るために、なくてはならない大型古墳。だが築造された当初は、生きた鳥とは違う作り物の鳥が並んでいた。水鳥をかたどった大きな埴輪が発掘されたり、周濠のなかから、鳥の形をした木製品が見つかったりする。墓の周囲には、土や木で作った鳥が並んでいたのである。

木の鳥は、まるで風見鶏のような形をしているが、死者の魂を宿してあの世に連れていったらしい。彩色古墳の壁画には、棺を載せた船の舳先に鳥を描いた絵もある。この鳥も、魂の運搬者である。

鳥が運ぶのは、死者の魂だけではない。穀物の霊魂も鳥が運ぶ、と古代の人びとは考えていた。これは世界的に共通するらしく、オオハクチョウやツルなど大型の白い鳥がその代表である。天の羽衣で有名な天人女房説話の古い形では、白い鳥が水辺に降りて女に変身すると語られる。これなども、穀霊信仰にかかわると考えてよい。

裕福になりすぎて慢心した人が、収穫した米でもちを作り、それを弓の的にして遊んでいた。すると、もちは白い鳥になって飛んで行き、それ以来、稲がまったく実らない土地になったという伝承が、豊後国風土記に伝えられている。

離れて会えない恋人に、わたしの思いを伝えてくれと鳥に歌いかける歌が、古事記や万葉集に載せられている。大空を自由に駆けめぐる鳥へのあこがれは、むかしも今も変わらない。

一方、すばらしいものを運ぶ鳥は、恐ろしいものも運ぶ。祝詞のなかには、「飛ぶ鳥の災い」という語句があって、鳥は、空を飛ぶ恐ろしいものでもあった。鳥インフルエンザは、現代になって急に生じた災いではなかったかもしれない。

しかし、古代の人びとは災いにおびえるよりは、すばらしいものをいっぱい運んでくれる鳥をあがめたのである。

(8) 舟＝神の乗りもの

沖縄の各地で、海人《うみんちゅ》たちの祭りとして行われるハーリーは、竜やサメの模様が描かれた小舟（サバニと呼ぶ）による舟漕ぎ競漕である。ハーリーとよく似た競漕を、長崎ではペーロンと呼ぶ。

沖縄のハーリーは五月ごろ、長崎のペーロンは六〜八月に行われる。どちらも、小さな舟にたくさんの漕ぎ手を乗せ、水を掛け合いながら競い合う勇壮な祭りとして知られる。ハーリーやペーロンと似た祭りは、島根半島先端の漁港、美保関（松江市）にもあり、諸手船《もろたぶね》神事と呼ばれる。二艘の舟に、それぞれ八人の漕ぎ手とかじ取り一人が乗り、港のなかを競漕する。

諸手船は黒く塗られ、白い模様が付いている。舟の形は普通の漁船のように見えるが、そうではない。下の方は丸木をくりぬいて作り、その上の舷側に板を張り、普通の釣り舟のような形に仕立てている。

これは、古いくり舟構造を伝えているのではないかという。

ハーリー舟やペーロン舟も、元は同じようなくり舟構造だったかもしれない。これらの伝統的な舟漕ぎ競漕は、黒潮に乗って南方から伝えられたものらしい。

中国の福建省のあたりにも、同様の舟漕ぎ競漕があるという。おそらくそれは、海の民が、海のかなたから神を迎える儀礼に起源をもつと考えられる。ハーリーやペーロンは、神をいち早く迎えようとする心が、競漕そのものへと展開していったようだ。近ごろでは、観光化された華やかなお祭りとしてにぎわっている。

一方の諸手船は、神を迎えるという部分が、古事記の神話と結びつけられた。高天の原から降りてきたタケミカヅチが、出雲の神がみに国譲りを迫った時、美保の岬に出かけていたコトシロヌシを連れてくるために、天の鳥船という神が使者として派遣される。

その神話を踏まえて、舟漕ぎ競漕のいわれが説明されることになったのである。しかし元は、海のかなたから人びとの前に訪れる神を迎える祭りだった。

諸手船神事は、ハーリーやペーロンとは逆に、真冬の一二月三日に行われる祭りである。そのせいもあるのだろうか、小さな入り江でひっそりと行われている。

（毎週一回全八回連載、共同通信配信（自作写真付）、二〇〇六年五〜七月に京都新聞・中国新聞など地方紙各紙）

3　古事記の舞台を歩く

（1）出雲

　ずいぶん長く覆屋のなかに姿を隠していた出雲大社本殿の大改修も終盤を迎え、七月（二〇一二年）には覆屋の撤去が完了して新しい姿が現れる。あとは来年五月に予定されている、ご神体の本殿遷座祭を待つばかりになった。

　幸いなことに、特別拝観が行われていた時期に出雲大社にお参りする機会があり、二度にわたって大屋根を間近に見学することができた。昨年二月には軒の部分の檜皮《ひわだ》が葺き始められたばかりで、大屋根は千木《ちぎ》（氷木《ひぎ》とも）が外され垂木などの下地がむき出しになっていた。棟とほぼ同じ高さまで昇ると、参道の松林の先に海が見えた。二度目は今年二月、最後の一般拝観だったが、広大な大屋根は真新しい檜皮でなめらかに覆われ、「ちゃん塗り」という伝統技法で真っ黒に塗られた千木と棟木が載せられていた。目の前の大屋根は、遠くから見上げるより何倍も広く、傾斜がきついことに驚かされる。

　ところが、現在の本殿でも十分に大きいのに、二〇〇〇年に拝殿の地下から発掘された巨大な柱によって、改めてその大きさが話題になった。鎌倉時代の建造と考えられる三本の木を束ねて一本の柱とした巨大神殿の高さは今の二倍、四八メートルもあったという。なぜ、それほど巨大な神殿を建てる必要があったのか。バベルの塔への興味はつきない。

　その高層神殿に祀られているのは、よく知られている通り大国主神だ。この神は、古事記によれば、オホナムヂ、ヤチホコなどいくつもの名を持ち、出雲国風土記では「国作らしし大神」と称えられ、地上世界を統一して葦原の中つ国の王となった。少年オホナムヂが、兄たちや根の堅州《かたす》の国にいるスサノヲから数々の試練を受け、それを動物や母や妻たちの援助によってくぐり抜けて成長し、オホクニヌシになったと古事記は語る。ところが唐突なかたちで、地上は自分の子孫が支配するところだと言いだしたアマテラスが、高天の原から遠征軍を派遣し、オホクニヌシをやっつけて葦原の中つ国を奪い取る。その時オホクニヌシは、「国を譲る代わりに、自分の住まいを天つ神の御子の宮殿と同じく、土の底の磐根《いわね》に届くまで宮柱をしっかりと掘り据え、高天の原に届くほど高々と氷木を立てて治めてくれれば、おとなしく籠もっている」と誓う。

出雲に建つ高層神殿の起源を、古事記はこのように語る。しかし歴史をさかのぼると、倭《やまと》の勢力に屈する以前から、出雲をはじめ日本海沿岸には、巨木を建てて神を祀る文化が広がっていたらしい。古事記に語られている出雲の神がみの物語は、倭と出雲とのあいだに生じた対立や抗争の歴史を秘め隠していると思われるが、どうやら倭のがわに都合よく語られているようだ。

出雲大社への参詣をすませたら、境内の西の駐車場と土産物屋さんを抜けて古い街並みを西のほうに行ってみよう。一〇分も歩けば稲佐《いなさ》の浜に出る。ここは、高天の原から遣わされた建御雷《たけみかづち》という剣の神が、オホクニヌシ一族に国譲りを迫ったとされる浜であるとともに、出雲国風土記によれば、ヤツカミヅオミヅノという神が、海のかなたの「志羅紀《しらき》（新羅）のみ埼」から土地の余りを切り取って引き寄せ、島根半島の付け根の部分を造った、その時に土地を引いた綱が「薗《その》の長浜」になったと伝えている。稲佐の浜から南に長く延びた砂浜が薗の長浜で、その先には綱をくくりつける杭にしたという佐比売《さひめ》山（三瓶山）が遠望できる。遠い時代の出雲の神がみの活躍が、ありありと眼前に浮かび上がる風景である。

稲佐の浜から海岸線に沿って西北に車を走らせると、島根半島の西端に至る。ここにはスサノヲとアマテラスを祀る日御碕神社があり、灯台から眺める夕陽にはことばが出ない。

（付録）はじめての出雲

はじめて出雲大社に行ったのは、高校二年生の春休みだった。同級生三人で、貧乏旅行に出たのだ。当時の国鉄の長距離運賃はとても安く、一筆書きの片道切符を購入すると、高校生の小遣いでも長距離旅行ができた。三重県の津から亀山・柘植を通って草津線経由で京都に出て山陰本線を下り、石見益田駅から津和野経由で小郡駅に出て山陽本線を上って大阪、そこから紀勢本線を使って津に帰るというルートだった。距離は一五〇〇キロほどだが、当時の運賃は学割を使うと二〇〇〇円もしなかったのではないかと思う（もちろん二等の普通列車）。駅の待合室で始発を待って震えていると、宿直の駅員さんがストーブに当たらせてくれる、そんな時代だった。

その旅の途中で、山陰本線の出雲市駅から大社線という支線に乗って出雲大社に行った。小さい頃から伊勢神宮にはよく出かけていたので、杉の巨木に包まれ鬱蒼として闇《くら》い伊勢湾台風以前の内宮とは違って、出雲大社は明るくはなやいだ感じがした。もちろん当時は、両社の性格や祭神の違いにはまったく関心がなく、ましてや古事記の研究者になるなどとは夢にも思わず、一筆書きの片道切符から外れた支線の、数十円の運賃の工面が関心事だった。それでも日御碕《ひのみさき》まで足を延ばし、経島《ふみしま》のウミネコを見たのを覚えている。

それが今では、年に何度も島根県を訪れ、古事記に語られた出雲神話の解釈に躍起になっている。他の研究者には冷笑されているかもしれないが、わたしはかなり本気で、倭《やまと》に呑み込まれる以前の出雲と日本海文化圏の復権をもくろんでいる。その出雲主義者であるわたしがまっ先に勧めたい観光スポットは、加賀《かか》の潜戸《くけど》（松江市島根町加賀）である。

松江駅から真北の方向にあって島根半島の北海岸に位置する潜戸は、ラフカディオ・ハーンも驚嘆した、東西と北とに凸字形に穴が開き、舟で通り抜けられる海の洞窟である。

出雲国風土記には、暗黒の洞窟を矢で射抜いて明るくした女神キサカヒメの話が伝えられ、サダの大神（佐太神社の祭神）が誕生する。古事記に語られる、兄弟の神たちにだまされて焼け死んだオホナムヂ（少年時の大国主神）を生き返らせる女神キサカヒヒメと同じ神である。この女神の母は、出雲国風土記ではカムムスヒとされ、古事記でもそう考えてよいと思うが、あらゆるものを生みなす大地母神的な存在である。古事記のカムムスヒは、高天《たかま》の原《はら》にいながら、出雲の神がみに何か異変が起こると姿をみせて援助する。

出雲国風土記のカムムスヒは神魂命と表記され、島根半島一帯に祀られる神がみの母神とする伝えが散在している。高天の原を居所とする古事記の伝えは本来の姿ではなく、出雲の人びとが祖神のいます場所と考えたのは、海につながる洞窟の奥ではなかったか。

松江市の南、大庭《おおば》の里には神魂《かもす》神社という古社がある。大社造りの神殿へ向かう石段が美しい。この社に祀られているのは黄泉の国の女神イザナミだが、神社名の表記や呼び名からみて、元はカモスにはカムムスヒが祀られていたに違いない、わたしはそう思っている。

（原題「そして旅へ――加賀の潜戸」『ひととき』二〇一二年六月号、ＪＲ東海／株式会社ウェッジ、二〇一二年五月）

（2）敦賀

北陸本線の敦賀駅から北へ一〇分ほど歩くと赤い巨大な鳥居があり、木々の繁った境内を奥に進むと、あざやかな朱色に塗られた拝殿の前に出る。越前国一宮として長い歴史をもつ気比《けひ》神宮である。祀られているのは伊奢沙別命《いざさわけのみこと》、またの名を笥飯《けひ》大神とも御食津《みけつ》大神ともいう。ケヒやミケの「け」は食べ物をさす語で（ケヒの「ひ」は神霊をさす接尾辞）、そこが山や海の幸に恵まれた豊かな土地であったことを窺わせる。神社から北へ数百メートル行けば港に出るが、古代にはもっと神社の近くまで浜が迫っていたはずだ。

社殿の東北には天筒山《てづつやま》という円錐形のきれいな山があり、神社の由緒書によれば、大神は「天筒の嶺に霊跡を垂れ境内の聖地（現在「土公《どこう》」と呼ばれる小さな丘）に降臨した」と伝える。誰が見てもさもありなんと思う山である。また西へ二キロほど歩くと、有名な気比の松原に到る。東半分が港と工業地帯として開発されて往時の半分以下になってしまったが、今も白砂青松の名所で、南北に細長く延びた敦賀湾の最奥部に位置している。

古事記には、この白い砂浜の端から端までイルカが並び、その血で浜は真っ赤に染まったとある。中巻に出てくる伝承だが、大臣である建内宿禰《たけうちのすくね》は、オキナガタラシヒメが新羅《しらぎ》の国の遠征からもどって生んだ子を連れ、禊ぎをしに角鹿《つぬが》へ行く。その角鹿に仮り宮を作り御子を籠もらせていると、その地に坐すイザサワケの大神が御子の夢に現れ、名を替えようと言う。御子が喜ぶと、夜明けに浜に行けば名を替えた祝いの品があると神は言う。朝、浜に降りると、鼻先を傷つけたイルカが、浦の端から端までいっぱいに満ちていた。その神を称えてミケツ大神と名付けた。またイルカの流した血が臭かったので、血浦《ちぬら》と名付けたが、今は訛って都奴賀《つぬが》と呼ぶ。

ホムダワケ（後の応神天皇）にまつわるエピソードで、理解しにくい伝承だが、ケヒ（ミケツ）の大神が、豊かな海の幸を寄せてくれる神だということはよくわかる。そして、奥の深い敦賀湾を眺めていると、この湾に迷い込んでしまったら、たとえ元気なイルカでも方向感覚を狂わせて浜に乗り上げてしまうに違いないと思う。古代の人びとにとって、そうして得たイルカは、神がもたらしてくれる幸だった。能登半島の先端に位置する真脇遺跡（縄文時代前期〜晩期、石川県能登町）からは、イルカの骨が大量に発掘されている。

また、敦賀の海は異界から神の寄りつくところだった。古事記には出てこないが、日本書紀によれば、ミマキの天皇（崇神）の時代、額に角が生えた人が船に乗って笥飯《けひ》の浦に泊まった。それで、そこを角鹿と呼ぶとある。どこから来たかと問うと、意富加羅《おほから》の国（朝鮮半島にあった金官国）の王子ツヌガアラシトだと答えた（垂仁紀元年一〇月条別伝）。

今、気比神宮の摂社として境内の一角に建つ角鹿神社には、ツヌガアラシトが祀られている。日本書紀には王子とあるが、海のかなたから寄り来る来訪神として信仰されていたはずだ。そして興味深いのは、日本書紀の記事にはツヌガアラシトの渡来経路が伝えられていることで、朝鮮半島から穴門《あなと》（関門海峡周辺）に着き、北の海（日本海）を通って出雲から敦賀に来たとある。朝鮮半島と日本列島との交流が日本海を通して行われていたこと、その拠点の一つが出雲であり敦賀であったということを証明する記事である。

おそらく縄文時代からずっと、この道は人や物を運び続けた海の道であった。そして要の湊である敦賀に水揚げされた渡来品や海産物は陸路で南下して琵琶湖北端の塩津に運ばれ、ふたたび船に載せられると南へ向かった。その道筋は、「この蟹や　いづくの蟹」で始まる、古事記に載せられたホムダワケの長編歌謡によって窺うことができる。古代にも越前蟹（ズワイガニ）は都へと運ばれ、人びとはその味に舌鼓を打っていた。

それにしてもホムダワケは敦賀と縁が深い。それゆえ、ホムダワケの五世孫だと主張するヲホド（継体天皇）が越前から出たというのもうなずける。

（3）高志・州羽

出雲からはるばると旅をして高志《こし》の国のヌナガハヒメ（沼河比売）の許に求婚に出かけたヤチホコ（八千矛神、オホオクニヌシ・オホナムヂの別名）は、ヒメが寝ている部屋の板戸を押したり引いたりしながら開けさせようとする。しかしヌナガハヒメは応じないままに時は過ぎ、夜中に鳴くヌエ（トラツグミ）が、夜明け前に鳴くキジが、とどめには夜明けを告げるニワトリが鳴く。苛立ったヤチホコは、あんな鳥などぶっ殺せと、お伴の者に八つ当たり。すると戸のなかからヌナガハヒメが、今はわがままな「わたし鳥」だが、のちには「あなた鳥」になりますから、どうぞニワトリは殺さないでと歌いかける。そして、明日の夜にはこんなふうにと、大胆な共寝のさまを歌ってみせる。

その通りに、二人は次の日にめでたく結ばれるのだが、古事記に語られるのは、ヤチホコの求婚歌とヌナガハヒメの男を焦らす思わせぶりな歌だけである。おそらく、所作をともなう滑稽な掛け合いによって歌われていたのではないかと想像される。古事記の神話のなかでは特異な表現をもっているが、舞台となっているのは、今、姫川と呼ばれ日本海に注ぐ川の河口に栄えた集落（奴奈川郷）で、現在の新潟県糸魚川市。

姫川は古くは奴奈川と呼ばれていたが、その名はヌ（石玉）のとれる川を意味した。今はよく知られているが、その石玉とは硬玉翡翠のこと。すでに縄文時代からこの地は翡翠の取れる土地としてあったが、古墳時代を境に、翡翠の産地であることはすっかり忘れ去られ、二〇世紀になって再発見された。

ヤチホコによるヌナガハヒメ求婚は、翡翠の女神との結婚を語る神話であり、そこには翡翠をめぐる出雲と高志とのつながりが、遠い記憶として埋め込まれている。その証拠に、古事記には伝えられていないが、出雲国風土記には、国作らしし大神（オホナムヂ・オホクニヌシの呼び名）が、ヌナガハヒメと結婚してミホススミという神を生んだと伝える。島根半島の先端に位置する美保神社の祭神である。しかも、そのミホススミは、能登半島の先端に祀られる須須神社（石川県珠洲市）の祭神でもある。そういわれてみると、両地の海岸線の風景は似ている。

同じ神が祀られているのは、美保と須須の両地が、われわれには理解できない緊密さをもってつながっていたからだ。それもまた、日本海沿岸地域が、大きな文化圏を形成して存在したことの証しだとみなせよう。

もう一つ、このオホナムヂとヌナガハヒメは、結婚してタケミナカタ（建御名方神）を生んだと、一〇世紀に書かれた氏文『先代旧事本紀』は伝えている。タケミナカタは、諏訪湖の湖岸に祀られ、七年ごとに立て替えられる御柱で有名な諏訪大社の祭神である。オホクニヌシの次男であった彼は、高天の原からアマテラスに命じられて降りてきた軍神（刀剣の神）タケミカヅチとの力競べに敗れて州羽《すわ》に逃げ、よその地には行かないからと命乞いをした神として、古事記には語られている。

島根半島の先端、能登半島の先端、そして諏訪湖のほとりに、ヌナガハヒメが生んだ子が祀られていると伝えられる。これは、日本海をめぐる文化圏を考える上で、たいそう興味深いことだと思う。

近代に生きるわたしたちは、日本海こそがもっとも発達した交易路だったと言われても、にわかには信じがたい。太平洋側にこそ文化はあり、日本の顔だと思い込んでいる。しかし、古事記の神話を読むと出雲の神がみが大活躍し、葦原の中つ国の中心は出雲であり高志であったということが、はっきりと見えてくる。それは、律令国家によって作られた国家の正史、日本書紀をいくら読んでも見えてこない景観である。

(4) 日向

地上を領有していたオホクニヌシ一族を平伏させたアマテラスは、みずからの孫ヒコホノニニギを高天の原から「高千穂のくじふる嶽《たけ》」に降ろす。その高千穂が宮崎県北部の高千穂町のあたりか、鹿児島県との境にそびえる霧島連山の孤峰・高千穂峰のことか、江戸時代から議論がある。そもそも現実の土地にあてはめることが可能か否かも問題になるが、「日向《ひむか》」と呼ばれるところが九州南部にあると認識されていたのは、古事記の日向神話を読むと了解できる。

高千穂の宮を拠点に定めたニニギから三代にわたる天《あま》つ神は、日向の地で子孫をつなぐ。その四代目としてワカミケヌの誕生を語って上巻を閉じる古事記は、カムヤマトイハレビコ(ワカミケヌの別名)が日向を発って東に向かい、苦難の旅の末にヤマトの地に入って白檮原《かしはら》の宮に居を構えるところから中巻の天皇たちを語りはじめる。国譲り神話のあと、ニニギの高千穂への降臨からワカミケヌの誕生まで、古事記上巻の末尾を彩る神がみの物語が日向神話である。

その日向だが、のちの律令制度による日向国(現在の宮崎県に対応)とは重ならない。イザナキとイザナミによる国生み神話では、九州全体はツクシの島と呼ばれ、「体が一つで面《おも》が四つ」あり、筑紫の国はシラヒワケ、豊《とよ》の国はトヨヒワケ、肥《ひ》の国はタケヒムカヒトヨクジヒネワケ、熊曾《くまそ》の国はタケヒワケと呼ばれている。そこから推測すると、現在の熊本県南部・宮崎県南部から鹿児島県全体にあたる地域がクマソだった。そのうちの熊本南部から鹿児島西部（薩摩地方）を「クマ」と言い、宮崎南部から鹿児島東部（大隅地方）を「ソ」と言った。ヤマトタケルによる熊曾討伐の話からもわかるように、九州南部は、遅くまでヤマト王権に服属しない土地であった。それが次第に中央の版図に組み込まれるに及んで日向国が設置され（七世紀以降）、七世紀末から八世紀初頭に薩摩国ができ、和銅六年（七一三）に大隅国が建国されて、律令制による行政組織が整備された。そのために、ニニギが辺境にそびえる高千穂に降り立ち、その子孫がヤマトを目指すという物語が必要だったのである。

古事記によれば、高千穂に降りたニニギは、笠沙《かささ》の岬で美しいおとめに出逢う。オホヤマツミ（山の神）の娘カムアタツヒメ、またの名をコノハナノサクヤビメ（木花之佐久夜毘売）というおとめに求婚すると、喜んだ父は、姉イハナガヒメ（石長比売）もいっしょに嫁がせる。ところがニニギは、姉の姿がとても醜いというので送り返すのだが、その選択が永遠であったはずのニニギの寿命を限りある命に変えたために、天皇の寿命は短くなったと古事記は語る。天つ神の子孫も地上の生命体になったというのは、きわめて論理的な思考に基づいた神話だと感心する。

ニニギとコノハナノサクヤビメは結婚し、一夜の契りを交わす。のちに、子を孕んだサクヤビメがニニギに妊娠を伝えると、一晩交わっただけで子どもが生まれるわけがない、腹の子は別の男の子ではないかと疑う。すると、サクヤビメは、戸のない産屋《うぶや》を建て、中に入ると入り口を塞いで火を点け、燃え盛る火の中で男子を生む。それが海幸彦（ホデリ）と山幸彦（ホヲリ）だ。ふたりは互いの道具を交換し、弟ホヲリが兄の釣り針を失くして海底にあるワタツミ（海の神）の宮に探しに行く話は、絵本でもよく取り上げられる。

日向神話に語られる木の花の女神と岩石の女神の話も、釣り針を探しに海のなかに入っていく話も、インドネシアやメラネシア・ポリネシアなど南太平洋の島々に同様の神話が伝えられていることは早くから知られていた。どうやら日向神話をはじめ古事記に伝えられている神話のいくつかは、南のほうに起源をもつとみられるのである。そのようなことに気づくと、神話を考えることは、日本列島に住むわたしたちの祖先がどこからこの島国に渡ってきたかという秘密を解く鍵を探すことでもあると思えて、ますます興味がわく。

(5) 木国・熊野

キノクニは紀伊国と表記するのが一般的だが、古事記では木国と記す。律令国家が、漢字二字で地名表記を統一する以前のイメージを残存させているのだと思う。おそらく、木が茂り育つ土地だったから「木」の国と呼ばれたのだが、その原義を示す神話が古事記には語られている。兄神たちのいじめを受け、何度も殺されかけたオホナムヂ(のちの大国主神)は、母神の指示によって「木国の大屋毘古《おほやびこ》の神の御所《みもと》」へ逃げ、そこにも追手が迫ると、オホヤビコはオホナムヂを「木の俣より漏《く》き逃が」し、スサノヲのいる根の堅州《かたす》の国へ行けと教える。

語呂合わせによることば遊びとして語られる興味深い神話だが、それにしても日本海側に位置するオホナムヂの本拠地・出雲と、オホヤビコのいます太平洋側の木国とがまっすぐに結びつく理由はわからない。しかも、今の和歌山県にほぼ重なる広い木国のなかの、どのあたりを舞台にしているかは示されていない。

オホヤビコは大きな建物(屋)の神で、その原材料である木を象徴する神だとすれば、日本書紀に出てくる、オオヤツヒメ（大屋津姫）を妹にもつイタケル（五十猛）と同一神とみてよいだろう。この神はスサノヲの子で、「能《よ》く木種《こだね》を分布《まきほどこ》す」神であり、「紀伊国に渡し奉る」と語られており（第八段一書第五）、今に、和歌山市伊太祈曽《いたきそ》の地に鎮座する伊太祁曽神社の祭神である。古くは、現在の社地から直線で五キロほど北西にある日前《ひのくま》神宮（同市秋月）が祀られている場所にあったと伝えられる。また、両社の中間点には竈山《かまやま》神社（同市和田）があるが、そこはカムヤマトイハレビコ（初代、神武天皇）が日向からヤマト（倭）へと向かう途中、敵の矢傷がもとで死んだ兄イツセ（五瀬命）を葬った地とされる。このあたり、古代の地形では、紀ノ川の河口が大きな入り江を形成していたらしい。

現在の和歌山市あたりは古代には名草郡と呼ばれ、紀ノ川の河口に拓けた交易の拠点として、木国《きのくに》造《みやつこ》が支配した。この一族、紀直《きのあたい》は、『新撰姓氏録』によれば神魂《かむむすひ》の命を祖先神としており、出雲系の氏族と考えられる。そしてどうやら、そのあたりに、オホナムヂがオホヤビコを頼って木国に逃げるという神話も語られる理由があったらしい、と想像することはできる。

それとつながるのかどうか、カムヤマトイハレビコは、紀ノ川からその上流の吉野川をさかのぼってヤマトの地に入ればいいものを、紀伊半島の先端をぐるりと迂回して熊野の地に行き、そこから山を越えて吉野に入り、宇陀に出たのちに、白檮原《かしはら》の地に宮を造って初代天皇となる。ずいぶん遠回りをしたものだ。もちろん、苦難の旅を描くことが、王の即位を荘厳にする語り口だというのはよくわかる。熊野の地は、イハレビコやその軍勢を毒気によってなぎ倒してしまう凶暴な熊の棲む、奥まり隠れた隈々《くまぐま》しき最果ての地でなければならなかった。それゆえに聖地ともなる。

熊野三山大社（熊野本宮大社・熊野速玉大社・熊野那智大社）のお使いであるカラスが、イハレビコを吉野へと道案内したと語られる。また、ゴトビキ岩と呼ばれる巨岩のある神倉山の急傾斜の石段で行われる、壮麗で豪快な火祭り「お灯祭り」で有名な神倉神社（和歌山県新宮市、熊野速玉大社の摂社）には、夢のお告げとともに、倒れ伏したイハレビコ一行を救う神剣が高天の原から下されたという神話が語られるなど、熊野の地とイハレビコの東征とは切り離せない。しかし、そうでありながら、熊野からカラスに導かれて辿り着いたのが、「吉野河の河尻」の阿陀《あだ》（奈良県五條市）の地だと語る古事記を読むと、紀ノ川をさかのぼったほうが理に適うのではないかとも思うのである。

紀勢本線に乗って和歌山から新宮へと、ゆったりと旅するのはいかがか。途中には有間皇子事件で有名な岩代や白浜温泉があり、新宮から県境を越えた三重県熊野市にはイザナミを葬った「花の窟」もある。中上健次の小説の舞台を実感できる旅にもなる。

（6）伊勢・熱田

六〇年に一度の出雲大社の遷宮が五月一〇日に催行され（二〇一三年）、一〇月には伊勢神宮の式年遷宮が執行される。そのためか、今年は日本の神さまに注目が集まっている。

神風の伊勢には天照大御神を祀る伊勢神宮が、そこから伊勢湾を北に入った尾張には、草薙の剣を御神体として祀る熱田神宮が鎮座する。六、七世紀のヤマト王権にとって、宗教的にも軍事的にも重要なところ。ことに伊勢神宮は、日の昇る東方に位置して、あまねく世界を照らす日の神アマテラスが、三種の神器のうちの「八尺《やた》の鏡」に宿るかたちで祀られる天皇家の聖地だ。そのイセという地名は「イ（威力のある）＋セ（風）」の意味で、神の力が吹き寄せる土地と考えられていた。それゆえに、イセと同意の「神風の」という枕詞（讃めことば）を付して称えるのである。

一方、熱田の地は、尾張氏という大豪族の拠点であり、東国との関係を強化したいヤマト王権にとって、軍事上の要に位置した。それゆえに、三種の神器のうちの、武力を象徴する「草薙の剣」が祀られる。ヤマトタケル（倭建命）という英雄に託して剣の移動が語られるのもそのためだと言ってよい。

アマテラスの伊勢への鎮座は、古事記と日本書紀とで語られ方が違う。書紀によれば、もともと鏡は宮中に祀られており、イクメイリビコ（第一一代垂仁天皇）の時代に、ヤマトヒメに託されて各地を遍歴した後に伊勢に鎮まる。ところが古事記には、アマテラスの孫ニニギが三種の神器を携えて高天の原から降りた際に、ずっと鏡を護ってきたオモヒカネに命じて伊勢の五十鈴の宮に祀らせたとあり、高天の原から降りるとともに、アマテラス（鏡）は伊勢に鎮座していた。

日本書紀にも、ヤマトヒメが鏡を祀ることになった伊勢の「磯の宮」は、「天照大神の始めて天より降ります処なり」という一文がある。そこから考えると、古層の天孫降臨神話では、アマテラスの「御《み》魂《たま》」として高天の原から下された鏡は、古事記が語るように、伊勢の地に祀られたのだろう。それがのちに、天つ神の子孫である天皇と、天つ神の「御魂」である鏡との一体性を強調する必要が生じるなどの理由により、日本書紀のような、ともにあった天皇と分離して伊勢に移されたという神話を生じたのではなかったか。

一方、古事記にも日本書紀にも、熱田に移される以前、草薙の剣が伊勢神宮にあったという伝承はない。それが、イクメイリビコの次のオホタラシヒコ（第一二代景行天皇）の代の出来事として、ヤマトタケルが東への遠征に向かう時に伊勢神宮に立ち寄り、叔母ヤマトヒメから草薙の剣を与えられ、その剣がめぐりめぐって尾張に至ったという伝えを生じてゆく。

ヤマトタケル伝承にはさまざまな性格が見いだせるが、「神剣」を携えた英雄が遍歴し、熱田に来たというのは、欠かせない要素だった。

ここ数年の「パワースポット」ブームもあって、各地の神社への参拝客が増えているのは感じていたが、二〇年に一度の遷宮を迎えた今年（二〇一三年）の伊勢神宮の賑わいは尋常ではない。一〇月二日の内宮の遷御（アマテラスの新宮への引っ越し、外宮は五日）の前後、伊勢の地はどうなることか、想像すらできない。人込みにもまれるのは苦手だが、遷御のあとしばらくは、内宮も外宮も、そして順次建て替えられる別宮や摂社も、新旧二つの社殿が並び建つ。この時期にしか見られないめずらしい風景を、拝んでおきたいものである。

一方の熱田神宮は、名古屋市街からさほど離れてはいないのに、深い杜に包まれて森閑としている。五月四日夜、境内の玉砂利を踏みしめながら行われる「酔笑人《えようど》神事（通称、おほほ祭り）」は、ほほえましく楽しい。盗まれた草薙の剣がもどったのを喜ぶという祭りで（拙著『古事記を旅する』参照）、神官が闇のなかで密かに喜びの声を発するだけ。その起源や意味はともかく、祭りとはこういうものかと思わされる。

(7) 山辺の道

日本列島に住む人びとを外から呼んだ最初の呼称、それが倭人《ワジン》であり倭国《ワコク》だが、なぜ「ワ」と名づけられたのかはわからない。東夷の使節が、自分たちのことをワ（我）・ワと言うのを聞いて倭人と名づけたというのが、嘘っぽいが当たっているのではないか。

その国名「倭」が、日本語ではヤマトと読まれることになる。それは、ヤマトという語がもとは奈良盆地の東南地域をさす呼称だったことに起因する。小さな地名が広い範囲をさすようになるのはよくあるが、ヤマトは奈良県の旧国名として用いられるようになり、漢字表記も倭から大倭・大和へと変化する。一方、外から名づけられた倭国は、自らを「日本」国と呼ぶようになり、日本＝ヤマトという認識も生じる。

やまとは　国のまほろば　たたなづく　青垣
山ごもれる　やまとしうるはし
（古事記、中巻）

とヤマトタケルが歌ったのは原義のヤマトだが、そのヤマトの範囲は明確ではない。しかしおおよそは、最近の発掘によって邪馬台《やまと》国の中心があったとされる纒向《まきむく》遺跡（奈良県桜井市）を含む三輪山山麓一帯が、原義のヤマトだったとみて大きくずれることはないだろう。ちなみに、邪馬台をヤマタイと読むのは誤りである。

ヤマトを訪れたなら、まずは大神《おおみわ》神社にご挨拶。すこし勾配のある参道を歩くと、石段の上に二本の柱にしめ縄を渡した独特の鳥居が見える。それをくぐると正面に立派な拝殿があるが、まずは境内の右手、しめ縄の巻かれた巳《み》の神杉の前で手を合わせる。

ご神木の前には棚が設えられており、生卵とガラス容器に入った日本酒が供えられている。どのお酒も封が切られているのは、ここにいます巳の神さまがすぐに飲めるようにという心遣いである。いつもお参りしている方々によると、根元に空いた洞には白い蛇（小さな蛇）がいて、見たことがあるという。

拝殿の前に行き祭神オホモノヌシ（大物主神）を拝むが、この神社には神殿がない。わたしたちは、拝殿の向こうの三輪山にいます神を拝んでいるのである。オホモノヌシという神はなんどか古事記に登場する、畏怖すべき存在である。うっかりすると、かわいい女性は子を孕まされていたりもする。出雲のオホクニヌシ（大国主神）の分身（幸魂《さきみたま》奇魂《くしみたま》）とされるが、正体はよくわからない。両神の関係には、ヤマト王権の起源にかかわる秘密が隠されているらしい。

しかし、わたしがこの社を好ましく思うのは、国家の起源にかかわるような由緒ある古社でありながら、おおぜいの観光客にまじって普段着姿でお参りする地元の人が多い点である。ことに朝夕には、顔なじみの神官とあいさつを交わす人たちがいて、心がなごむ。

参拝をすませて山辺の道を歩く。三輪山への登山口にある狭井《さい》神社を経て、奈良盆地を挟んで二上山と向きあう桧原《ひばら》神社までなら、寄り道をしながらでも一時間はかからない。すれ違うハイカーと挨拶を交わし、木々のあいだから見え隠れする盆地の風景や生駒から葛城へと連なる西の青垣を眺めて歩いていると穏やかな気分になり、古代のヤマトが身近に感じられる。

桧原からどこまで歩くかは、体力と相談ということになるが、とりあえずは西に坂を下って箸墓《はしはか》に行ってみる。卑弥呼《ひみこ》の墓説が最有力な最古の前方後円墳である。日本書紀によれば、夜は神が造り昼は人が造ったと伝えている。そこからJR桜井線の纒向駅に出て電車に乗ることもできるが、余裕がある時には山辺の道にもどり、全長三〇〇メートル、ヤマトタケルの父オホタラシヒコ（第一二代景行天皇）を葬るという渋谷《しぶたに》向山《むこうやま》古墳などの巨大古墳を眺めながら北へ向かう。

そんなふうにもう少しもう少しと自分を励ましながら歩いてゆくと、いつのまにやら石上《いそのかみ》神宮（天理市）の境内に出ている。必携の品はお弁当と飲み物、それに地図一枚があればいい。

（（1）に付した「はじめての出雲」をのぞき、連載「古事記の舞台を歩く」（7回）『（季刊）メンバーズ倶楽部』二〇一二年夏号～二〇一三年冬号、NHK文化センター、二〇一二年五月～二〇一三年一一月）

4　鯨を獲る人と舟

前から訪ねたいと思いながら一度も渡れなかった対馬《つしま》と壱岐《いき》に出かけることができた。南北に長い対馬はどこに行っても韓国からの観光客で賑わい、そこが国境の町であることを実感した。独りでレンタカーを走らせていた風体の怪しいわたしは、異国の仏像ハンターかと疑われたらしく、パトカーに尾行されたあげくに尋問されたりして過ごした。

国生み神話に名のみえる「津島」の、列島と大陸との交流拠点としての歴史は古いが、表面だけを経めぐった者には中世以降の痕跡がつよく印象づけられた。それに対して、対馬南部の厳原《いづはら》から高速船で六〇キロほど南下した壱岐は、古代の遺跡が多いこともあってヤマト（倭）とのつながりをつよく感じさせる島であった。その中心に位置するのが原《はる》の辻遺跡である。

いわゆる「魏志倭人伝」に出てくる「一支国《いきこく》」の中心と考えられている原の辻遺跡は、朝鮮半島や中国とのつながりを示す弥生時代の遺物が数多く出土しており、そこが交易の拠点であったことを物語る。おそらく一支国に限らず、弥生時代のクニは交易を抜きにしては存在しえない。神話や遺物から想像できる出雲などを思い合わせても、そのことは明らかだ。ことに日本海は、そうした流通を可能にする穏やかな海の路だった。

原の辻遺跡は国指定特別史跡として公園になり、遺跡を一望できる丘の上には壱岐市立一支国博物館があって壱岐の歴史の全貌を知ることができる。そのなかの古墳ゾーンではヤマト王権とのつながりを

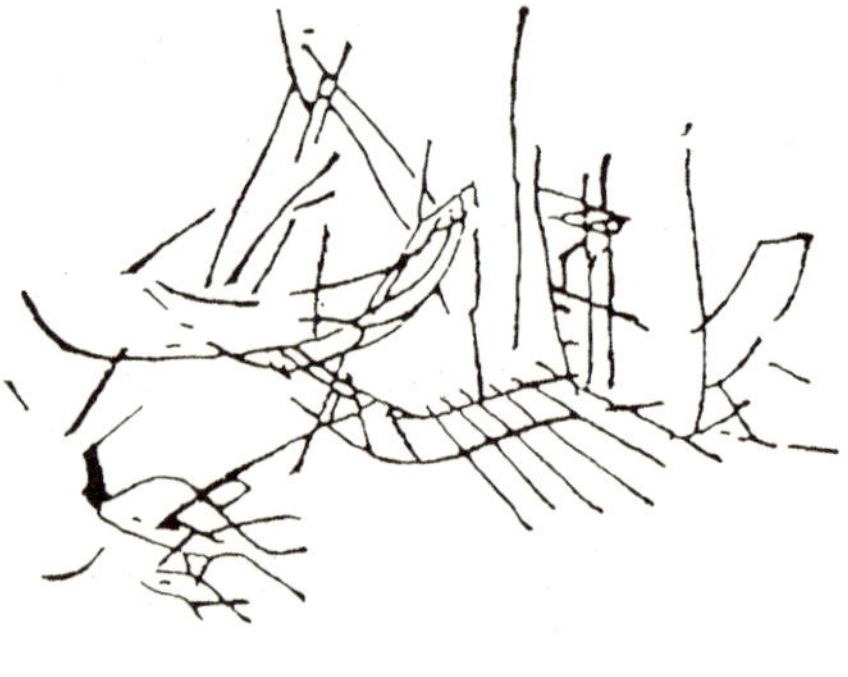

図9　鯨／鬼屋窪古墳　線刻壁画復元図（提供：壱岐市教育委員会）

示す六〜七世紀の横穴式古墳が紹介されているのだが、展示されたうちの一基に遺された線描画に驚かされた。

博物館を訪ねる前、さほど大きくはない島を一周しながら古墳をはじめいくつかの遺跡や神社を見て廻っていたが、その古墳は見落としていた。そこで急いで現地に車を走らせる。

壱岐島中央部の西端、道路から少しはずれた林のなかにある鬼屋窪《おにやくぼ》古墳（壱岐市郷ノ浦町《ごうのうらちょう》有安触《ありやすふれ》）は、案内板によれば六世紀末から七世紀前半の築造という。現在は覆土がなく、羨道と玄室を構成する巨石だけがむき出しになっており、棺もない。目当ての線描画は入り口左側の石に刻まれていたが、風化していて肉眼だけでは何の絵かわからない。復元図を手がかりに確認すると、描かれているのは鯨漁の様子らしい。

舳先と艫《とも》とが反り上がり、何本もの長い櫂《かい》を付けた二艘の舟が並んでいる。舟の上には長い棒（おそらく銛《もり》）を持った人がいて、その先の海には大きな魚（おそらく鯨）の親子らしき姿がある。その親のほうの体にはすでに長い棒が刺さっている。鯨に向かって右側の舟（絵では上のほうに描かれた舟）の人は、長い棒を高く掲げてジャンプをしており、槍投げの選手よろしく今まさに鯨に向かって銛を投げようとしている。左側の舟人ははっきりしないが、船首に立つ人はすでに銛を打ち込んだあとで、まん中あたりには帆柱かやぐらに登る人がいる。

その絵を見てわたしが驚いたのは次の二点であった。一つは、古代にも鯨漁はあったのだということ。

もう一つは、たくさんの櫂をもつ舟足の速そうな舟の姿である。そう言えば、稲吉角田《いなよしすみた》遺跡（鳥取県米子市、弥生中期）で発見された大壺にも、前後が反り上がった舟に乗って何本もの櫂を漕ぐ人が描かれている。

鯨漁についていえば、万葉集には「いさな（鯨魚、勇魚、不知魚、鯨名）取り」という枕詞があって海という語にかかる例がたくさんあるから、鯨が漁撈の対象であったことは十分に想像できる。しかし一般的には、勇壮に海に漕ぎ出して鯨を銛で突くというような漁法は考えられておらず、浜に上がった「寄り鯨」を捕獲するのが古代の捕鯨であろうと解釈されている（常陸国風土記久慈郡条や壱岐国風土記逸文にはそれらしき記事がある）。しかし、寄り鯨を捕獲するだけなら「いさな取る海路に出でて」（巻一三、三三三九番）というように歌うものかどうか。古事記に載せられた久米歌では、カムヤマトイハレビコの戦闘集団が、「わが待つやしぎはさやらず　いすくはしくぢらさやる」と歌っているのをみても、勇壮に海に漕ぎだす海の民はイメージできるはずなのに。

捕鯨といえば和歌山県太地町《たいじちょう》が有名だが、そこで一七世紀初頭に発祥した「網掛け突き取り漁法」という大がかりに組織化された鯨組による捕鯨は、太地から土佐そして壱岐へと伝えられ広がったという。また、日本列島における捕鯨法の変遷は次のように説明される。「古くあったという弓取法を別とすれば、突取法・網取法・米国式捕鯨法・ノルウェー式捕鯨法の四段階を経過した。第一の突取法は銛で鯨を突き殺す方法で、何艘もの船と何人もの漁夫の協業を必要とした。これによってわが国の沿岸捕鯨業がはじめて成立したとみられる。突取法の段階は元亀年間（一五七〇〜七三）から延宝年間（一六七三〜八一）まであったという」（吉川弘文館『国史大辞典』「捕鯨」二野瓶徳夫執筆）

ここにいう「網取法」というのは太地で発祥した「網掛け突き取り漁法」をさす。ところが、その前段階にあったとする「突取法」がなぜ一六世紀後半から一〇〇年ほどに限定されるのか、その理由はさっぱりわからない。というのも、壱岐の鬼屋窪古墳の線描画が鯨漁を描いているのであれば、突取法の歴史はとてつもなく古いのではないか。

そんなふうに考えるのは、以前、写真家の石川梵氏の『鯨人』（集英社新書、二〇一一年）という本を読み、突取法の古さを知ったからである。ただし、『鯨人』に描かれている捕鯨は、日本列島から五〇〇〇キロも南下したインドネシアのバリ島のずっと東に位置する、レンバタ島のラマレラという漁村の漁師たちに伝えられた漁法である。鯨を発見すると、ブレダンと呼ばれる舟に乗り組んだ一二、三名のマトロス（乗組員）たちが舟を漕いで鯨を追い、長い銛を持って舳先に立つラマファと呼ばれる男が、呼吸するために水面に出てきた獲物を目掛けてジャンプし、長いロープの付いた銛を手に体もろとも鯨に突っ込んでゆく。

石川氏は何度かの挑戦ののちに、その瞬間を写真にとらえているが、あまりの豪快さに度肝を抜かれた。同様の写真は石川梵『海人』（新潮社、一九九七年）や関野吉晴『海のグレートジャーニー』（クレヴィス、二〇一二年）でも見られる。ただし、写真を見た時には、南の海にはすごい漁師がいるものだと驚くだけだったが、今回、壱岐の古墳で見た捕鯨の様子が、ラマレラの漁師たちを写した石川梵氏の写真と構図までまったく同じだったのには、偶然ならざる一致を思わざるをえなかった。

だからといって、ラマレラの鯨漁と六、七世紀頃に壱岐の海で行われていたであろう鯨漁とが、単純につながると考えているわけではない。ただ、五〇〇〇キロという距離や造船・航海の技術は、われわれが感じるほど大きな障害にはならないのかもしれないという気がするだけである。南から北へと、王魚（マッコウクジラ）を追いながら黒潮に乗った人びとが、遥か北の日本列島に辿り着くこともありうるのではないか、と。何百年、何千年もの時間をかけて。

舟の構造からすると、日本古代の舟にはアウトリガー（舷外浮材）が付いておらず、外海の航海はむずかしいと考えられている。しかし、取り外し可能な浮材を用いたり複数の船を並べたりした場合、考古学的な痕跡は遺らない。舟の構造と航海技術に関しては考慮の余地がありそうだ。

さらに舟に関して、日本列島の各地に舟競漕が存在するのは興味深い。何艘かの舟を用いた競漕は、沖縄のハーリーや長崎のペーロンだけではなく、全国の海浜地域に濃密に分布する（『日本列島沿岸における「船競漕」の存在分布調査報告書』海の博物館、二〇〇一年）。原の辻遺跡公園内の展示館で入手した安冨俊雄『日本の舟競漕――壱岐編』（私家版、一九九五年）によると、壱岐でも各所で舟競漕が行われている。

先日も、毎年一〇月一六日に熊野川の下流で行われる「御船《みふね》祭り」を見学した。その中心は、九名の漕ぎ手とトモトリ・オモテ各一名が乗った「早船」九艘が、一・六キロ上流まで地区の名誉をかけて競漕する行事であり、まるでレガッタを見ているようだった。熊野速玉大社の例大祭である御船祭りは、「神幸船」に載せられた祭神（夫須美《ふすみ》神）を諸手船《もろとぶね》が曳いて上流に設えられた御旅所に向かう神事で、早船の競漕は神の先導として行われるのだが、勇壮な舟競漕のほうに見物人の目が向くのは自然なことである。そして、もともと速く漕ぐことには、意味があったはずだ。鯨を追うためにとか、何かのために。

諸手船の舳先に立ち、赤い装束を着けて女装した音頭取りが「ハリハリセー」と声をかけながら踊る、その掛け声は沖縄のハーリーとつながると谷川健一は述べている（『出雲の神々』平凡社カラー新書、一九七八年）。そして興味深いことに、諸手船は、読み方は違うが島根半島先端の美保神社（松江市美保関町）で毎年一二月三日に行われる舟競漕に使われる舟の名「諸手船《もろたぶね》」と同じである。新宮と美保とに何かつながりがあるのか、ないのか。少なくとも古事記の神話では、出雲国と木国（紀伊国）とはつよく結ばれており、舟競漕もその一つである。

小さな舟で大海を漕ぎ廻りながら鯨を突く鯨漁と、足の速い小舟で先を争う舟競漕とは、始まりのところでつながっているのではないか。そんなことを考えていると、空想にブレーキがかからない。どこまで走り抜けば真実に巡りあえるのか、それもわからない。ただひょっとしたら、日本列島と太平洋の島々とをつなぐ、人類移動にともなう遥かな旅の痕跡がそこには潜んでいるかもしれない。

（『図書』二〇一六年一月号、岩波書店）

石川梵『鯨人』（集英社新書、二〇一一年）

久しぶりに、ページを繰るのももどかしいという胸躍る読書を体験した。滅法おもしろく、読後には切なさを噛みしめたくなる本だ。

理由は二つ。一つは題材。現地語でイカンパウス（鯨の王様）と称えられるマッコウクジラの背中をめがけ、銛《もり》を挟んだ長い竹竿を振り上げた男が突撃する、にわかには信じられない太古さながらの鯨漁を追い続けたドキュメンタリーである。とにかく迫力満点だ。

舞台は、インドネシアのバリ島からいくつもの島を東に渡った先にあるレンバタ島のラマレラという小さな漁村。手作りの手漕ぎ帆船プレダンに乗り、村の前に広がる大海原に漕ぎ出した一〇人程のマトロス（乗組員）とラマファ（銛打ち）とが、心を一つにして巨鯨と対峙する。それは人と神との神聖な戦いであり、村人の生活を支える日常でもある。しかし、獲れるのは平均して年に一〇頭ほど。当然、村は貧しい。

本書のもう一つの魅力は、写真家・石川梵氏の信じがたい執念であり、ラマレラの人びととマッコウクジラとに向けられた求道者のごとき崇高な眼差しである。浮かびあがるのは、死に向かって懸命に生きる人びとと鯨たちの姿だ。

ラマファが鯨を仕留める瞬間を撮るのに、四年もの歳月を要した。その労苦が報われて国内外で名声を得ながら、著者が凄いのは、その後三年をかけて、殺される「鯨の心」をファインダー越しに求め続けたことである。その心とは何か、ぜひ本文を読んでほしい。

最後には、二〇一〇年に一三年ぶりに訪れた村の様子も記され、それが切なさをより深く刻み込む。当然だが村は変貌し、ここにまで捕鯨反対運動の活動家が入り込み、若者には携帯電話も普及する。それら押し寄せる現代は、世代間ギャップも連れていた。

（「読売新聞」二〇一一年四月三日朝刊）

谷川健一・三石学編『海の熊野』（森話社、二〇一一年）

三重県尾鷲市の辺りから紀伊半島南端の串本を廻って和歌山県田辺市辺りまでが、本書で用いられる「熊野」がさし示す範囲だ。都から陸路を辿って貴族たちが参詣したという歴史や、先日の台風一二号による豪雨被害のニュース（二〇一一年九月）を見ても、熊野は山深く閉ざされた世界というイメージが強い。しかし、そうした理解が一面的なものだということを、本書は教えてくれる。

古代から現代までの熊野を海からの視点で多角的に論じた本書は、郷土史家や研究者が多彩な文章を寄せていて飽きさせない。日本書紀がイザナミの葬地とする「熊野の有馬村」に比定される花の窟《いわや》のハナは、海に突き出た端《はな》であり、漁師たちのランドマークだった。秦の始皇帝に命じられて蓬萊山《ほうらいさん》をめざしたという徐福《じょふく》伝説や神武東征伝説が語られ、中世には補陀落《ふだらく》渡海の地でもあった熊野は、まさに海からの来訪者を迎える場所、船に乗って異界に向かう場所であった。

中世には熊野水軍が活躍し、近世になるとカツオ漁を中心として他国への出漁が行われ、三陸地方にまで漁法は伝承される。熊野を発祥とする網掛突取《あみかけつきとり》捕鯨法は、土佐の漁師がもつ技術との融合によって生まれ、それが遠く五島列島の漁師にも伝えられた。また、移動するコンビニエンスストアの役割を果たしたという赤須賀《あかすか》船は、伊勢湾の奥の、熱田と桑名とを結ぶ渡船を生業とした漁民が、鉄道布設によって仕事を奪われたために南下したのだという。それもまた紀勢本線の開通によって消滅する。

明治三年（一八七〇）、明治政府によって流罪となった隠れキリシタン三〇〇人弱が、長崎から熊野へと送られたという宗教弾圧事件、オスマントルコの軍艦エルトゥール号の遭難と救助、戦後生まれ初の芥川賞作家・中上健次と熊野など話題には事欠かない。敗戦前年に発生し大きな犠牲を出した東南海沖地震と津波についても、聞き取り調査などを踏まえて詳細な検証がなされている。熊野を知りたければ、まず本書だ。

（「読売新聞」二〇一一年九月一八日朝刊）

【追い書き】　二〇一五年秋、四月に開館した北海道博物館（北海道開拓記念館と道立アイヌ民族文化研究センターとを統合して新たに開設）を見学していたら、鯨漁の絵が彫られた鳥骨製の針入れが展示されていた。オホーツク文化期（五～九世紀）の遺物で、小さな舟の上から鯨に綱の付いた銛を打ち込んでいる精巧な絵である（北海道アイヌが鯨漁を行っていたことはよく知られているし、このオホーツク文化の遺物も有名で、写真はいくつかの書物に紹介されている）。また、二〇一六年二月には、長崎県平戸市にある生月町《いきづき》博物館「海の館」や山口県長門市の「くじら資料館」などを訪れ、おもに近世における鯨漁に関する取材をこころみたりした。

わたしが今から何ができるかはわからないが、日本列島沿岸において、鯨と人がどのような関係にあったのか、鯨を追って南から人びとがやってくるというようなことはなかったのか、そんなことを考えてみたいと思っている。この年寄りにそのようなことを決意させるほどに、鯨というのは魅力的な生き物なのである。おそらく、平原でマンモスを追い続け、海原を小舟で漕ぎめぐって鯨を追うというのは、狩猟に生きる男たちの闘争本能を刺激して止まない営みだったのではないか。

5　遠野へ、遠野の物語へ

語り手と筆録者

一九七〇年代の後半、はじめて遠野に行った。だれもがそうであるように、文庫本を手にふらりと出かけ、なるほど「煙花の街」だと思いいつつ駅前の自転車店で借りた変速機付きのレンタサイクルを駆って広い盆地を走りまわった。大出の早池峰神社まで行った時には、長い砂利道に往生した。さすがに田舎だと思いはしたが、わたしが生まれ育った三重県の山中にくらべれば驚くほどではなかった。

二度目に行ったのは、開設されたばかりの遠野市立博物館が、盛岡で開催された学会の研修旅行コースに入っていた時だ。一九八〇年か八一年のことである。そして、それが遠野物語との長いつきあいの始まりになったのだが、展示室の入り口に立つ、毛筆で書かれた遠野物語の写真パネルのなかに縁結びの赤い糸があった。

公開されていたのは、遠野三山への女神の鎮座を語る第二話だった。この話は文のつながりがわかりにくく、すっきり理解できたという感じがしない話なのだが、写真を見て、毛筆本では話の内容が違うことに気づいたのである。

刊本では、「大昔に女神あり、三人の娘を伴ひて此高原に来り、今の来内村の伊豆権現の社ある処に宿りし夜、今夜よき夢を見たらん娘によき山を与ふべしと母の神の語りて寝たりしに、夜深く天より霊華降りて姉の姫の胸の上に止りしを、末の姫眼覚めて窃に之を取り、我胸の上に載せたりしかば、……」とあって、夢のなかで姉の胸の上から霊華を取った妹が、「最も美しき早地峰の山」を得たと語っている。ところが、展示されていた柳田国男の手書き草稿には、「古き伝説ニ女神三人の娘を伴ひて此高原ニ来り来内といふ所ニ宿りし夜天より霊華ふりて姉の姫の胸ニ止りしを末の姫窃ニ之を取りて我胸の上ニ置きて寝たりしかば……」と記されていた。天から姉の胸にふってきた霊華を、妹がこっそり取って自分の胸の上に置いて寝た、それで妹がもっともうつくしい早池峰山を領有することになったというわけだ。夢は出てこない。

刊本の夢とはなにか、盗みは何を意味するか、霊華が降るというのはどういうことか。そうした疑問を解決しようとして、遠野物語や各地の民間伝承に入っていった。そして、はじめての著書『村落伝承論　遠野物語から』（五柳書院、一九八七年）を上梓した。売れはしなかったが、上代文学会賞をもらった。

古代文学を専攻するわたしが遠野物語に魅せられたのは、ご多分に洩れず、吉本隆明『共同幻想論』（河出書房新社、一九六八年）のせいだった。この書物の影響力はとてつもなく大きく、一部の読者しかもたなかった作品を表舞台に引き出したのである。遠野物語が脚光を浴びたのは、おそらくこれがはじめてだと言っても過言ではない。そうしたなかで、多くの人と少し違うとすれば、遠野物語とともに吉本が分析対象とした古事記のほうに、わたしの関心はあったということである。今も、その関係は変わらない。

それにしても、語り手がいて筆録者がいるという関係が、遠野物語と古事記とに共通するというのは興味深いことだ。近ごろわたしは、稗田阿礼の語りを太朝臣安万侶が筆録したとする経緯を記した古事記「序」は、のちになって付けられた偽せ物だと考えるようになったのだが、それでも二つの書物が、語り手と筆録者とが向き合うところに成立したという構造は変わらない。また、遠野物語第二話の霊華がそうであるように、音声による語りと文字による筆録とのあいだにいささかの軋みはあるとしても、遠野物語における佐々木喜善と柳田国男との関係が崩壊するようなことにはなるまい。そして、この二人が遠野物語を産み出したというのは大事なことではないかと思う。

遠野物語のおもしろさは、そこに時代の揺らぎが感じられることだ。二〇世紀初頭という近代の始まりの時に、前近代と近代とのはざまに置かれた、揺らぐ人びとの暮らしが遠野物語には見え隠れしている。だからこそ、そこに語られている伝承に引き込まれてしまうのではないか。わたしの専門である古代文学でいうと、日本霊異記という仏教説話集がよく似た位相にある作品だと思う。

律令国家の成立という新たな時代のなかで、はざまに置かれた人びとのざわめきと揺らぎが霊異記説話には満ち満ちている。遠野物語の伝承群はいつの時代にもどこにでもありそうな話だと評価されるのが常だが、じつは、前近代と近代とのはざまに置かれていたからこそ生じた、時代の息吹にさらされた話が多いのだと思う。

地産地消が推奨されるから言うわけではないが、遠野物語も生まれた土地で味わうのがいい。その意味で、後藤総一郎という先導者がいなければ不可能だったとは言え、地元の有志によって『注釈遠野物語』（筑摩書房、一九九七年）が執筆され編まれたというのは、遠野物語研究史のなかで特筆に値する出来事であった。いうまでもなく、遠野物語という作品はだれにでも開かれている。外からの風は受け入れなければならないが、それに立ち向かうだけの準備をして、遠野からの発信力を強めなくてはならない。それこそが遠野物語をいつまでも生かし続ける糧になると思うからである。

（原題「『遠野物語』あれこれ」遠野市博物館編『特別展図録　遠野物語の一〇〇年』遠野市博物館、二〇一〇年四月）

初稿本『遠野物語』公開への期待

民俗学研究の端緒をひらき、今も多くの人びとに愛読される柳田国男『遠野物語』が刊行されたのは明治四三年（一九一〇）であった。その遠野物語に、活字化された作品とは別に、柳田が毛筆で書き記した初稿本「遠野物語」が存在し、それが柳田と親しかった長野県の郷土史家、池上隆祐氏の手元に所蔵されているということは研究者の間ではよく知られていたが、今まで一般に公開される機会はなかった。それが、読売新聞（一九九一年五月九日夕刊社会面）にも報道されていたように、池上氏の死去にともない、「研究に役立ててもらおう」という夫人の意思で遠野市立博物館に四月一〇日寄贈され、先ごろそれを記念した特別展示が行われた。

博物館のガラスケースには、毛筆で書かれた初稿本二冊が、同時に寄贈された印刷用ペン書き原稿一冊、朱の入った校正刷一冊とともに並べられていた。ペン字原稿のインクはすでに色褪せて八〇年の歳月を感じさせたが、和紙に書かれた初稿本は墨跡も鮮やかで紙にはしみもなく、池上氏がいかに大切に所蔵されていたかがよくわかって感嘆するとともに、貴重な資料が公の機関に寄贈されたことを心から喜んだ次第である。しかも、そこは遠野物語の発祥の地であり、もっともふさわしい落ち着き場所を得たといえるだろう。

この作品は、岩手県遠野に生まれ育った文学青年、佐々木喜善（のちに民俗学者となる）が語った伝承を柳田がまとめたもので、そこには、後の昔話集では拾われることの少ない世間話やうわさ話を含めて、遠野とその周辺の村々に伝えられていた山男や山女への恐れなど、明治末期の村人の生活や心情を理解する上できわめて貴重な伝承一一八話が収められている。

ところで、遠野物語の価値は、民俗学や昔話研究の資料として重要であるばかりでなく、文学作品としても想像力を刺激する魅力を秘めているという点にある。すでに早くからその簡潔で的確な文体と文章力は高く評価され、三島由紀夫も、「「あ、ここに小説があつた」と三嘆これ久しうした」（「小説とは何か」）と、その衝撃を語っている。

こうした文体をもつ遠野物語は、遠野に伝わる話を聞いたままに記録したのではなく、詩人でもあった柳田国男がかなり大幅な推敲を加えてなったものらしい。ただし、そのことを批判的にいえば、遠野物語は学問的な資料としてはかなり危うい部分を抱えているということにもなる。そして、多くの研究者がその公開を心待ちにしていたのは、初稿本の内容や文章が、現行の活字本とは大きく違っているとみられるからである。

すでに初稿本の一部は昭和一〇年に出た『遠野物語・増補版』の巻頭に写真で掲げられており、それを見た桑原武夫は、「その微妙な推敲のあと」に驚きと賞賛を惜しまなかった（岩波文庫『遠野物語・山の人生』「解説」）。また、池上氏に許されてその全体を確認した柳田の研究者小田富英氏は、活字本と初稿本との文体の違いや事実への配慮などについて報告しており（『国文学』一九八二年一月号）、両者の差異のおおよそを知ることはできる。

おそらく初稿本は佐々木の話を聞きながらとったメモを整理して書き直したもので、それはすでに柳田の推敲を受けた後のものだが、初稿本の全容が一般に公開され活字本との異同を厳密に検証することができるようになれば、今までは公開されたごく一部をとり上げて評価されてきた柳田国男の文学的な「推敲のあと」がどの程度認められるのか、あるいは佐々木喜善の語った遠野の伝承との差異はどこにあるのかといった点を明確にすることができるのである。それによって、遠野物語研究や柳田国男研究はもちろん、ひろく口承文芸や近代文学の研究にとっても大きな成果が期待できる。

たとえば、以前から市立博物館にパネル展示された第二話の、遠野三山への女神の鎮座を語る話でいえば、「大昔に女神あり、三人の娘を伴ひて此高原に来り、(略)今夜よき夢を見たらん娘によき山を与ふべしと母の神の語りて寝たりしに、夜深く天より霊華降りて姉の姫の胸の上に止りしを、末の姫眼覚めて窃に之を取り、我胸の上に載せたりしかば、……」というふうに、夢の中で姉の胸の上から霊華を取った妹が「最も美しき早池峰の山」を得たと語る活字本に対して、初稿本では、「古き伝説ニ、女神三人の娘を伴ひて此高原ニ来り、来内といふ所ニ宿りし夜、天より霊華ふりて姉の姫の胸ニ止りしを、末の姫窃ニ之を取りて我胸の上ニ置きて寝たりしかば……」となっており、現実に姉の胸に降ってきた霊華を妹が横取りしたと語るのである。

この初稿本の語り口は遠野やその周辺に語り伝えられている類似の伝承と同じだから、それが佐々木の語った内容に近い話だったに違いない。それを柳田は、たぶん意図的に妹の見た夢の話に改変したのであり、その理由をわたしは、盗みをした者が一番いい山におさまるのは道義的に許せないという柳田の倫理感のなせるわざだったのではないかと考えている。

文学的な推敲を含め、こうした内容にまで及ぶ違いを確認していくことによって、新たな遠野物語研究は始まるわけで、そのためにも、寄贈者の意思を生かした自由な閲覧や複製の頒布が一日も早く実現することを願わずにはいられない。

(「読売新聞」一九九一年五月一日夕刊「文化」)

「遠野物語」百周年

岩手県遠野市は、「遠野物語」発刊百周年（二〇一〇年）を迎えてはずんでいた。今やだれもが知っている遠野物語は、遠野出身の若者・佐々木喜善が語った話を柳田国男が書きとめ、一九一〇年に出版された。どこにでもありそうな山村の、山男や山女の話、村で起こった不思議議や生々しい事件のうわさ、オオカミやカッパの話などを収めるが、初版はわずか三五〇部がひっそりと刷られたに過ぎない。

この作品が広く知られるようになったのは、文庫本が出た一九五五年以降のことで、吉本隆明や三島由紀夫が取りあげた七〇年前後に、認知度は一気に上昇する。一方、地元はどうかというと、七〇年に開催された岩手国体が大きな転機になったと市の関係者は言う。遠野市がサッカー会場になり、全国から訪れた人は、有名になり始めた伝承の舞台へと足を向けた。それを見た地元の人びとは、はじめて遠野物語が優れた作品で貴重な観光資源になることに気づいたのだ、と。

それ以降さまざまな施設作りが行われ、八〇年には市立博物館ができ、遠野物語をはじめとした伝承世界や遠野の暮らしが展望できるようになった。その後も遠野昔話村などの施設を作るが、いずれも行政の箱物作りの施策が先行しがちで、市民の関心はさほど高くはなかったらしい。

ところが、行政主体の活動が功を奏したのか、八〇年代後半から市民主体の活動が目に付くようになる。たとえば遠野常民大学が組織され、九七年に『注釈遠野物語』という大きな実を結んだ。遠野物語を題材とした創作活動も盛んになり、遠野小学校児童の歌による全校表現活動や市民によるミュージカルの上演は、今や伝統行事になっている。また、先祖から受け継いだ昔話を語ることができる古老たちが観光客に語り聞かせる一方で、次世代の語り部を育成する活動も続く。百周年を期に、遠野の文化や生業などを語り継ぐ「語り部一〇〇〇人プロジェクト」も新たに動き出した。
先日、一〇〇年を記念する催しに招かれて感心したのは、市の主催行事でありながら、催しのほとんどが市民を中心に企画され運営されていたことである。遠野を代表する語り部と小学生とがいっしょに昔話を語り、田植踊りやしし踊りなどの伝統行事が披露され、舞台の進行も挿入される音楽も、すべて市民による手作り。その最後に舞台にあふれた小学生たちが、足を踏ん張り前かがみになって「遠野の里の物語」を叫び歌うのを聴いていいて涙が出そうになった。子どもたちの、あの大きな口と見開いた目があるかぎり、遠野の未来は大丈夫だと思えるのだった。（「読売新聞」二〇一〇年六月二八日朝刊「論壇」）

【追い書き】遠野市の所蔵となった『遠野物語』三部作は、博物館に展示公開されているほか、精巧な複製が作成され研究者等への閲覧が行われている。また、毛筆で書かれた初稿本（毛筆本）については、遠野常民大学編『注釈遠野物語』（筑摩書房、一九九七年）や新版『柳田国男全集』第二巻（筑摩書房、一九九七年）で全文を読むことができ（どちらも活字翻刻テキスト）、刊本との比較が容易になった。加えて、遠野物語百周年を記念して、明治四三年に刊行された聚精堂版『遠野物語』が遠野市によって複製刊行された（遠野市立博物館などで入手可）。なお、拙著『村落伝承論「遠野物語」から』は、数本の文章を加えて、増補新版として青土社から刊行された（二〇一四年）。

6　隠れ里の祭り

北海道と青森・岩手両県の米が、冷害のために不作になるとニュースは伝えている（二〇〇三年のこと）。ちょうど一〇年ぶりの冷害だが、前回ほど大騒ぎをする気配がない。範囲も狭く、前ほどひどい状況ではないためか、全国ニュースとしては地味な扱いである。聞くところによれば、一〇年前の凶作を契機に「ひとめぼれ」など冷害に強い品種が作り出されたそうで、そうした地道な努力が被害を最小限におさえているのかもしれない。ただ、それでも防ぎきれない地方があるというのも事実だ。

八月二二日から遠野市に出かけた。一〇回目を迎えた「遠野物語ゼミナール」に参加するためである。遠野常民大学を立ち上げ、ゼミナールの仕掛人であった後藤総一郎さんが亡くなってどうなることかと危ぶんでいたが、無事に開催された。後藤さんのいない空虚感はいなめなかったものの、いつも通りの充実した催しとなった。来年以降のゼミナールをどのように継続するか、難問はさまざまにあるが、ここまで成果を出してきた地域活動を中断するのはあまりにもったいないし、ぜひとも続けてほしいと思う。働き盛りの人びとを運動に引き込むのはむずかしいことだが、世代交代をしながら継続してゆくには、その困難を乗り越える以外に方法はないだろう。

そのゼミナールの二日目は、フィールドワークにあてられていた。今年の遠野ではひさしぶりという真夏の太陽が照りつけるなかを、広大な遠野市の南西端に位置する小友《おとも》町に出かけた。遠野物語の冒頭に、「遠野郷は今の陸中上閉伊郡の西の半分、山々にて取囲まれたる平地なり。新町村にては遠野、土《ツチ》淵《ブチ》、附馬牛《ツクモウシ》、松崎、青笹《アヲザサ》、上郷《カミゴウ》、小友、綾織《アヤヲリ》、鱒沢《マスザハ》、宮守《ミヤモリ》、達曾部《タツソベ》の一町十ヶ村に分つ」と記された小友である。昭和二九年（一九五四）の町村合併によって、土淵以下の諸村とともに遠野市の一部になった（ちなみに、鱒沢・宮守・達曾部の三村は、昭和三〇年に合併して上閉伊《かみへい》郡宮守村になった）。

遠野市小友町は、遠野の中心地から山を越えたところにある、文字通りの「隠れ里」であった。遠野物語を読んで遠野に出かけた観光客の多くが、観光化された現在の遠野と物語に描かれている遠野の村落とのギャップを不満げに告白するが、そういう人は、ぜひとも小友に出かけてみてはどうか。遠野の山村を満喫できるはずだ。

この村は、四つの集落からなり、平成一二年（二〇〇〇）国勢調査時の人口は一七二五人、世帯数は四六四戸である（遠野市の公式HPによる）。この一〇年間で二五〇人あまりの人口減少が生じており、過疎化が進んでいる。ちなみに、遠野市全体の人口は二七六八一人、この一〇年間で一二六〇人ほどの減少だから、遠野市のなかでも小友町の過疎化率は高い。公式HPの統計表によると、遠野市の中心に位置する遠野町の人口は一〇〇人ほど増えており、遠野町に隣接する青笹町や松崎町も一〇〇人程度の減少で横ばい状態にあるのに対して、遠野町から離れた周辺部の人口減少が目立っている。大都市圏をのぞけば、日本中の市町村で生じている現象であろう。

小友に行ったのは、ちょうど小友祭りの当日であった。小友町の中心の小友という集落にある岩龍《がんりゅう》神社の祭りなのだが、その典型的な村祭りを見学して興味をもったのは、静かなたたずまいをみせる集落の華やぎであった。ことに子どもたちの多さにびっくりさせられた。おそらく、村中の子どもが集結していたのであろうし、村を離れた人びとも帰省していて、帰省中の人の子どもたちも混じっていたのかもしれない。保育園児から中学生までの子どもたちが、祭りの衣装を身にまとい、神社から伸びる二、三〇〇メートルほどの通りを、若い衆に担がれた神輿を先頭に、保育園児は歌いながら、小学生らしき女の子たちは踊りながら、中学生の男女は集落ごとに分かれて鹿《しし》踊りの装束をして舞いながら行列するのである。われわれ一行は途中で切り上げて帰ってきたので、神社に戻ったあとにどういう行事があったのかはわからない。ぼんやりと行列について歩いていただけなのだが、なんだか楽しくなってしまうお祭りであった。

ふたたび遠野市公式HPの統計資料を借りると、小友町には小学校と中学校が一つずつある。小友小学校は、一学年の人数が八人から二一人、全体の在籍数は八三人。小友中学校は、全体で五八人。両方合わせて一四〇人ほどだから、小友祭りへの参加率は、そうとうに高いといえそうだし、かれらのパワーによって祭りは支えられているように見えた。

その子どもたちのアイデンティティも、中心地にある高校に進学すると変わってしまうのだろうし、高校を卒業すれば村を離れて都会に出てしまい、そのまま村にもどらない者も多いに違いない。わたしも同じようにして村を棄てて東京に暮らし続けている。華やいだ村祭りを楽しく見学しながら、一方で感傷的な気分になってしまうのは、わたし自身の人生と重ねてしまうからだ。小友の、広くはない水田の稲はニュースの通りに不作のようで、実を入れないままに心細げに立っていた。

*

城下町であった遠野の市街から離れた小友は、金山で有名なところである。一七世紀の初頭から金の採掘が行われていて、第二次大戦後もしばらくは細々とだが金が掘られていたという。今も、村のあちこちに金鉱山の跡が残っている。数百年の間、小友には山師たちが入り込み、数多くの鉱山労働者が住みついていたのだ。わたしの感じた祭りの華やぎは、昔、この村で金が掘られていたということと、どこかでつながっているのかもしれないと思ったりした。

いささか気になったので、帰宅してから、小友村のことを少し調べていたら、金鉱山と関係があるわけではなさそうだが、興味深い事件にぶつかった。それは、遠野市史編修委員会編『遠野市史』第二巻（一九七五年、遠野市）に「小友の姦通事件」と題されて詳細に記述されているが、文化九年（一八一二）に起きたという姦通事件である。どうやら、当時の一大スキャンダルであったらしい（一説には文化一〇年ともいう）。要約して紹介すると、次のような殺人事件である

小友村の鷹鳥屋《たかとりや》というところに、「おさわ」と「三七」という夫婦がおり、三七は入り婿で働きが悪くおまけに醜男であった。一方のおさわは美人だったようで三七を嫌い、同じ村の「寅松」という男（村の物持ちの三男で、おさわより一つ二つ年下の、なかなかの男前）とねんごろになった。その仲を知ったおさわの実母「さよ」が、入り婿の三七を追い出して寅松を婿に迎えようと企み、二人を唆《そそのか》したというのである。そして三人は共謀して三七を殺すことになり、寅松が、山仕事から帰る途中の三七を殺害する。ところが、狭い村のなかの事件でもあり、寅松はすぐに捕まり、さよ・おさわ母娘の共謀も発覚する。三人は奉行所のある遠野の町に引き立てられ、詮議の結果、おさわは夫殺しの重罪で磔刑《たっけい》、寅松も直接の下手人として磔刑、母のさよは殺人の共謀者として打ち首ということになった。

これだけなら、ありふれた痴情のもつれに端を発した殺人事件というだけだが、興味深いのは、『遠野市史』に引用された『動転愁記』という書物（作者・成立年など不明、『南部叢書』第四巻、所収）に、事件のあらましと、処刑のさまがドキュメンタリー・タッチで詳細に記述されていることである。よほど評判になった事件であったために記録化されたのだろうし、事実、処刑場にはたいへんな数の見物人が押

しかけたらしい。

処刑は、文化一〇年四月一七日に「綾織宮ノ目の殺生場」（現在の綾織町宮野目《みやのめ》にあったようで、宮野目は鍋倉城からは直線距離で二、三キロ西方に位置する）で行われ、遠くから泊まりがけで見に来た見物人も多かったとある。『動転愁記』によれば、もっとも重罪の娘おさわは城下の牢屋から馬に乗せられて市中を引き廻され、途中で合流した徒歩の寅松・さよとともに刑場の「殺生場」に連れてゆかれる。そして、まず、実母のさよが奉行の前に引き出されて罪状を読み上げられた上で首を打ち落とされた。

続いて、寅松が同じように呼び出されて罪状を読み渡され、磔台に「まわしばかりの丸裸」で縛り付けられる。同様の手順でおさわも磔台に縛られて、両者は六、七間離れて立てられる。その処刑の場面が、『動転愁記』には次のように記述されている。原文のままに引用する。


諸見物の貴賤老若男女、四方の土手は勿論、往還の高み高み宮の目坂迄、廿尺の明地もなし。其時穢多共抜身の鎗を持ち、罪人の左右に一人宛、下座腰になり控たり。今や突くべしと、脇目もふらず見る処に、寅松方の穢多ども立上つて罪人をにらみ付、両人やつと声かけ、鎗の穂をもつて寅松がむな板を両方より打合すると見へしに、右の脇より左の肩先へ鎗の穂先四五寸貫きたり。声を出すかと思ひしに少しも声を出さず。其やりをひねり抜と、又左の脇よりつきかけ右の肩先へ貫き、左右より三鎗づつ突き候得共、息合はげしく見え、腹をふくれかし、だんまつまの苦みとぞ見得し所を、小ふえをかき切り息絶えたり。屍より流るる血しほはさながら瀧つせの如し。（引用は、一九七一年一月刊の歴史図書社版『南部叢書』四による）

おなじ手順でおさわも処刑される。その後、「長柄の鎌」で目隠し布を切り落とし、体を縛りつけていた縄を上から順番に切りとってゆき、体が逆さまに落ちかかってくるところをねらって首が打ち落とされる。そして、実母のさよも加えた三つの首は、「往来の道より殺生場へ入口向て左りの田の隅」に、上に板を打ちつけた高さ四尺ほどの丸木三本を立て並べ、その上に三日三晩さらされたのである。

以上が、『動転愁記』に記された小友の姦通事件に対する処刑のあらましである。その詳細については、『遠野市史』あるいは『南部叢書』を参照していただきたいが、処刑が「殺生場」で行われ、処刑を担当したのが「穢多共」であったというのは、近世における奥羽の被差別民の実態を考える上で、なかなかに興味深い内容を含んでいる。「殺生場」というのは、日常的に牛馬の屠殺を行うところであろうし、その屠殺を行う人びとが「穢多」であった。そして、遠野ではめったに行われることがなかったという磔による処刑も、彼らの役目とされていたのである。

二〇〇二年七月に刊行された『別冊東北学』六号（東北文化研究センター）に、横山陽子の「会津藩における被差別民の存在形態」という興味深い論文が掲載されている。会津藩の編年体正史『会津藩家世実紀』や地誌『新編会津風土記』などの史料をもとに、「穢多」や「イタカ」など被差別民の存在形態を明らかにしようとした意欲的な論文である。

そこで横山は、会津藩における「穢多」の存在形態について、「行刑下役」であったということを指摘し、「罪人引廻し時の先導及び警護」や罪人の「住居破却の実行」「処刑の補助」「梟首の実行」（梟首《きょうしゅ》はさらし首のこと）などを担当するのが「穢多」であったということを明らかにしている。これらの史料によって横山が強調しているのは、「『穢多』が直接処刑を行っていない」という点である。

この横山論文を参考にしていえば、遠野藩で行われた処刑においては、市中引廻しの際には「穢多」

が登場せず、処刑の実行者とさらし首の実行者として登場する。また遠野藩では、彼らの職場ともいえる「殺生場」の入り口に首がさらされているのに対して、横山の指摘する会津藩の事例では、首は、罪人の在所に「穢多」によって運ばれてさらされるという違いも見いだせる。

『動転愁記』によれば、遠野での処刑は一五〇年ぶりのことで、事情を知っている者がいなかったとあるので、この文化一〇年の処刑における「穢多」の役割が一般的なものかどうかは定かではない。いうまでもなく、それぞれの藩によって「穢多」の役割に違いがあったのも当然だろう。

なお、『動転愁記』の筆者についての情報がなにもなく、どこまで信憑性が保証されるものかどうかも不明であるが、この作品には天明・文化年間の凶作についての詳細な記述もあり、処刑記事も実見にもとづく記録とみてよさそうである。『南部叢書』の「解題」によれば、筆者は、「大方遠野辺在に居住した士人」だろうとある。

いまだ未解明の部分の多い近世奥羽の被差別民の実態を究明する上で、横山陽子の論文は貴重なものである。そして、近世の史料類をたんねんに検証してゆくことで、被差別民の実態や存在形態は解明されてゆくだろう。

小友へのフィールドワークをきっかけに、たまたま目にした史料が、案外貴重な事実を窺わせるものだということに気づいたので、記しておくことにした（史料の性格上、引用文には差別的な呼称が含まれていることをお断りする）。

（『季刊東北学』9号「東北学の窓・時評」、東北芸術工科大学東北文化研究センター／作品社、二〇〇三年一〇月）

7　物語のもつ力

ある出来事がどのようにして話となり、どのように語り継がれてゆくかというようなことを、わたしは考えています。文字に書いたり録音したりしない限り、語られる話は一回的、瞬間的な表現ですから、口にすると同時に消えてしまいます。しかし、語られた話は聴き手の心や胸に刻まれ、何かの機会にだれかに語られる、そのようにして人から人へとつながってゆきます。職人さんの手によって生みなされた「もの」が、人から人へと空間を超え、時間を超えて受け継がれてゆくように、お話（物語）もまた、空間と時間を超えて伝えられてゆくのです。

なぜ人は、出来事を語り継ぎ、先祖からの言い伝えを忘れてはいけないのか。それは、語り継ぐことによって、自分たちの存在そのものが確かめられるからだと言えるのではないか、わたしはそう考えています。昔の人びとにとって、語られる出来事は歴史であり哲学であり教えであり、大いなる楽しみでした。そしていつも、自分たちと外の世界とをつなぐ、それが物語だったのです。

今から一〇〇年あまり前、遠野出身の青年佐々木喜善が語る話を聴いた柳田国男が、文字に書き留めた遠野物語のなかに、次のような話があります。

五　遠野郷より海岸の田ノ浜、吉利吉里などへ越ゆるには、昔より笛吹峠と云ふ山路あり。山口村より六角牛《ロッコウシ》の方へ入り路のりも近かりしかど、近年此峠を越ゆる者、山中にて必ず山男山女に出逢ふより、誰も皆怖ろしがりて次第に往来も稀になりしかば、終に別の路を境木峠《サカヒゲ》と云ふ方に開き、和山《ワヤマ》を馬次場《ウマツギバ》として今は此方ばかりを越ゆるやうになれり。二里以上の迂路なり。

四方を山に囲まれた盆地だということもあって、昔の遠野は、まわりとはつながらない閉ざされた村だと思われがちですが、そうではありません。ことに、江戸時代には遠野南部家の城下町として繁栄した遠野は、沿岸地域と内陸地域とを結ぶ交通の要衝でした。それゆえに、引用した話のように、峠を越えて人や物が行き来し、その賑わいが山中に棲むというおそろしい山男や山女の話をさまざまに増殖させていったのです。

遠野という土地にかぎらず、人びとが生活するにはさまざまなかたちで外の世界とつながる必要があります。そのつながり方の大きさや広さに違いはあるとしても、縄文時代であろうと江戸時代であろうと、人は外の世界とつながって生きていました。遺跡から発掘される物資の動きが今にその痕跡を伝えています。

たとえば、北海道から九州まで縄文遺跡が数多く見つかっていますが、その遺跡の多くから、硬玉翡翠の加工品（磨いて穴をあけた玉の類）が出ています。古代の東アジアにおいて硬玉翡翠の産地はきわめて限定されており、小滝川（姫川の支流）と青海川（ともに新潟県糸魚川市）の上流部に産する石しか使用された痕跡はありません。ただし、縄文時代の人びとは原石の産出地ではなく、砕かれ流された翡翠原石を下流の河原や海岸の波打ち際で拾い、それを加工して列島の各地に運んでいました。戦後になり、新潟県西部と富山県東部の沿岸で翡翠の工房が何か所か発見されました。

その翡翠は、黒曜石とともに縄文時代の重要な交易品ですが、鉄が手に入るまで代替品のない利器として用いられた黒曜石とは違い、翡翠には実用的な役割はあまりなかったと考えられます。そうでありながら日本列島を縦横に運ばれた翡翠は、たんなる交易品というよりは贈与あるいは贈与交換の宝物ではなかったかと考える考古学者もいます（藤田富士夫『縄文再発見　日本海文化の原像』大巧社、一九九八年）。

南太平洋トロブリアンド諸島におけるクラや、アメリカ大陸先住民におけるポトラッチなどを考えると、日本列島に居住したわれわれの先祖たちも、きれいに加工された翡翠を贈与品として携え、あちこちの集団を経めぐっていたというのは、それほど突飛な空想とは言えません。そこに何か功利的な理由があってというのではなく、よその地の人びとと接触し、もっとも大事な玉を贈ることで相手とつながる、そのことこそが重要だった、そういう関係が、人が人であるために求められたのではなかったかと思うのです。もちろん玉のかわりに相手はべつの何かを交換品として与えてくれたのでしょう。ただし、それはわれわれが考えるようなかたちで等価かどうかはあまり関係なかったと思うのです。玉には「たま（魂）」が籠もると考えられたがゆえに大事にされたのでしょうが、玉のお返しは、ある場合には「話」であったかもしれません。話にもまた「たま」が籠もるのだとすれば、かれらには等価な交換だということになります。

縄文時代にまで風呂敷を広げてみたくなるのは、わたしの研究対象である古事記の神話を読んでいると、そのいくつもが南太平洋の島々に起源を持つと思われるからです。縄文時代まで遡るか否かはともかく、遠い昔に、海流に乗って伝えられたに違いない話がいくつもあります。たとえば、稲羽のシロウサギの神話はマレー半島やインドネシアによく似た話が伝えられており、海幸彦・山幸彦の神話もインドネシアのスラウェシなどとつながっていることが指摘されています。そのスラウェシやスマトラで語られているバナナ・タイプと名づけられた人間の寿命を語る神話は、海幸彦・山幸彦の母神であるコノハナノサクヤビメと姉イハナガヒメをめぐる話とよく似ています。殺される女神の死体から栽培植物が生まれたと語る、ニューギニアからインドネシアあたりに伝わるハイヌヴェレ型の神話は、人間を「青《あを》人草《ひとくさ》」と呼ぶ古事記の神話を思い出させます。

おそらく、南の島々から、海流に乗って神話が流れてきたのでしょう。当然のことですが、神話だけが流れてくるとは考えられませんから、それを伝える人が、いろいろな「もの」といっしょに渡ってきたに違いない、わたしはそう考えています。もちろん直接というのではなく、何百年、何千年もの長い時間をかけて。そして、ほんとうかどうかを確かめようもなかった比較神話学の成果が、ミトコンドリアDNAなどの遺伝子研究によって裏付けられる日はすぐ近くまで来ているのかもしれません。

どこまで実年代を遡ることができるかはわかりませんが、遠野物語にも遠くから旅をして伝えられたらしい話はいくつも存在します。

二 (略)大昔に女神あり、三人の娘を伴ひて此高原に来り、今の来内《ライナイ》村の伊豆権現の社ある処に宿りし夜、今夜よき夢を見たらん娘によき山を与ふべしと母の神の語りて寝たりしに、夜深く天より霊華《フ》降りて姉の姫の胸の上に止まりしを、末の姫眼覚《サ》めて窃に之を取り、我胸の上に載せたりしかば、終に最も美しき早池峰の山を得、姉たちは六角牛と石神とを得たり。(略)

早池峰山・六角牛山・石神山という遠野の盆地を取り囲む三つの山に鎮座する女神たちの物語です。母神が、今夜見る夢によって、どの娘がどの山を領有するかを決めようと言い、そのことばにしたがって眠りについた三姉妹のうち、夜中に目を覚ました末娘が、姉の胸に置かれた不思議な花をこっそり手に入れ、自分の胸の上に載せた、それで、もっともすばらしい早池峰の山を手に入れたのだというかたちで、遠野三山の鎮座の由来は語られています。

ところが、この話はよくわからないところがあります。母が「よき夢」を見なさいと言っていますが、妹の見た夢がどういう夢なのかさっぱりわからないのです。「天より霊華降りて」までが夢か、「天より霊華降りて姉の姫の胸の上に止まりし」までが夢なのか、はたまた「天より霊華降りて～我胸の上に載せたり」までが夢なのか、判断できません。

どうやら、「今夜よき夢を見たらん娘によき山を与ふべし」という母神のことばは、遠野で語られていた元の話には存在しなかったのではないかと考えられます。というのは、柳田国男に遠野の話を語った佐々木喜善が、みずからの手でまとめた『東奥異聞』（一九二六年）には、「（略）初め遠野郷三山即ち六角牛山、石神山と此の山とを三人の姉妹に分つに、附馬牛村神遣《カミヤリ》と云ふ所に或夜寝、其の寝姿の上に天から蓮華が降つた者が一番秀麗な早池峯山を取らうと言ふのであつたところ、一番末妹が夜半まで眠らず仮睡して居て長姉の上に降つた花を盗んで胸の上に置いたのだと謂ふ」と語られているからです。しかも、佐々木喜善の話がそうなっているというだけではなく、何かを選んだり決めたりする場面で、枕元に置いた木の枝に花を咲かせる競争をするという似た話が、南西諸島や韓国に遺されています。

たとえば、岩倉市郎『喜界島昔話集』（一九四三年）には、昔、太陽と月とがどちらが昼の太陽になるかを争い、腹の上にシャカナローの花が咲いた者が昼の太陽になろうと約束して寝た。すると花は月の上に咲いたが、先に目覚めた太陽は、自分が昼の太陽になりたいので、花をこっそりと自分の腹の上に置いた、という話が載せられています。奄美諸島の徳之島では、天照大神と隣に寝ていた神、与論島ではミルクポトケ（弥勒）とサクポトケ（釈迦）、八重山諸島の最西端の与那国島でもミルクとサーカとによって語られますが、いずれの話も、寝ているあいだに相手に咲いた花を盗んでしまいます。朝鮮半島の済州島に伝えられるムーダン（巫者）の伝える神話では大星王と小星王とのあいだの出来事として伝えられるほか、朝鮮半島の各地に似た話が語られています。

謹厳な性格のつよい柳田国男は、もっとも立派な山に鎮座しているのが盗みを働いた妹だという、釈然としない後味の悪さを消そうとして、夢の話に仕立て直したのではないでしょうか。遠野で伝えられていた元の話は、沖縄・奄美から朝鮮半島にかけて、東シナ海沿岸の各地に共通する花盗みの話であり、それがいつの頃にか東北の内陸に位置する遠野へと伝えられていたのです。いつ、どのようなルートを辿って、というふうなことを考えていると空想は果てしなく広がります。それこそ、今は実証のできない夢物語でしかありませんが、日本列島を取りまく海の流れは、人も物も話もすべてを運んでくれる通路でした。

はじめに紹介した第五話にも、田ノ浜や吉利吉里という地名がありましたが、遠野物語には釜石から宮古にかけての三陸沿岸の地名がしばしば出てきます。内陸の遠野と沿岸地域とのあいだには、駄賃付けと呼ばれる馬を用いた運送業が発達し、さまざまな物資の交易が行われていました。そうした交易が現代の物流システムと違うのは、行き来するのが商品としての物資だけではないというところです。

おそらく、消費されたり実用的に用いられたりするだけではない何かが付随する、それが「もの」だったのです。そこには、話が付随していたり、縁談が添えられていたり、婿養子の口がくっついていたりする、それが、前近代における交易でした。

二年前の東日本大震災のあと、しばしば引用される遠野物語第九九話、明治三陸大津波にさらわれた妻の亡霊に出逢ったという、遠野から田ノ浜に聟に入った男の話を読んでも、そうした両地域におけるつながりの緊密さは想像できます。「もの」によってつながれた世界は、物を超えたさまざまな関係を作りだしてゆくのです。そして、そうした関係があったからこそ、今回の大津波に際しても、いち早く遠野の人びとは、官民総出で沿岸の人びとの支援に当たることができたのでしょう。

大津波からしばらくして遠野に行った折に聞いたのですが、遠野市では沿岸の被害情況がわかるとすぐに、といっても電気が切れて詳細な情報は何もわからないままに、職員や市民がいっせいに支援体制を整え、三陸沿岸の市や町に食料や日用品などを届けはじめました。市の職員たちは、焚き出しのおにぎりを毎日作り続けて手の皮がうすくなってしまうほどだったと言います。

また、被災者を受け入れ、外から駆けつけた自衛隊や各地の警察・消防そしてボランティアなど支援隊の前線基地も遠野に設置されました。宿泊場所や食料を確保でき、震災の数年前に開通した新仙人トンネルを通って沿岸地域と往復できる遠野は、迅速な援助活動を進めるための拠点として恰好の土地だという理由があったわけですが、じつは、そうした人と物とが流通する地域拠点としての役割を、遠野は昔から果たしていたということこそ強調しておきたいと思います。それがほんとうの「絆」です。

街道を動くのは目に見える物資ばかりではありません。人と人との心をつなぎ、語り継がれる話を移動させる、それが人びとの集まる市であり街道でした。そうした関係は、道路が整備され鉄路が通じるようになった近代にも消えることはなかったために、遠野の人たちは自分たちが果たすべき役割を見失わなかったのです。災害が襲ったから「絆」をというのは本末転倒もいいところで、それでは何もできないのだということを、遠野物語に語られている話を通してわたしは教えられました。

（いわて県産品海外ＰＲプロジェクト『IWATE Mono-Katari 読本』岩手県産株式会社＝発行、編集工学研究所＝編集制作、二〇一三年三月）

8　夢の世へ、始まりの世界へ

柳田国男の思考回路

ある現象の分析を通して、現在を認識しようとする立場、未来を推し測ろうとする立場、過去を浮かび上がらせようとする立場があるとすれば、柳田国男は、過去へ、それも存在しないかもしれない始原的な過去へと向かってしまう学者だったのではないかと思う。ただ、そこでなされている仕事を、起源論とか発生論とか呼ぶことはできない。なぜなら、柳田によって見いだされた始原世界は、時間の溝を埋める手続きを経ないままに「今」に重ねられてしまうからである。

それは、学問の方法というよりは、個的な資質と言ってもいいようなものであり、経世済民の志を抱き中農養成策を掲げて未来へ向かおうとした農政学者・柳田国男だけが異分子のように見えてしまう。民俗学あるいは日本文化論の最初のテーマとなった「山人」論は、そうした柳田の性向を象徴している。稲を携えた民が渡来する前にこの列島には先住民がいたというのが、当時の学界の共通認識であったとしても、「今」にその生存を証明しようとする柳田の山人論は異端であり、学問というよりは願望とでもいうべきものであった。

南方熊楠《みなかたくまぐす》の書簡（大正五年）にも同様の主張が見られるが、その翌年に書かれた「山人考」（『山の人生』所収）において柳田は、山人＝日本の先住民は、帰順朝貢に伴う編貫、討死、自然の子孫断絶、征服による併合、土着混淆などによって「最早絶滅したと云ふ通説」に「大抵は同意してよい」と言いながら、「旧状保持者、と謂ふよりも次第に退化して、今尚山中を漂泊しつゝあつた者が、少なくとも或時代迄は、必ず居た」と推断し、稲作以前の列島の始原に遡ろうとするのである。

ここにみられる論証の手つきや結論の導き方をみると、柳田にとって、山人＝日本の先住民の生存という仮説は揺るぎない事実としてあったに違いない。それゆえに、列挙された否定的な要因の間隙をぬって、証明不能の漂泊する山人は見いだされてしまうのである。こうした山人「発見」の手法が柳田の資質に関わるのではないかと思うのは、同様の論法が、日本狼の生存を主張する論考にも忽然と姿を見せるからである。

南方熊楠「千疋狼」(昭和五年)への反論として書かれた「狼と鍛冶屋の姥」(昭和六年、『桃太郎の誕生』所収)では、南方(熊楠)氏という語を六回も登場させながら伝承のなかに事実の記録を探り、「狼史雑話」(昭和七年、『孤猿随筆』所収)でも近世の記録をもとに日本狼の実在を追い求める。そして、「狼のゆくへ」(昭和八年、同前)に至ると、「日本に狼無しと言明しても大抵差支へは無く、事によるとそれが又真実と合するかもしれない」と、その生存を否定しながら、「たゞ自分などはそんな断定をする必要を少しも認めない」と続け、近代の目撃談や狼と犬とのつながりを論じたのちに、次のように主張する。

彼等の血筋は僅かばかり、飼犬の中にも伝はり、又里の犬が何かの機会に山に復つて、彼等と混じた例も有り得ると思つて居るのだが、さりとて只の野ら犬をその狼の中に算へようとするのでは無い。

最後の日本狼がイギリス人の手に渡って三〇年近くを経ているというのに、柳田は今もどこかの山中に生存する狼をたしかに見ている。そして、そこに示された生存の論理は、山人＝日本の先住民の生存を見いだした思考回路とまったく同じかたちになっているということに気づかされる。

すでに絶滅しているかもしれないが、今に残された現象（言い伝えや文献）には生存の痕跡があり、血の混淆によって里に生き延び、また人に知られず山中に生き続ける子孫もいるはずだというかたちで、山人＝日本の先住民も、日本狼も見いだされていったのである。それはどちらも、始原的な世界に遡ろうとする無意識の思考回路によってもたらされており、柳田自身はおそらく、この二者が同じ回路を辿って出ているということに気づいてはいなかったはずだ。

また、同様の思考回路は口承文芸研究にも指摘できる。「本物の神話」など今は絶えてしまったもので、そう簡単に見つかるはずはないと断言しながら、内容や事柄に興味をもって語られる「昔話」、形式の面白味にひかれて古い形を残す「歌物語」、叙述の真実によって記憶された「伝説」、という今に残された「三筋の路」を辿り遡ったその先に「本物の神話」は見いだせる、それが柳田の口承文芸論の基本的な見通しであった。『桃太郎の誕生』（昭和八年刊）の諸論が昔話を論じながら神話論になったのはそのためである。しかし、そこで論じられているのは、異常誕生（小さ子）にしろ異常成長にしろ、様式の問題でしかないから、始原の姿をもつ「本物の神話」にはけっして届くはずはなかった。

そうでありながら、現在に残された伝承を起点として、先験的に想い描かれた始原の神話世界に向き合おうとする。民俗学という学問はそういうものであって、それを柳田国男の方法とは言えないし、ましてや資質などとは言えないという反論もあるだろう。わたしには、民俗学がいかなる学問かを論じることはできないが、今ある現象（残された資料や伝承）に向き合い、まずはそれを定位させるところに民俗学はあるのであって、現象を遡って幻想の始原へと向かおうとするのは民俗学という学問からは遠いのではないか、少なくとも民俗学の本道とは言えないのではないかと思う。ところが柳田は、桃太郎とは逆に、偶然拾った桃を頼りに川筋を遡って異界をめざすような手法で、始原の山人や狼や神話が生きてある時代へと踏み込んでゆく。しかも、そこでは時間は無化されているから、始原の世界は今と連接してしまい、山人や狼は今も生存し、昔話の隣に神話が生きてあるということになってしまうのである。

こうした思考回路の形成が柳田の資質に由来するのではないかと思うのは、若き詩人・松岡国男の「野辺のゆきゝ」の冒頭に置かれた一篇（「夕ぐれに眠りのさめし時」）、

うたて此世はをぐらきを
何しにわれはさめつらむ、
いざ今いち度かへらばや、
うつくしかりし夢の世に、

を思い出してしまうからかもしれない。

想い描かれた理想世界としての「夢の世」と覚醒した「此世」とは混濁しているようにみえる。そこに柳田の資質があるとすれば、山人や狼が理想世界である始原の時に見いだされ、同時に、もうひとつの「今」に生息するというのは、しごく自然なことのように思われるのである。

（原題「夢の世へ、始まりの世界へ」『柳田国男全集』月報22［全集第二四巻挿入］筑摩書房、一九九九年）

【追い書き】　この短い思いつき的なエッセイに目をとめて評価してくれたのが、今は亡き畏友・中村生雄の論考「オオカミをとおして見る人と自然」（『日本人の宗教と動物観　殺生と肉食』吉川弘文館、二〇一〇年）だった。その後わたしも、柳田国男のオオカミ論について、雑誌『現代思想』の柳田国男特集「柳田国男　『遠野物語』以前／以後」（二〇一二年一〇月臨時増刊号）に、「オオカミはいかに論じられたか　柳田国男の思考回路」という論文を書いて本稿を展開させた。オオカミに興味をお持ちの方は、中村さんの論考ともどもお読みいただければ幸いである。

次に引くのは、中村さんの著書に寄せた書評と、遺著『肉食妻帯考』に書いた「あとがきにかえて」という文章（末尾数行を削除）である。また加えて、供犠論研究会をいっしょに立ち上げた赤坂憲雄さんの山人論に対する古い書評と、かれの著作『東北学／忘れられた東北』の文庫版「解説」として書いた文章を添えることにする。中村さんがあんなに急いで逝ってしまいさえしなければ、今も、三人でつるんで何かおもしろそうなことを企んでいたはずだと思うと、無念な気がするので。

中村生雄『日本人の宗教と動物観　殺生と肉食』（吉川弘文館、二〇一〇年）

丹念に思考を練りあげ日本人と日本文化を見きわめようとした日本思想史の研究者中村生雄が、自らのいのちと向き合いながら宗教と動物、殺生と肉食に関する近年の論考を選び集め、逝った。

現代人の心をいやすために飼われるペットのゆくえを論じた「ペット殺し社会、日本」。動物虐待への苛烈《かれつ》なバッシングと殺処分のために「ドリームボックス」に送られるペットたち——その奥に見えてくる現代日本人の心を見つめ続ける。

肉食を肯定することで人間中心主義に陥ってしまう思想家鈴木大拙、本能的で生理的な反応からベジタリアンに転じた宮沢賢治らを足がかりとした論考「殺生と肉食」では、中村が近年こだわり抜いたテーマが深められる。歴史的にみると、仏教では殺生と肉食はセットになっておらず、神道的な穢《けが》れ（浄／不浄）観念が結合することで、動物殺しと肉食禁止がつよい相関性を持つことになった。そこに日本人の人と動物との関係の本質が見いだせると言う。

「鯨墓と鯨供養」では日本の漁民たちの相反した「鯨」観——子を連れた母鯨の行動にみられる母性愛への共感と、子鯨を護《まも》ろうとする習性を一挙両得の狙い目と考える漁師の立場との二重性を指摘し、その複雑な関係を各地の鯨墓や鯨供養の取材、文献資料の分析を通して明らかにする。

その他、文化史的・思想史的にシンボリックな存在に持ち上げられた近代のニホンオオカミを論じ、狩猟文化や殺す文化と食べる文化を論じながら、中村生雄は、日本人の心（宗教）を批判的に見つめ続ける。その思考はつねに現代を視野に入れた文化論であり、文化ナショナリズムの超克をめざす姿勢は冷徹で揺らがない。それでいて、いつも暖かな眼差《まなざ》しに満ちているのが魅力だ。

すべての生き物は死に向かいながら、自らのいのちを育《はぐく》んでいる。その当然の事実を、あらためて教えられた。

（「東京新聞」＆「中日新聞」二〇一〇年九月二六日朝刊）

中村さんの仕事

中村生雄さんが逝ったのは二〇一〇年七月のことだから、まだそれほど時は経ていない（二〇一一年一〇月現在）。それなのにずいぶん以前のことのように思われてならないのは、そのあいだにとんでもない異変が起こったからではないかと思う。そして、その天災と人災とについて、中村さんの冷静な分析と見解を聴いてみたいのに会えないから、よけいに時間の隔たりを感じてしまうのだ。

中村さんが急性骨髄性白血病であることがわかったのは、二〇〇八年八月のこと。じつは、病院に行って初めて白血病の異常が判明する五日前、わたしは中村さんとふたりで飲んだ。役職に就いてしまって担当できなくなった授業の非常勤講師をお願いして集中講義に来てもらっていた。ゆっくり飲めると思っていたのに（ちょっと問い詰めたいこともあったのに）、真夏に生ビールを一杯飲んだだけで疲れたと言って宿にもどってしまうという不審な行動もあって、その時のことは今もよく覚えている。そして、亡くなる一か月前の六月九日、中村さんの勤務先のそばの、定宿にしていたビジネスホテルのイタリアンレストランで白ワインを飲んだ。宗教学者の池上良正さんと三人で、最後の晩餐になるというのはわかっていながら、けっこう楽しく飲んだ。その時のことは、中村さんがブログに書いており、娘ののどかさんによってまとめられた『わが人生の「最終章」』（春秋社、二〇一一年）に出ている。

中村さんがほぼ二年間にわたって死と向き合い続けた闘病生活を、同い年のわたしはひとごととは思えずに見守っていた。そして、どうしてこれだけ冷徹に自分のいのちを見つめ分析することができるのだろうと、呆れるとともに羨ましい思いでながめていた。けっしてあきらめているわけではなく、最善の治療法を探しつづけ現代医療の可能性と限界とを確認しながら、自らの死に向き合う中村さんのブログを読みながら、さすがに宗教思想史の学者は違うと見当はずれに嘆息するしかなかった。しかし、『わが人生の「最終章」』を読めば、だれもがそう思うのではないかと思う。

ここは中村さんとわたしとの個人的な思い出を書く場所ではない。『肉食妻帯考――日本仏教の発生』がまとめられることになったいきさつを記せばいいのだった。それなのに前振りが長くなってしまうが、もう少しご辛抱いただきたい。没後、中村さんの遺志どおり葬式は行われず、遺骨は今年五月相模湾に散骨されたという。そうなることは生前から承知していたが、ご遺族の了解を得たうえで、赤坂憲雄さんとふたりで偲ぶ会を開催した（二〇一〇年一一月）。その時の講演とシンポジウムについては、雑誌『季刊東北学』第二六号（東北文化研究センター、二〇一一年一月）の小特集「日本文化のなかの生と死――中村生雄の仕事」にまとめられている。こうした催しは中村さんの遺志に背くと思われた方もあったかもしれないが、わたしたちは、別れというのは生きているがわの心の問題であり、わたしたちはわたしたちなりの別れの儀式をしなければならないと考えたのであった。仲よくしてもらった感謝をあらわす必要は、生きているがわにあるのだから。

偲ぶ会がこちらの問題だとすれば、もうひとつ、中村さん自身の、研究者としての立場から生きている者たちへの別れの挨拶も必要ではないか、そして、それは遺された中村生雄の思索群をまとめることではないか。そう考えたのが本書を編んだ理由である。

いのちには限りがある、そんなことは中村さん自身がいちばんよくわかっていた。しかし、学者としてあそこで死ぬのは無念だったと思う。考えたいことはまだまだ山ほどあって、まとめたい本が何冊もあったのだ。だから、自らのいのちと冷静に向き合いながら、今までに書きためてきた論考を何冊かの本にまとめようとしていた。しかし時間がなくなり、自らの手でまとめることができたのは、『日本人

の宗教と動物観　殺生と肉食』（吉川弘文館、二〇一〇年。一六六頁、書評参照）一冊だけだった。そして没後、娘ののどかさんの手になる『わが人生の「最終章」』（前掲）が中村さんの遺志を継いでまとめられた出版計画二冊めの本であった。

それ以外に何冊かの著書をまとめたいと中村さんが考えていたのは、彼のパソコンのなかに格納されていたファイルと著書目次案のメモ書きによってわかった。のどかさんからそれらのデータをあずかったわたしは、読んでみたいと言ってくれた青土社編集部の菱沼達也さんにファイルを託した。しばらくして、とてもおもしろのでぜひ出したいという連絡がきた時は、ほんとうにありがたかった。まとまらないままに散逸させてしまうにはあまりにも惜しい論文がたくさんあったのだ。

菱沼さんもわたしも、寄せ集めの論文集は出したくなかった。中村さんが構想していた何冊かの本のうち、すでに雑誌などに発表した論文が存在し、まとまりのつきそうなテーマは、本書の表題となった肉食と妻帯に関する論考であった。それは、宗教思想史の研究者として中村生雄がもっともこだわり続けたテーマの一つと言えるものだ。しかも、今こそ世に問うべき本だと思った。ただ、中村さんが生きていたら、ここに出現した内容で満足したとはとうてい思えない。既発表論文に手を入れながら、新しい論考を加えた肉食妻帯論を完成させたに違いないからである。しかし菱沼さんとわたしにはそれはできないので、中村さんの目次案のメモを参考にしながら、データのなかから妻帯と肉食というテーマに添う論文や講演原稿を探し出し、整理して並べたのが本書である。その際、著作権継承者である奥様の了解を得て、明らかな誤字や重複、講演における挨拶部分などに限って、公刊される著書としての体裁を保つために最低限の手入れをさせていただいたということを申し添えておく。

中村さんの目次案メモによれば、本書は、「日本仏教の発生」というタイトルで刊行される予定であった。それを『肉食妻帯考――日本仏教の発生』としたのは、菱沼さんとわたしの判断である。そのほうが本のタイトルとしてインパクトがあり、読者にうったえかけるのではないかと考えたからだが、それ以上に、収められている論文を読めばわかるとおり、まさに僧侶の肉食と妻帯が真正面に見据えられた論考群がまとめられているからである。そしてこのテーマは、自らの手で最後にまとめた『日本人の宗教と動物観』の副題が「殺生と肉食」とあることからもわかるように、中村さんが近年もっともこだわっていた課題である。供犠論研究会（一九九八年設立）を主宰して追い続けたのも、日本仏教における「肉食」の問題が存したからに違いない。そして、それと切り離すことのできない日本仏教におけるある種のうしろめたさとしての「妻帯」問題であった。その二つをうやむやにしたところに存在する日本仏教について、ことに近代の日本仏教について、中村さんは大きな疑問を抱きつづけ、問いつづけてきた。そしてそれは、現場の僧侶たちにとっては、ふれることさえはばかられる大きなタブーであり続けた、そして今も。

本書を三部構成にした理由は、読んでいただけば明らかだと思う。僧侶の肉食と妻帯といえば、親鸞がまっさきに思い出される。その親鸞に関する論考と、国家宗教として仏教が日本に入ってきた始まりの時から肉食と妻帯の問題は孕まれていたのだと考える中村さんの、まさに「日本仏教の発生」論にあたる部分を第Ⅰ部として収めた。そして、おなじく肉食妻帯に関する論考のうちでも、おもに近代における肉食妻帯問題を取りあげた論考を第Ⅱ部としてまとめた。ここでは、明治五年に出された「肉食妻帯勝手タルベシ」という太政官布告に対する宗門や僧侶たちの対応を問題にするとともに、喜田貞吉の仕事を大きく評価しているところが注目される（柳田国男や南方熊楠にも比肩しうる近代の学者として、中村さんは喜田貞吉の再評価をもくろんでいた）。そして、第Ⅲ部では、中村さんの肉食妻帯論を補うと思われる、殺生や草木成仏、カニバリズムなどについての論考群から何本かを置いた。

このように、中村さんが「日本仏教の発生」として出したいと考えていた論考を整理してみると、「殺生と肉食」という副題をもち、死の直前にまとめられた『日本人の宗教と動物観』に収められた緒論よりもずっと直截的なかたちで、殺生と肉食そして妻帯という日本仏教における最大の問題にストレートな疑問をぶつけていることがわかっていただけるはずだ。門外漢であるわたしだが、そのような問題意識の鮮明な書物が、親鸞没後七五〇年を迎えるこの時期に出るというのは、たいそう意義深いことではないかと思うし、この本をきっかけに、肉食妻帯に関する議論が少しでもにぎやかになれば、中村さんの遺志に添うことになるのではないかと期待する。それはまた、環境やエコロジーの声が一段と大きくなった三・一一以後の日本社会にとって、有意義な議論になるのではなかろうか。

書きそびれたが、研究者としての中村生雄が出版した単独の著書としては、前掲二書のほかに次の四冊がある。

『カミとヒトの精神史　日本仏教の深層構造』人文書院、一九八八年
『日本の神と王権』法蔵館、一九九四年
『折口信夫の戦後天皇論』法蔵館、一九九五年
『祭祀と供犠　日本人の自然観・動物観』法蔵館、二〇〇一年

あらためてふり返ってみると、中村さんの問題意識は変わらず持続されていることがよくわかる。最初にまとめられた著書『カミとヒトの精神史』は、まさに本書のテーマと呼応するかたちで法然と親鸞

に代表される日本仏教を論じている。その問題意識は終生とぎれることはなかった。その、いまだ思考の只中にあって思いもしない病いのために筆を折らねばならなかった中村さんの無念が、本書の刊行によっていささかなりとも鎮められることがあれば、仲よくしてもらった友人のひとりとして、これほどうれしいことはない。

（「あとがきにかえて」中村生雄『肉食妻帯考――日本仏教の発生』青土社、二〇一一年）

赤坂憲雄『山の精神史――柳田国男の発生』（小学館、一九九一年）

柳田国男の思想を超えようとする赤坂憲雄の、もくろまれた構想の全体が完結した時、間違いなく新たな貌をもつ〈柳田国男〉が出現するはずだ。そして、その困難な挑戦の始まりを、赤坂は、「常民の外部に、可能性の周縁として祀り棄てられた異類異形のモノたち、たとえば山人・漂泊民・被差別民らの血まみれた屍を、一つひとつ掘りあてて ゆかねばならぬ――」（序章）ということばではっきりと宣言する。

その第一部にあたる本書『山の精神史』で論じ尽くされるのは、柳田国男の初期の知を凝縮した〈山人〉論の成立から訣別にいたる道筋であり、そこに炙り出されてくるのは、「山人や山民の世界から常民の世界へとゆるやかに転回を遂げてゆく、柳田の知の軌跡に秘められた謎」（第一章）である。そして、いささか執拗なとも感じられる文体は、柳田における「山人」と「山民／平地人」との厳然たる区別を揺るぎなく描き出し、その思考をささえる柳田の〈資質〉に切り込んでゆくことに必然性を与えてゆく。

明治四〇年代初めの『後狩詞記』や『遠野物語』に萌芽をみせるとともに肥大化し、二〇年を経た後の『山の人生』（大正一五年）に至って表面的には終息する、柳田の求め続けた〈山人〉は、彼らを駆逐して山に住んだ新来の日本人である「山民」やそこから枝わかれして稲作の民となった「平地人」とはまったく別種の、漂泊する「先住異族の末裔」としてあり、現在もなお実在する者であった。しかも、『山の人生』で、「今日における実在性はひどく曖昧にではあるが否定されたが、前者の先住異族の末裔というイメージはついに捨てられることがなかった」のであり、以後の沈黙は、「柳田に許された山人へのある秘められた愛の表明の方法であったのかもしれない」（第四章）と赤坂は推測する。

最後に引いた一文には、赤坂の、柳田国男の心情への同化が認められるが、〈山人〉論の成立から挫折に近い転回への軌跡は、読者を引きこみつづけようとする赤坂の、きわめて冷静なそして慎重な文体によって辿られてゆくから、異和なくついてゆくことができる。そして思う、なぜ柳田は無謀ともいえるような山人実在説を主張することになったのか、と。南方熊楠とのよく知られた交流とその果ての批判がなくとも、間違いなく山人論は破綻したはずである。その点に関して赤坂は、「おそらく柳田は南方の批判を受けるまでもなく、みずからの山人論がひどく脆弱な仮定のうえに仮定を重ねた夢物語か、〝遊戯文字〟にひとしい水準にあることを、かなりな程度に自覚していたのだという気がする」（第二章）と述べ、それでもなお「山人にたいする熱くたぎる思い」を語らざるをえなかったところに〈資質〉をみとめ、そこから柳田の内面に分け入ってゆこうとする。

吉本隆明が見いだした柳田の文体論（『柳田国男論』）を借りて言えば、〈外視鏡〉の視線を通して赤坂は柳田の山人論と切り結んでいる。一つずつ資料を拾いながら丹念に解読してゆく手つきや自らが旅人となって柳田の旅を辿ってゆくところに、それは象徴的に示されている。そこでの赤坂は決して柳田に同化することはしないし内部に立ち入ってゆこうともしていない。ところが山人論の発生に資質をみた途端に、〈内視鏡〉的な視線が濃厚になる。そこには赤坂の思いが強く浮上するから、読者であるわたしは、赤坂の思考の必然を認めつつ、「わたしたち」という文体にいささかの戸惑いを感じてしまう。

たとえば、「柳田の山人論にとっては、この、みずからが神隠しに遭いやすい気質をもった子供であったという自覚は、想像される以上に大きな意味をもっていた」（第三章）とか、「柳田国男という人は、それがどれほど奇妙に聴こえるにせよ、みずからの体内を流れる〝山人の血〟に自覚的であらざるをえなかった、近代の、稀有なる思想家であった」（第四章）とかいう発言に接すると、ちょっと待ってほしいとおもう。それらは、『山の人生』や『故郷七十年』あるいは「山人外伝資料」などでふと洩らした呟きにすぎないではないか、と。自己の思想形成の根拠をあとづけようとするようにみえる内面告白にどこまで真実は孕まれているのか。また、山人に対する発言の多くは、赤坂も指摘するように、異族を滅ぼした平地人の側に自らを置いてなされていたのではなかったか。

柳田が揺らいだように、赤坂も揺らいでいるとみえるのは、柳田への、あるいは棄てられた〈山人〉への共感のゆえなのか。もちろん、そこにこの書物の大きな魅力が秘められていることを十分に評価したうえで言うのだが、個的な資質や内面にこだわることの危うさを感じる。それよりも、「山人史の構想」が、アイヌ・コロボックル論争に象徴される「当時の考古学的了解のパラダイムに無条件に乗っかって、そこからのみ形造られている」（第五章）という指摘のほうがわたしにとっては重要である。

それをわたしなりに読み換えれば、柳田は〈起源神話の様式性〉に縛られていたということだ。自己の立脚点でもある平地人＝日本人の発生は、始源以前の時に「先住異族」＝山人を仮設することによってはじめて語り出す方法をもてたのである。それは、柳田が前近代的な共同性に身を置いていたからではないか。とすれば、神隠しに遭いやすい気質を個的な資質だけに求めることはできなくなる。この思考回路は、『山の人生』が書かれて十年近くも後に、専門家の誰もが否定する日本狼の生存を信じ、その探索を呼びかけているという事実（「狼のゆくへ」定本二二）にも繋がるだろう。その陥穽に気づいた時、柳田は当然のごとくに、〈山人〉論から〈常民〉論へと転回していったのかもしれない。

ただし、そうだとしても、赤坂がその変節につよい不満を抱き、「非農耕・非定住の民や被差別の民などの、異質なる他者の排除のうえに成り立つ」（第七章）常民論＝柳田民俗学へと批判の矛先を向けてゆことうするのは、きわめて誠実な思考態度だという点は確認しておきたい。たぶん、すでに連載の始まっている「漂泊の精神史」以降に展開される〈柳田国男の発生〉においては、徹底的に柳田の排除した者たちへと錘鉛は下ろされてゆくだろう。そして、今以上に柳田との距離を明確にしながら解き明かされてゆくはずの、「祀り棄てられた」者たちへのしなやかな眼差しに、わたしは大きな期待を抱かずにはいられないのである。

（『すばる』第一四巻第一号、集英社、一九九二年一月）

赤坂さんの仕事

あれはいつのことだったか、近ごろのわたしの記憶力は、五、六年以上前のことをすべて「むかし」に溶融してしまって歴史化できないのだが、本書（赤坂憲雄『東北学／忘れられた東北』）の「プロローグ」を参照すると、一九九二年夏だったらしい。赤坂さんは、免許を取得して車を買った。それも、半住の地に定めた山形市ではなく、岩手県遠野市で購入したのである。小さな四輪駆動車だったと思う。

その車に乗って、遠野から住まいのある山形市に帰るという日、わたしもなぜか遠野にいて、どういうわけだか自分の車を転がしながら赤坂さんの車を山形まで先導することになった。遠野から山道を下って北上市に出て、東北自動車道から山形自動車道へと乗り継ぐ二五〇キロあまりのドライブだ。免許取りたてで、はじめて長距離ドライブをする赤坂さんをバックミラー越しに覗くと、ずいぶん緊張した顔でハンドルを握っている。わたしはちょっと遊んであげなくてはと思って、しなくてもいい車線変更を試みたり、アクセルを踏み込んだりしたのだが、そのたびに、赤坂さんはこわい顔をして前を見据え、彼の車の助手席に座っていた沖縄出身のTさんは体を硬直させた。

何はともあれ、無事に小さな冒険を終えて山形に着いたわたしたちは、赤坂さんのマンションの近くにあるレストランで、おいしい米沢牛のステーキに舌鼓を打った。

それ以降、赤坂さんが小さな四駆を足にして見てまわり聴いてまわった記録が、この本には詰めこまれている。そのほとんどが、岩手県、秋田県、山形県の山深い村々の、今を描いている。おそらく、ここで赤坂さんが浮かび上がらせようとしているのは、時間的にも空間的にも閉じられた世界としての村の暮らしではない。遠い昔から今に続く生活であり、ずっと向こうの世界につながって生きるすがたである。

「何が変わり、何が失われたのか、変貌を遂げた村はどこへ行こうとしているのか、過去へのノスタルジーではない、明日の可能性を見据えながら、時間《とき》の水底《みなそこ》に埋もれてゆく伝承や習俗や技術を掘り起こす作業こそが、いま・ここで必要なのだ」（二四六頁）と赤坂さんは述べる。そして、このマニフェストは、口先だけの政治家のそれとは違って、このあとの仕事を通して実現されていった。

一九九九年に創刊された雑誌『東北学』と『別冊東北学』、その後継誌である『季刊東北学』をはじめとして、創設以来、赤坂さんが所長を務める東北文化研究センターによって企画された各種の実践的なプロジェクト、あるいは、それぞれの地域の住民による内発的な動きを誘発しながら仕掛けられた地域誌『津軽学』『盛岡学』『村山学』『会津学』『仙台学』の刊行など、ここ十数年にわたる赤坂さんの活動を挙げ出すときりがない。

一九八五年に『異人論序説』で論壇にデビューした赤坂さんは、登場してから数年間は国家論・天皇論を問いつづけていた。吉本隆明『共同幻想論』などの影響が大きかったに違いない。そこから「ひとつの日本」への違和感が芽生え、「いくつもの日本」へと向かう認識が育っていったのだと思う。国家成立論のようにみえる『共同幻想論』は、じつは国家解体論なのだから。

国家論を通過した赤坂さんが、九〇年代に入って柳田国男にのめり込んでいくのは必然だった。『山の精神史』『漂泊の精神史』『海の精神史』と名付けられた「柳田国男の発生」三部作を書き上げることで、赤坂さんは当初のイメージとは違う柳田に遭遇したのではなかったか。しかし、そこを経由しなければ、その後向き合うことになった「いくつもの日本」あるいは「いくつもの東北」は見えてこなかったに違いない。

本書においてもしばしば、赤坂さんは、柳田国男『雪国の春』への違和感を表明している。「プロローグ」を読めば明らかだが、柳田の見ようとした東北（あるいは日本）は、「稲作以前、あるいは稲作の外部が祓い棄てられた」のちの歴史でしかないということへのいらだちであった。そこから、柳田国男が打ち立てた稲作こそを至上の賜物とする「瑞穂の国の民俗学」を超えようとする赤坂さんの苦闘がはじまり、一方で批判的に柳田を読み、一方で東北に根を下ろして、九〇年以降を走り続けたのである。今もそれは続いているが、ずいぶん余裕が出てきたようにも見える。おそらく、みずからのめざす方向に間違いはないと確信できるようになったからだ。

一九九六年に単行本として刊行された時の書名『東北学へ1　もうひとつの東北から』が、今回、雑誌連載時のタイトル『忘れられた東北』に変更された。ごく自然に、宮本常一に寄り添おうとしているかのようにみえる。しかし、あえて言えば、赤坂さん以外のだれも、柳田国男を継ぐことはできないだろうとわたしは思っている。そこに光と陰はあるとしても、柳田は日本列島を俯瞰し、列島に生きたふつうの人々の生活や歴史について、丹念な整理を行い、壮大な仮説を展開し、コーディネーターとなって民俗学という学問を組織した。それは、柳田以外のだれもが成しえなかった大事業である。赤坂さんには、それを受け継ぎ、「瑞穂の国のではない民俗学」を構築してほしいのだ。

本書の内部に立ち入ると、死者と生者とをつなぐ盲目の巫者たちの奥に見いだせる仏教以前の魂のありかたが、東北の各地に遺された縄文時代のストーンサークルを通して見えてくる墓域と居住域との「緊密な一体性」が、鮭の大助をたどることで見えてくる「縄文以来の鮭をめぐる文化」が、「箕《み》作り」や「カノ畑（焼畑）」のすがたが、どの頁をめくっても静かな息づかいとともに描写されている。赤坂さんは、東北の各地を歩きまわりながら、遠い時代から続くさまざまな生活を浮かび上がらせていく。芸と呼んでもいいような、読む者を引き込んでしまう独特の文体のために、まるで旅人の紀行文のように楽しめてしまうが、その視線はどっしりと東北の大地を見据えて揺るがない。

東北のある一点に立ちながら歴史をさかのぼり、アイヌへ、北アジアへ、東アジアへ、そして南方へと、赤坂さんは、視線と思考を自在にめぐらせる。そして、「東北をフィールドとして、南へと、あるいは北へと、比較に向けての貪欲な意志に支えられながら、一切のマニュアルのない方法的模索を開始しなければいけない」（二七九頁）と宣言する。

今ふり返れば、本書『忘れられた東北』は、赤坂さんが「東北学」の確立に向けての第一歩を踏み出した記念碑的な著作である。それゆえに、本書のあちこちにはマニフェストが散りばめられている。そして本文を読むと、赤坂さんがしなやかな視線を向けながら東北の地で感じた、新しい出会いに対する驚きと喜びがすなおに表白されている。

赤坂憲雄の仕事がもたらした成果に対して、わたしは大いなる称賛をおくるが、それでも、柳田国男が打ち建て、後を継ぐものたちによって護り続けられた「瑞穂の国の民俗学」を打ち破るのはたいへんなことだろうと心配になる。しかし、生まれて一〇〇年ほどの民俗学などまだまだ生やさしいもので、「瑞穂の国」の思考は、日本列島に発生した王権が律令制を導入し、天皇制中央集権国家をめざした時代から数えれば、一四〇〇年以上の歴史を持つのである。かく言うわたしも、まだまだ瑞穂の国の呪縛から抜け出せてはいない。

だからこそ思うのだ。赤坂憲雄をドン・キホーテにしてはならない、と。そのためにわたしも、微力ではあるが、古代文学という狭い世界のなかで、「いくつもの日本、いくつもの日本」とお題目を唱えながら、赤坂さんさんの仕事を応援しつづけようと決意している。

じつは、赤坂さんの車を山形へ先導した日のステーキ代は、わたしのおごりだった。どういういきさつでそうなったのかは忘れたので、ここでは、東北を歩きまわることを決意した赤坂さんの門出を祝う餞《はなむけ》の宴だったのだということにしておこう。

（「解説」赤坂憲雄『東北学／忘れられた東北』講談社学術文庫、二〇〇九年）

「母のことば」

おのれは恨《うらみ》も抱《いだ》かずに死ぬるなれば、
孫四郎は宥《ゆる》したまはれ

（柳田国男『遠野物語』一一話、聚精堂、一九一〇年）

母一人子一人で育った孫四郎は成長して嫁をもらう。ところが案の定、母と嫁との仲がしっくりいかない。あいだに立つ孫四郎は精神的に追い詰められてゆく。ある日の昼下がり、「ガガはとても生《いか》してはおかれぬ、今日はきつと殺すべし」と言いながら、孫四郎は大きな草刈り鎌をゴシゴシと研ぎ始める。驚いた母が詫びても、ふて寝をしていた嫁がやめさせようとしても聞き入れず、緊迫した時間が過ぎてゆく。夕暮れ時、あきらめて囲炉裏の前にうずくまり泣く母の肩口に、孫四郎の鎌は振りおろされる。母の叫び声を聞きつけた村人が駆けつけ、孫四郎を取り押さえて、警官を呼んで引き渡す。その時、母は最後の力をふり絞って、わが子の命乞いをするのである。

実際は嫁いびりばかりする意地悪な姑だったとしても、このせりふを口にした途端に、ひとりの理想の母が誕生する。おそらく、この母のせりふは、たとえ殺されそうになったとしても息子をかばうのが母だ、という周囲の人びとの「母」への期待が言わせてしまったのだ。そして一方、嫁との関係を守ろうとした孫四郎の決断は、ずいぶん前に評判になったTVドラマ「ずっとあなたが好きだった」（TBS系列、一九九二年）の冬彦君の場合と同様、母から自立するための唯一の選択だったのではないか。

「父のことば」

術《すべ》もなく苦しくあれば
出《い》で走り去なな思へど
子らに障《さや》りぬ

（『万葉集』巻五、八九九番）

八世紀の歌人・山上憶良の、「老いたる身に病を重ね、年を経て辛苦《たしな》み、また、児《こ》らを思《しの》へる歌」という題をもつ長歌に添えられた「反歌」六首のうちの一首である。どうしようもなく苦しいので逃げ出してしまいたいと思うけれど、子どものことがひっかかって逃げ出せない、それが親子だと父親の憶良は歌う。

これもよく知られた、「銀《しろかね》も金《くがね》も玉も何せむにまされる宝子に及《し》かめやも」（巻五、八〇三番）と歌ったのも憶良だった。金銀宝石にもまさるどんな宝だって子には及ばない、子はすばらしい。手放しで礼賛しながら、いやそうだからこそ、子どもは障害なのだと憶良は考える。「父母《ちちはは》を見れば尊《たふと》し　妻子《めこ》見ればめぐし愛《うつく》し」、それが世間の「道理《ことわり》」でありながら、父母や妻子は、「鵽鳥《もちどり》」（鳥を捕まえるガム状の「トリモチ」にかかった鳥）のように、もがけばもがくほど絡まりついて煩わしい（巻五、八〇〇番）。

今から一三〇〇年も前の日本列島に、こんなことを考え、こんなふうに悩んでいた人がいたということにわたしは驚いてしまう。そして、わけもなく嬉しい気分になれる。現代のわたしたちと同じではないか、ちっとも変わっていない、と。

じつは、現代では鵽鳥のように煩わしいと思われているのが父親であり夫である自分だということも忘れて、そう思うのである。

「娘との会話」

女　私に覚えがありません？

男　あなたに？

女　私、あなたの娘です。

男　あなたが……？

女　ええ。

男　まさか。

（別役実「マッチ売りの少女」（一九六三年作）『別役実戯曲集　マッチ売りの少女／象』三一書房、一九六九年）

平穏な生活を送る初老の夫婦のもとに、突然ひとりの女が訪れ、あなたたちの娘だと言い出す。戸惑う夫婦と若い女との、ちぐはぐな会話が続く。

生きていればちょうどあなたぐらいの年齢の娘はいたが、わたしの目の前で電車にはねられて死んだのだと男は言う。妻もそれに同調しながら、あるいはと思いはじめ、男もなんだか確信が揺らぎはじめたところに、女は、弟だという若い男を連れてくる。娘はいたが息子はいなかったと主張する老夫婦との会話は、ますますかみ合わない。

日常的な家族とか親子とかの関係に、言いようのない苛立ちと不安をもたらす別役実の芝居に接した学生時代から四〇年近い歳月が過ぎた。今、突然の闖入者におびえる初老の男の年齢になって改めてこの戯曲を読み返すと、娘だと名乗る女の来訪に、妻よりも男のほうが動揺してしまうという別役の設定がわかる気がした。

たとえば、いかに唐突な受胎告知であっても母となるマリアは驚かないだろうが、大工のヨセフ（ナザレのヨセフ）はもちろん、世の男たちには驚天動地、疑心暗鬼の出来事なのだ。そして、そこに生じた不安や疑惑を解消させる装置として、男たちは家族という制度を作りあげたのではなかったか。

「棄てられるおりん」

「運がいいや、雪が降って、おばあやんはまあ、運がいいや、
ふんとに雪が降ったなあ」

（深沢七郎『楢山節考』中央公論社、一九五七年）

各地に伝わる「うば棄て山」伝説を題材にとった深沢七郎の小説は、一九五六年に雑誌『中央公論』に発表され大変な評判になったという。老齢化社会の進行する今、この小説が抱える家族という主題は、発表当時とは比べられないほどに深刻なのではないか。

七〇歳になった老人は「楢山まいり」に行く、つまり山に棄てるという掟をもつ貧しい村で、老婆おりんは、みずから棄てられる準備をぬかりなく整え、後妻を迎えたばかりの息子辰平に背負われて山へと向かう。石で前歯を欠かなければならないほど丈夫でたくましい老婆おりんとその家族や村人たちの暮らしは、フィクションであると知りつつ、引き込まれるようなリアリティをもっている。

ここに引いたのは、小説の末尾、辰平が母おりんを山に置いて家にもどった夕刻、前夜までおりんが着ていた綿入れをはおった孫のたつ吉（辰平の息子）が口にしたことばである。昔話「うば棄て山」なら、老いた親を棄てようとした父を子が諌《いさ》め、老人を山から連れ帰るというお話になるのだが、この小説にはそうした甘さは微塵もない。おりんは雪降る山に棄てられ、家族や村人は、それを当然のこととして受け入れる。

家族とはなにか、なにが残酷か。山深い田舎で老いた母が独り暮らしをするわたしにとって、うば棄ては遠い昔の伝説ではない。

（「読売新聞」文化面連載「言葉を生きる」（毎週土曜日、4回）二〇〇四年二月七日、一四日、二一日、二八日）

【追い書き】家族について興味を持っていたので、四冊の本を紹介する連載の依頼を受けたのをこれ幸いと、「家族」をキーワードとして思い浮かんだ作品を選んだ。そのなかに別役実の戯曲「マッチ売りの少女」を加えたのは、学生時代に参加していた演劇集団「現代戯曲研究会」(主宰・飯島岱《たかし》、顧問・毛利三弥)でこの芝居を上演したことがあるからである。一九六八年冬、新宿区下落合にあった群像座スタジオで、わたしは「弟」になって舞台の上にいた。

『楢山節考』のたくましい老婆おりんは、佐藤友哉《ゆうや》『デンデラ』(新潮社、二〇〇九年)に出てくる斎藤カユの身を借りて再生したようだ。この小説は、浅丘ルリ子主演で映画にもなった(天願大介監督、二〇一一年公開)。この映画には、草笛光子(棄てられた山中に老婆の棲む共同体を作った三ツ星メイ役)のほか、倍賞美津子・山本陽子・山口果林・白川和子ら往年の美女たちが総出演であったが、浅丘ルリ子のアイシャドウも昔のままだった。

こうしたたくましい老婆の伝統は、佐々木喜善『聴耳草紙』(三元社、一九三一年)に収められた「打出の小槌」(一七番)に見いだせる。この話は、昔話「姥捨て山」のバリエーションで、嫁にそそのかされた息子が、老いた母を山に棄てる。ところが婆さんのほうは、棄てられたまま座して死を待ってなどいない。棄てられた山中で小枝を集めて火を焚き、大股を広げて当たっていると、鬼の子が近づいてきてその下の口は何だとたずねる。すると婆さんは、お前たちを食うための口だと言って脅し、鬼の子が持っていた打出の小槌を奪うと、そこに町屋をつくって女殿様に収まってしまうのである。

第三幕

うそぶく　時評風に

1　疑うことから始めたい

金印「漢委奴国王」

大学に入学したばかりの学生たちに教室で会うと、講義を頭から信じてはいけないと注意する。ゼミで研究発表をする学生には、注釈書に書かれていることを疑うところから始めるように指導する。それが、思考力と判断力を養う基礎だからである。

近ごろの学生を見ていて気になるのは、すなおで従順なところだ。大人にとっては好都合なのだが、常識には疑いの目を向け、権威にはかみついてみることが必要ではないか。そうすれば、怪しげな宗教集団に誘われても踏みとどまれるし、占いを信じても人生は開けないということに気づくはずだ。

こんな生意気な教訓を垂れるのは、最近、金印「漢委奴国王」は一八世紀の終わりに作られたという本を出したせいである（『金印偽造事件』幻冬舎新書、二〇〇六年）。福岡市博物館に所蔵される金印は、後漢の光武帝が建武中元二年（西暦五七）に来訪した倭奴国の使者に下賜した「印綬《いんじゅ》」だとされている。中国の歴史書『後漢書』の記事と一致するから本物だとされ、金印は国宝に指定された。事実だとすれば、今から一九五〇年も前、弥生時代中期末の遺物だということになる。

ところが、実物の金印はあまりにきれいで傷もほとんどなく、以前から気になっていた。すこし詮索してみると、発見前後の状況に疑わしい点が多いことがわかり、お節介な探偵よろしく、頼まれもしないのに謎解きにのめり込んでしまった。

金印「漢委奴国王」が出現したのは、今から二百数十年前の天明四年（一七八四）のこと。志賀島《しかのしま》という博多湾の入り口にある小島で、田の水路を直していた農民が掘り出したと伝えられている。考古学的な遺物の場合、出土地や出土状況がきちんと判明していることが信憑性を保証する第一条件であるはずなのに、この金印はそのあたりがあいまいである。しかも、発見当初、金印にかかわりをもった商人と役人と鑑定をした儒学者がみな旧知の間柄だというのだが、これも大きな疑惑として浮上する。

また、ちょうど同じ年に福岡藩では、他藩には例のない二つの藩校が同時に開校する。その一方の甘《かん》棠《とう》館の館長には、町人から身を立てた亀井南冥《なんめい》が就任するのだが、彼こそが金印を本物だと鑑定した儒学者であった。南冥は甘棠館の開校と重ね、金印を「筑州興学の初年」に出現した「文明の祥瑞」だと歓喜するが、その出方も喜び方も都合が良すぎる。

発見当時から、金印の信憑性に疑問をもつ人はいたが、近ごろでは専門家を含めてほとんどの人が本物と信じている。それは、一九五六年と一九八一年に、中国大陸で二つの金印が発見され、それが金印「漢委奴国王」の信憑性を保証するとみなされたためである。厳密に考えれば、中国で出土した二つの金印と志賀島の金印とでは、さまざまな点で違っているのに、両者の印を学問的に比較研究するという基礎的な作業もせず、頭から信じてしまった。

加えて、漢の時代の一寸の大きさだから漢代に作られた印だとか、純度九五パーセントの金で作られているから中国製だとか、まるで素人のような論理を振りまわして真印説を展開するのが、最近の考古学者や歴史学者の一般的な立場である。その非科学的な態度を批判したわたしは、古代東アジアで作られたとされる金製品のすべてに蛍光X線を照射するなどして科学検査をするべきだということを、拙著

『金印偽造事件』で主張したのである。

歴史とは縁のない出版社から少々いかがわしい書名で出ているので、根拠のない推理小説かインチキな謎解きに終始するトンデモ本ではないかと疑う方も多いだろう。当然、わたしの考えを頭から信じてはいけないが、その当否については、他人の意見を鵜呑みにせず、ぜひ自分で読んで判断してほしい。

そして、正しく判読していただけたなら、科学的な検査をしてみようと言ってくださるに違いない。そうした声が大きくなることを、わたしは心から願っている。

（「東京新聞」＆「中日新聞」二〇〇六年一二月二一日夕刊）

【追い書き】その後「金印」論はどのような情況にあるかということに少しふれておく。自画自賛するわけではないが、わたしの新書本が出て、新聞や雑誌には大々的に記事が出たりして評判になった。しかし、金印が偽物だということにはなっていない。

ただ、わたしが偽作論の根拠として信頼する金属工芸史研究者の鈴木勉氏が『「漢委奴国王」金印・誕生時空論』（雄山閣、二〇一〇年、後掲の書評参照）を刊行して以降、それまで無視していた考古学者たちも偽作論をまったく無視できなくなった。そのためもあろうか、二〇一二年には明治大学考古学研究室を中心として公開シンポジウムが行われたりした。その時の報告が「「漢委奴国王」金印研究の現在　記録」（明治大学『古代学研究所紀要』第二三号、二〇一五年一一月）として出たが、決定的な証拠が出ない以上新たな展開は望めず、このまま膠着状態が続くのではないかと思われる。なお、このシンポジウムの仕掛け人である明治大学の石川日出志氏の、「石川日出志氏に聞く　金印は「本物」で決着した！」

という インタビューが、『歴史REAL　新説・新発見の日本史』（洋泉社、二〇一六年）に仰々しく掲載されているが、わたしには、とくに有効な主張がなされているようには思えなかった。

疑いのはじまり

暴力的な選挙（本幕、4「暴力をめぐる二、三の断章」参照）による部局長から解放されて、時間にゆとりができたのはとてもありがたい。ただし、時間にゆとりができたからといって溜めこんだ仕事はいっこうに減らないのだが、どうやらそれは、減らそうという努力をあとまわしにして、ろくでもないことを考えてしまうからである。

自分でも横道に逸れているのではないかと自覚しながら、今はあるジャンルの古本を探しまわっている。そういう場合、数年前までなら神保町に出かけて目当ての本を置いていそうな古書店の棚を探して歩いた。勤め先が神保町にあった期間が長いので、どの店にどんな本が置いてあるかはわかっていたし、わたしが探すのは専門書ではあっても稀覯本《きこうぼん》ではないから、神保町を歩けばたいていの本は見つかる。だめな場合はなじみの古書店に頼んで探してもらう。ところが最近は勤務先が変わって神保町を離れたうえに、時間がなかったり億劫だったりして直接出向く機会は少ない。

ではどのようにして探すかというと、もっぱらインターネットによる古書検索に頼っている。わたしが利用するのは、「日本の古本屋」（https://www.kosho.or.jp/）という全国古書籍商組合連合会の運営するサイトである。ここでは、組合に加盟している三〇〇〇店あまりの古書店のうちの、およそ二七〇〇店の在庫書籍が瞬時にして検索できる（二〇〇五年当時の数字。現在は、「二三〇〇余店のすべての参加を目指し」とあり具体的な数字がない。古書店も減少しているのか）。組合に加盟している知り合いに宣伝を頼まれたわけではないが、たいそう便利なサイトである。

たとえば、わたしがさきほど注文した本は栗原朋信『秦漢史の研究』（吉川弘文館、一九六〇年）だが、この書名で検索すると在庫のある一六の古書店の一覧が並び、値段や状態などのデータが表示される。古書の場合、同じ本でも保存状態や版数によって値段は大きく違うので、比べて買えるのはありがたい。ちなみに『秦漢史の研究』に付けられた値段（税込み）は一八〇〇〇円から七三五〇円までばらつきがあり、平均すると約一二〇〇〇円。蒐集のためではなく読むために買うのだからいちばん安値を付けていた神保町の古書店に注文メールを送った。

所在地を確認せずに注文したら天草の古本屋から本が届いたというふうに、全国の古書店から、注文して二、三日で本が届く。『秦漢史の研究』は神保町の古書店に頼んだが、同時に買った『世界考古学大系2　弥生時代』（平凡社）は藤沢市、『中国印譜』（台北市・芸術図書公司）は福岡県穂波町、『高芙蓉の篆刻』（木耳社）は札幌市、『中国の古印』（二玄社）は町田市の古書店から届くことになっている。今までなら、在庫目録を出すような大きな古書店を別にすれば、旅行で立ち寄るほかは地方の古書店を利用することなどできなかったのだから、その変わりようには驚かされるし、とても楽しい。

支払いのことを考えなければ、今のわたしにはこれほど便利でありがたいサイトはないが、ここが利用できるのは、目当ての本があり書名や著者名の一部がわかっていて、キーワード検索ができる場合に限られる。しかし、ほしい本を探すという以外に古書店にはもうひとつの楽しみ（無目的の目的）があって、ぶらりと立ち寄って棚を眺めながら思いもかけない本とめぐり逢うというのがそれである。寄り道を楽しむためには今も自分の足を使わなくてはならない。

さてそこから話題を転じて、『秦漢史の研究』『世界考古学大系2　弥生時代』『中国印譜』『高芙蓉の篆刻』『中国の古印』という書名から、わたしが何を調べようとしているかおわかりになっただろうか。わたしとおなじ疑問をもっている人なら書名を見ただけでわかるだろうが、そういう人はまずいないと思うのでヒントを出すと、『秦漢史の研究』を注文したのは「漢の印制よりみたる『漢委奴国王』印について」という論文を、『世界考古学大系2』を注文したのは宮崎市定「漢委奴国王金印の問題」という文章を読みたいからである。

ここまでいえばおわかりの通り、わたしは今、あの国宝の金印「漢委奴国王《カンイヌコクオウ》」(原文では国は旧漢字)に興味をもっている。博多湾に浮かぶ志賀島《しかのしま》で出土した金印に興味があるという方は多いだろうが、わたしの興味とはおそらく方向が違っていると思う。今時こんなことを言い出すと冷笑されそうだが、わたしは、あの金印が贋物ではないかという疑惑を消せないのである。疑っているというより、偶然に田んぼの中から農民が掘り出したという天明四年(一七八四)二月二三日の直前に偽造されたに違いないと思い込んでいるのである。

なぜ、志賀島の岸辺にあったという田んぼの中から、天明四年に、無傷で、燦然と、偶然に掘り出されたのか。どう考えても出土状況のすべてが不自然である。不自然というより、出土の状況がまったくわかっていないのである。しかも、第一発見者とされる甚兵衛という農民の「口上書」にある出土状況が信じられないということになると(田中弘之「『漢委奴国王』金印の出土に関する一考察」『駒沢史学』第五五号、二〇〇〇年三月)、金印の素姓はすべて霧に包まれてしまう。それなのに考古学者や歴史学者のほとんどが、いくつかの状況証拠だけを組み合わせて、『後漢書』に書かれた光武帝の授与した「印綬」が、志賀島で掘り出された金印「漢委奴国王」だと信じて疑わない。

これは考古学者や歴史学者の怠慢であり、想像力の欠如というしかないのではないか。かれらは旧石器の捏造事件でじゅうぶんに自戒し懲りたはずなのに、出土遺構が存在しないばかりか、出土状況もまったくわかっていない金印を後漢の皇帝から下賜された本物だと思い込んでしまうというのはいかがなものか。一九七三年と一九七四年には、九州大学考古学研究室を中心とした福岡市・金印遺跡調査団が大々的な発掘調査を実施したがなにも出なかった（九州大学文学部考古学研究室編『志賀島――「漢委奴国王」金印と志賀島の考古学的研究』福岡市・金印遺跡調査団発行、一九七五年）。

ひところは金印の偽作説も主張されていたが、ある時期から疑問を呈する者もほとんどいないという現状は、学問的にとても危険なことであり、ある意味では犯罪的である。偽作説を唱える研究者が壊滅したのには理由があって、一九五六年に中国雲南省の古墳から出土した金印「滇王之印《てんおうのいん》」が、「漢委奴国王」の金印と似た蛇鈕《だちゅう》（鈕は印の上部にあるつまみ）であるとか、一九八一年中国江蘇省の古墳から出土した金印「広陵王璽」（蛇鈕ではなく亀鈕）の書体が、「漢委奴国王」に酷似しているとかの状況証拠が提示されたからである。しかし、字体が似ているとか作られた時代がほとんど同じと考えられるとかの理由だけで、同一工房で作られたとまで断言するのは、捏造された旧石器を本物と信じ込んでしまった研究者と同じレベルである。

それにしても、ある遺物を本物だと信じるのはたやすいことだが、それが贋物であるということを証明するのはきめてむずかしい。科学的な成分分析によって使用されている金の産出地を調べるのは可能ではないかと思うが、国宝の一部を削って調べるというようなことは許されない。ただ、非破壊法による成分分析は試みられているが（本田光子・井上充・坂田浩「金印その他の蛍光X線分析」大谷光男編『金印研究論文集成』新人物往来社、一九九四年）、金製品についての実験例がほとんど存在しないために比較する資料がなく、産地や時代を明らかにするまでには至っていない。

今は証明することも論証することもできないが、金印発見騒ぎの中心人物であり、金印の鑑定書を書いた黒田藩の儒学者・亀井南冥《なんめい》が事件の渦中にいるのではないかというのがわたしの推測である。

＊

以上の原稿を五月（二〇〇五年）二三日に書いて、二五日から福岡県に出かけていた。おもな目的は海の正倉院と呼ばれる沖ノ島を訪れることであったが（沖ノ島については『古事記を旅する』［文春文庫、二〇一一年］参照）、途中、福岡市博物館に寄って金印「漢委奴国王」を見てきた。前に行った時は休館日で見られなかったので実物を見るのは初めてだったが、あまりの美しさに立ちすくんでしまった。とても二〇〇〇年の歳月を経た遺物には見えないこともあって、疑惑はますます深まる。

そばには蛇鈕の存在を証明したといわれる「滇《てん》王之印」の複製も展示されていたが、素人の目で見くらべただけでも、金印「漢委奴国王」の蛇鈕とはまったく別物であることは一目瞭然である。また、どちらも材質はやわらかな黄金で、しかも長いあいだ石の下に埋まっていたというのに、志賀島の金印は印面にも側面にも鈕にも引っかき傷ひとつ付いていないことに疑いを挟まないのはなぜだろうと、古墳から出土したのに傷だらけの「滇王之印」を見ながら思ったものである。

言い古されたことばかもしれないが、疑うところから学問は始まる。心のすみに芽生えた疑いが当たっているか間違っているかは調べてみなければわからない。まずは疑うことから始め、その疑問をじっくりと調査分析して真実を見つけ出すのが研究なのではないか。昔は無理だったが、今なら科学的な方法を導入して遺物を解析するのはめずらしいことではないわけで、ぜひともわたしのような猜疑心のつよい者の疑いを晴らし、その蒙を啓いてほしいものである。

考古学や歴史学の研究者のことは知らないが、火傷をしたくないから火中の栗には手を出さないというような風潮があるのではないかと感じる時がある。それは、あらゆる研究が、思いつきでものを言ったり、閃きを尊重したりできるような段階をはるかに超えてしまっているからかもしれない。だからといって、歯車のひとつになるような研究をしたいとは思わない。あまり長くはなくなったこの先の人生を、心に浮かんだ疑問と向き合いながら過ごしたいとわたしは願っている。どう考えてみても、古事記の「序」はあやしいし（三浦「古事記『序』を疑う」『古事記年報』第四七号、二〇〇五年一月）、金印も疑わしい。それをちょっと叩いてみようかと思うだけでわくわくする。だから研究はやめられないのである。

（原題「疑うことから始めたい　東北学の窓・時評」『季刊東北学』第四号、東北芸術工科大学東北文化研究センター／柏書房、二〇〇五年八月）

鈴木勉『「漢委奴国王」金印・誕生時空論』（雄山閣、二〇一〇年）

人文科学でも自然科学でも同じだろうが、いかに脆弱《ぜいじゃく》な根拠の上に組み立てられた学説でも、その筋の権威がお墨付きを与え定説として認知されると、それを覆すのは至難の業となる。そこに公的な後ろ楯、経済的な利権、土地の名誉などがからまると、定説の位置はますます磐石《ばんじゃく》となり、異を唱えても笑われ無視されるしかなくなる。

本書は、もっとも有名で厄介な国宝「漢委奴国王」が誕生した時空「いつ、どこで」を、金属工芸、金属印章、金石文などの研究法を駆使して技術史の面から追究した画期的な著作である。

天明四年（一七八四）志賀島から掘り出されたという金印は、発見当初から疑いの目が向けられたにもかかわらず、近代になると、戦前も戦後も日本国の起源にかかわる第一級の国宝として遇されてきた。そこには、黒田藩に秘蔵されていたという政治的・社会的な事情、権威ある学者の発言、真偽を検証しようとしない考古学界・歴史学界の旧弊な体質があった。加えて一九八一年、中国で見つかった金印「広陵王璽《こうりょうおうじ》」が、日本の金印と工房まで同一とみなされ、その真正を保証する切り札になった。

彫り方や工具などの技術史を通して権威や定説に立ち向かう本書を読んで真っ先に感じたのは、科学的であるべき学問がいかにあいまいな根拠と粗雑な論理に基づいて成り立っているかという点である。ただし、自然科学系の研究者である著者は、金印が作られた時空について安易な結論を導こうとはしていない。本書を貫くのは冷徹な観察眼であり、マトリックス図を用いた冷静な分析である。それゆえに重いのである。

金印を疑う評者としては、よくぞここまでと感心したが、通説を墨守する人たちにはきわめて深刻な事実が突きつけられている。しかも、真正の切り札となった「広陵王璽」さえもが疑わしいというのだから、沈黙は金ではすまされない。さて、考古学界はどう反応するか。

（「東京新聞」＆「中日新聞」二〇一〇年六月二〇日朝刊）

2　皇紀二千六百年、その他

四年に一度の地球のお祭りがアテネで開催され（二〇〇四年）、日本のメダル獲得数が過去最高ということもあって「日の丸・君が代」が溢れる暑い夏になった。サッカーのワールドカップとあわせると二年に一度、「ひとつの日本」を強化する絶好の機会がめぐり続ける。

この時期には、それ以外の出来事にマスコミが紙面や時間を割かないので、その隙を狙って悪さをたくらむ輩が出現する。今回のオリンピック期間中の出来事のうちでわたしがもっとも釈然としないのは、東京都教育委員会の決定である。新たに設置される都立初の中高一貫校において、あの悪評高い中学校社会科教科書『新しい歴史教科書』（扶桑社）の採用を決めたのである。中国との関係がぎくしゃくしている時期に、朝鮮半島との関係が変化しそうな時期に、わざわざ相手を刺戟するようなことをなぜするのか。どう考えても、意図的な挑発としか思えない。なお、この教科書の問題点、ことに「東北」像のお粗末さについては、『東北学』五号（二〇〇一年一〇月）の「時評」に書いた。

その『東北学』も今号からリニューアルされて『季刊東北学』になったが、引き続き「時評」欄を担当させていただく。その最初に取りあげたい話題は、戦前における「ひとつの日本」を象徴するイベント「皇紀二千六百年」についてである（皇紀は紀元ともいい、「紀元二六〇〇年」とも称する）。

皇紀という歴史

「皇紀二千六百年」といっても、若い読者には初めて目にした年数だと思うので説明しておくと、皇紀（紀元とも）というのは、日本書紀において、初代天皇「神日本磐余彦天皇《かむやまといはれびこのすめらみこと》（神武天皇）」が即位した年を元年として数える年数の数え方である。この紀年は、近代のごく限られた時期に、西暦に対抗するために喧伝されるようになった。そして、昭和一五年（一九四〇）が「皇紀二千六百年」にあたるというので、国を挙げての一大イベントが挙行されたのであった。

初代天皇とされるカムヤマトイハレビコ（神武天皇という呼称は八世紀後半の名付け）の即位は、古事記によれば、「故《かれ》、かく荒ぶる神たちを言向け和《やは》し、伏《したが》はぬ人どもを退け撥《はら》ひて、畝火《うねび》の白檮原《かしはら》宮に坐《いま》して、天の下を治めき」とあるだけだが、日本書紀には、次のように記されている。

> 辛酉《しんいう》年の春正月の庚辰《かうしん》の朔《つきたち》に、天皇、橿原《かしはら》宮に即帝位《あまつひつぎしろしめ》す。是歳《このとし》を天皇元年とし、正妃《むかひめ》を尊《たふと》びて皇后《きさき》としたまふ。

カムヤマトイハレビコ（日本書紀では神日本磐余彦、古事記では神倭伊波礼毘古）は、その歴史を長くするために系譜の冒頭に置かれた、実在性のない「始祖」王である。その神日本磐余彦の即位年を「辛酉の年」としたのは、日本書紀の編纂を担当した、あるいはそれ以前の歴史書編纂に関与した学者たちである。彼らは、辛酉年には大きな革命が起こるとする中国の讖緯《しんい》思想を取り込んで、神日本磐余彦の即位年を算出したのである。讖緯思想（讖緯説）というのは、陰陽五行をもとにした考え方のひとつで、天体の運行などによって天変地異を予測する一種の占いである。それによれば、十干十二支によって暦がひと巡りする六〇年（一元）を二一回くり返した一二六〇年間（六〇×二一＝一二六〇）を一つの区切りとして、その最初の「辛酉」の年には革命が起きると考え、それを辛酉革命と呼ぶ。

日本書紀あるいはその前身である帝紀の編纂者たちは、編纂時からみて直近の「辛酉」の年である、聖徳太子が活躍して国家の基盤を作り、新しい文化が広まった推古九年（六〇一）を辛酉革命の年とみなし、そこから一二六〇年（つまり暦を二一回）遡った辛酉年、つまり西暦の紀元前六六〇年をその前の辛酉革命の年とみなし、それを神日本磐余彦の即位元年と定めたのであった。ちなみに、西暦に六六〇年を足すと皇紀の年数になるので、西暦と皇紀とのあいだの年数換算はとても簡単である。

ここで断っておくが、わたしは、皇紀はいい加減な年数で、西暦は正しいというふうに考えているわけではない。西暦も、提唱されはじめたのが六世紀ごろ、一般に使用されるようになるのは一〇世紀以降といわれており、しかも、キリストの生誕を正確に数えているわけではないという意味で、こちらもいい加減な数字という点ではおなじ穴の狢《むじな》である。

「皇紀二千六百年」にもどると、戦争のまっただ中、総動員体制が敷かれた昭和一五年（一九四〇）がちょうど皇紀二六〇〇年に当たるというわけで、国威高揚のためのさまざまなイベントが準備された。そのもっとも大きな企てが東京オリンピックの招致であり、もうひとつは万国博覧会の開催であった。そして、この二つの世界的なイベントは戦争の激化によって中止せざるをえなくなったわけだが、そのあたりの事情については、古川隆久『皇紀・万博・オリンピック　皇室ブランドと経済発展』（中公新書、一九九八年）に詳しい。古川によれば、皇紀二五五〇年にあたる明治二三年（一八九〇）にも万国博覧会などの記念イベントが企画されていたが、実現したのは橿原神宮の創建と金鵄《きんし》勲章の制定だけであったという。

古事記に語られている神話や歴代天皇にゆかりのある神社に行き、その境内を見まわしてみると、社殿や玉垣の整備などを記念した石碑が何本か建っている。それらが建立された日付を確認すると、石碑のいくつかに「皇紀二千六百年」という文字が彫られている。六月（二〇〇四年）に取材で出かけた淡路島の南にある沼島《ぬしま》のおのごろ神社（南あわじ市沼島）の境内にも、淡路島の伊奘諾《いざなぎ》神宮（淡路市多賀）の境内にも、八月に出かけた奈良盆地のあちこちの神社や宮殿跡にも、「皇紀二千六百年」を記念して整備されたことを後世に伝える石碑が建っているのに出くわした。

創られた橿原神宮

畝傍《うねび》山を背にして、樹木と玉砂利におおわれた広大な敷地に建つ巨大な社殿、橿原神宮は、初代天皇カムヤマトイハレビコを祀る社殿としての威厳を誇示するかのように聳えている。その佇まいからみて、たとえば大神《おおみわ》神社（桜井市三輪）のように古い由緒をもつ神社には見えないが、それでも、初代天皇を祀る橿原神宮が明治二三年（一八九〇）に創建されたと教えられると驚く人は多いはずだ。

参道を通り拝殿への入り口の門に掲げられた大きな板には、今年（二〇〇四年）の紀年が「紀元二千六百六十四年」と書かれている。我々は外拝殿に立って、その先の内拝殿を拝んでいるが、その奥に幣殿、本殿が建っている。この巨大な外拝殿の壁には大きなプレートが掲げられており、次のようにある。

御祭神　神武天皇
　　　　媛蹈鞴五十鈴媛《ひめたたらいすずひめ》皇后

御鎮座　明治二十三年四月二日
神　域　約十五万坪（約五十万平方メートル）
本　殿（京都御所賢所）重要文化財
その他の建造物並に神域は皇紀二六〇〇年（昭和十五年）を記念し国家の事業として拡張造営せらる
例　祭　紀元祭（勅使御参向）
二月十一日（建国記念の日）

有名な神社のなかで、これだけ堂々と新しさを誇示しているのは、明治神宮と橿原神宮の二社しかないのではないか（あとは、明治二八年（一八九五）に創建された京都の平安神宮か）。どちらも近代天皇制のシンボルだが、橿原神宮を創ったのは皇紀二五五〇年を、現在の姿になったのは皇紀二六〇〇年を記念するためであった。

右のプレートには「国家の事業として」とあるが、古川隆久『皇紀・万博・オリンピック』（前掲書）によれば、「政府の援助は、社殿として使用するよう京都御所の一部（内侍所《ないしどころ》、神嘉殿）を下賜し、費用のごく一部を負担した」に過ぎず、橿原神宮の創建は地元有志の運動によって進められたのだという。そして、その目的は「観光地化による地域振興」であったらしい。もちろん、地元の人びとの思惑はそうだったとしても、それだけではすまなくなってしまうだろうし、皇紀二六〇〇年の拡張事業が戦時下に行われたということの意味を軽視することはできない。しかし、近代天皇制国家の始まりからそれほど時を経ていないうちに、「皇室ブランドをダシにした地域利益の追求」（古川隆久）を考えるとは、さすが、天皇家の発祥地である奈良県人は、なかなかしたたかである。

ただし、わたしがここで言いたいのはそういうことではない。いったん気づくと、この「皇紀二千六百年」記念の石碑が気になって仕方がないのである。石碑に興味があるというのではなく、「皇紀二千六百年」という記念イベントにおいて、万博やオリンピックは中止されたが、東京では華やかな記念式典や提灯行列が行われ花電車が走ったといったことは、今でもたまに話題になったりする。しかし、それぞれの地域において、この時どのような行事が行われたのか、わたしは何も知らないでいた。

二月に津田左右吉が出版法違反で起訴され、一〇月に大政翼賛会が創立された一九四〇年の一一月一〇日から四日間にわたって、全国的な「皇紀二千六百年」の奉祝式典が行われた。永井荷風の「断腸亭日記」を読むと、前夜祭にあたる一一月九日の日記に「銀座通の人出おびただしきこと酉の市の比にあらず」とあり、同一〇日に「今日は紀元二千六百年の祭礼にて市中の料理屋カフヱーにても規則に依らず朝より酒を売るとの事なれば待合茶屋また連込旅館なども臨検のおそれなかるべし（略）」、同一一日に「（銀座の）表通は花電車を見むとする群衆雑遝し、尾張町四辻辺殆歩むこと能はず」、同一二日に「再び銀座食堂に至り晩食を喫す。恰花電車数輛銀座通を過るに会ふ。街上の群衆歓呼狂するが如し」、一三日に「土州橋より銀座に戻り晩食を銀座食堂に喫して家にかへらむとするに灯ともし頃の電車雑沓して乗るべからず」、同一四日に「（銀座の）街上には花電車の見物人今以て雑遝せり」などと、その賑わいのさまが苦々しい思いを込めて記されている（「断腸亭日記（日乗とも）」の引用は、『荷風全集』第二三巻、岩波書店、一九六三年）。

この期間には、はなやかな祝典やパレードのほか、全国でいろんな行事が行われた。そのなかには天皇や神話とは関係のない道路整備などもあったようだが、やはり、古事記や日本書紀にかかわる神や歴代天皇にゆかりのある場所では、それにちなんだ事業がさまざまに企画されたらしい。しかもそれは、社殿や境内の整備などのハード面だけではなく、ソフト面に関すること、たとえば神話や伝説の掘りおこしや再創造といったこともなされていたようである。

そのあたりの問題をきっちりと確認する作業は、神話とは何かを考える上できわめて大事なことであり、わたし自身、これからは気をつけて神社や神話の伝承地を歩いてみなければと思っている。

都から遠く離れて

そんなことを考えながら、恒例の遠野物語ゼミナールのために岩手県遠野市に行ったところ、またもや「皇紀」に出会った。ゼミナールの第一日目の夜、懇親会の会場になった南部（鍋倉）神社の境内に行くと、そこに立っていた木製の案内板の柱に「皇紀二千六百六十年」と彫られていた。西暦二〇〇〇年に案内板を作ったのを記念して彫りつけたのだろうが、戦後になっても皇紀を使うのは橿原神宮と明治神宮だけかと思っていたので、天皇とはあまり縁のないはずの南部氏一族を祀る東北の神社に、今も「皇紀」が生きているのを知っていささか驚いた（これはおそらく国学院大学や皇学館大学における神官養成プログラムにかかわっているのだろう）。

その遠野物語ゼミナールだが、常民大学運動を精力的に展開していた後藤総一郎さんが亡くなって求心力を失ったが、地元の人びとの努力で無事に開催された。中心メンバーの老齢化と後継者が育たないという問題を抱えているが、なんとか継続してもらいたいと思う。しかし、時間的にも経済的にも個人の負担に頼るところが大きい市民運動は、企業も地方公共団体も経済的、精神的な余裕をもてない今、継続はたいそう困難になっている。その解決のための妙案がわたしにあるわけではないが、後継者の養成を含めて、地域活動の持続的な発展について、さまざまな議論が必要なのではなかろうか。

こうした状況は、おもに大学教員によって支えられている学会活動も同様である。わたしも会員になっていて多くの刺激を得ていたのだが、日本列島各地の巫覡《ふげき》（男女の宗教者のこと）や語り物などに関するフィールドワークを中心に据えた巫覡盲僧学会が、事務局になる大学や世話人になる教員・院生がいないという理由で休会が決まった。おそらく再開はむずかしいだろうから事実上の解散である。

犠牲的な精神を発揮し、苦労しながら学会運営を担当してくれた人たちのお蔭で、わたしをはじめ多くの会員はさまざまな利益を享受していた。なんとかならないかと相談を受けたが、こちらには肩代わりする能力も時間的な余裕も今はない。それは事実だが、今までに受けた恩恵を考えると、とても申し訳なく後ろめたい気がする。

巫覡盲僧学会に限らず、企業の援助など期待できない人文系の学会の多くは、有志によるボランティア的な活動に支えられており、その運営はとても困難な状況に追い込まれている。しばらく前までなら、指導教授や先輩に学会の手伝いを頼まれると、喜んでとは言えない状態にあっても手伝うのが当然だった。ところが最近はそうはいかない。アルバイト料を払うのは当然としても、大学院生に土曜、日曜に学会を手伝ってもらうには勇気がいる。もちろん、院生たちは頼めばこころよく引き受けてくれるのだが、教員のほうが尻込みしてしまう。あれこれと気を遣いすぎる同僚は、学内の有志で出してきた資料集の編集作業を、新しく赴任した若い研究者に頼みたいのだが頼めないといって悩んでいる。

ちょっとでも先輩風をふかせたり、教師面をしたりして、同じ大学の若い研究者や大学院生に手伝いを頼んだりすると、アカデミック・ハラスメントだと言われかねない状況が、研究の場に顕れはじめたのである。その原因としてもっとも大きいのは、大学や研究所というところが、余裕のある研究生活を保証しなくなったからだと思われる。学内運営や授業や各種の書類作りなどに追われて、学会や研究会のために時間や労力を割く余裕がなくなってしまったのだ。

久しぶりに会った友人と、そんな話題で盛り上がってしまった。あとになって、こんなことを話題にするとは友人もわたしもずいぶん歳をとったものよと思ったのだが、これからの大学や研究所では、セクシャル・ハラスメントよりアカデミック・ハラスメントのほうが深刻な問題になるのは間違いなさそうである。

(『季刊東北学』第1号「東北学の窓・時評」、東北芸術工科大学東北文化研究センター/柏書房、二〇〇四年一一月)

ケネス・ルオフ『紀元二千六百年　消費と観光のナショナリズム』(朝日新聞出版、二〇一〇年)

SF小説の題名ではない。二六〇〇年はとうの昔に過ぎて、今年(二〇一一年)は紀元二六七一年である。

この「紀元」は、日本書紀の編纂者が中国の暦をもとに編み出した初代神武天皇の即位年「辛酉《しんゆう》の年」を基点にしており、皇紀ともいう。西暦より六六〇年も長く、天皇制を称揚するのに都合がいいというので明治政府が採用したが、歴史的な信憑性はまったくない。

その節目の年「紀元二千六百年」(昭和一五年、西暦一九四〇年)を迎えた日本人は、戦争のさなかでありながら、祝賀ムードに沸き立った。七〇代後半以上の方なら、提灯行列などの思い出があるはずだ。実現はしなかったが、東京オリンピックや万国博覧会も計画された。

本書の著者ルオフは言う、ほとんどの戦時日本論には国民が不在だ、と。たしかに、国家だけが戦争をしていたのではない。その時国民は何をしていたのか、その行動はどのような意味をもち、どのような結果をもたらしたのか。

日本人にとっては忘れたい暗い時代の記憶が、膨大な資料を駆使して掘り起こされる。にわかには信じがたいが、人びとは奈良県や宮崎県などにある初代天皇の聖蹟や神社を巡拝し、異国情緒の味わえる朝鮮や満州に旅して聖地となった日清・日露の激戦地を訪れた。

こうした観光熱は、新聞・雑誌や鉄道会社・百貨店が煽り立て、中産階級に属する国民が呼応して生まれた。当時、観光が国家と天皇への忠誠心を高めると意識していたか否かは別に、結果的には、自発的にみえる国民の行動が、戦争を下支えした。そして、「消費と観光」を謳歌した帝国臣民は、二年後には「欲しがりません勝つまでは」という禁欲的なスローガンを掲げて、耐乏生活へと突入する。

人はいつも大きく強い声に引きずられ、行きたくもない場所へ運ばれる。しかし、それを国家や時代のせいだけにしていいのか、本書を読んで大いに考えさせられた。木村剛久訳。

（「読売新聞」二〇一一年一月一六日朝刊）

千葉慶『アマテラスと天皇〈政治シンボル〉の近代史』（吉川弘文館、二〇一一年）

今年（二〇一二年）が古事記編纂一三〇〇年にあたるというので、世の中はいささか浮かれ気分。成立のいきさつを記した古事記「序」は疑わしいと言いつつお祭りの神輿《みこし》をかつぐわたしが言っても説得力は弱いが、その今年こそ、近代国家が作り上げた「政治シンボル」としてのアマテラス（天照大御神《あまてらすおおみかみ》）や神武天皇について、きちんと考えてみるチャンスではないか。

徳川幕府を倒して成立した維新政府は、どうすれば新しい国家が人びとに不満なく受け入れられるかということに腐心する。そのために求められたのが、著者のいう「政治シンボル」であった。具体的にいうと、法や諸制度を西欧から借用して近代国家「日本」を作り上げようとした明治政府は、古代の遺物ともいえる天皇制に新たな装いをほどこし、それを求心力として国民の心を一つにしようとしたのである。そのあたりの状況を、本書は丹念に掘り起こす。

はじめ、神武天皇を政治シンボルに据えた維新政府だが、明確な像を持たない初代天皇は人びとのあいだに定着しにくかった。そこで考えられたのが、幕末に流行した「おかげ参り」で知られる「世直し」神アマテラスを宗教シンボルに据えることであった。天皇家の祖先神として伊勢神宮に祀られる太陽神アマテラスから連綿と続く天皇を君主とする自分たちは、「世直し」革命を果たした正当な統治者であるというわけだ。そして後には、欧米並みの近代国家へと脱皮すべく、軍服姿の明治天皇を前面に押し出して元帥天皇が統治する近代国家を作り上げていった。

そのようにして見いだされた政治シンボルは、その後も国教化と世俗化とのあいだを揺れながら微妙なバランスをとって存在した。ところが一九二〇年代から三〇年代に至ると狂信的に祭り上げられ、暴走して戦争への道を突っ走る。そうなった道筋は今までもさまざまに論じられてきたわけだが、アマテラスを政治シンボルとして際立たせる論述はとても新鮮で、なるほどと思わせる。

（「読売新聞」二〇一二年二月一二日朝刊）

高木博志『近代天皇制と古都』（岩波書店、二〇〇六年）

巨大な鳥居をくぐり、長い砂利道を進んだ先に、威圧的な拝殿がそびえている。畝傍山を背にして建つ橿原神宮を訪れ、明治二三年に創始されたという案内板を見ると、事情を知らない者はびっくりするはずだ。

太古以来の悠久さを誇るかのように、初代神武天皇を祭る橿原神宮は存在し、その北にはうっそうと茂る樹木に包まれて神武陵がある。この陵墓も、近代天皇制が確立する過程で発見と修築が行われた。その事業を「文久の修陵」という。

近代日本国家は、西欧近代を規範としながら、その中核に天皇制を据えた。それは、古代から連綿と続く「日本」という幻想を作り上げるために必要な制度だった。

本書は、近代国家が「万世一系」の天皇像と悠久の「日本」を作り上げるために、どのようにして新たな天皇制を創出したのかを論じている。そして著者がとり上げるのは、奈良や京都という古都イメージの創出と、霊の留まる聖地としての天皇陵の整備である。

古都奈良では、橿原神宮と神武陵がとり上げられる。その広大な神苑の整備事業は、皇紀二五五〇年（明治二三）から二六〇〇年（昭和一五）にわたり、官民挙げて推進したが、著者はそれを、時間軸に沿って丁寧に検証する。

古都京都に関しては、京都御苑の整備事業と、平安神宮の創建が論じられる。中世・近世には、わりと自由に出入りできる空間であった禁裏御所が、優美な国風文化に特化された京都イメージの象徴としてどのように形成されたかが記される。

そのなかで、平等院鳳凰堂や安土桃山文化が見いだされてゆくという論述には、大いに納得させられた。

また最後の第三部では、宮内庁が管理する天皇陵が、近代天皇制を揺るぎないものにするのに、いかに大きな役割を果したかが詳述される。

近代天皇制とは何かを考えたい人にとって、本書は貴重な一冊である。そして女帝論ばかりがにぎわう現状への、著者が感じる違和感は、わたしにもよく理解できた。

（共同通信配信、「沖縄タイムス」「中国新聞」など地方紙各紙掲載、二〇〇六年八月〜九月）

3　天皇、かく語りき

二〇〇四年の日本列島は、相次ぐ台風の襲来による洪水や土砂崩れで痛めつけられた上に、一〇月二三日には震度七という強烈な地震（新潟中越地震）に見舞われて満身創痍、その傷も癒えないままに新しい年を迎える。被災地のみなさんが、一日も早くもとの静かな生活にもどられることを願わずにはいられない。

この数か月を振り返って、日本列島上でも地球上でも、よかったといえるような出来事は何もないのに、ひと言ふた言いっておきたい出来事はいくつもあった。その一つが、一〇月二八日に赤坂御苑で起きた些細な出来事である。

娘の婚約発表は中越地震の被災者を慮って延期したが、恒例の秋の園遊会は自粛できなかったらしい。紋付きや留袖や燕尾服を新調して鶴首する臣下たちのことを思うと、止めたとは言えなかったのだろう。もちろん、地震に対する心配りはなされており、地震発生直後の一〇月二五日には、「天皇皇后両陛下には、この度の新潟県中越地震によって、死傷者が多数に達し、物的な被害も大きく、また、余震の続くなか、大勢の人びとが不安な日夜を過ごしていることに深くお心を痛められ、犠牲者へのお悔やみ、被災者へのお見舞いとともに、災害に対処している関係者へのお励ましのお気持ちを、侍従長を通じ、泉田裕彦新潟県知事にお伝えになった」し（宮内庁ＨＰ「災害等へのお見舞い」http://www.kunaicho.go.jp/okotoba/saigai-01.html）、園遊会のあとの一一月六日には現地に出向いて被災者を見舞っている。

そのたいへんな時に催された園遊会だというのに、状況をまったく読めない能天気な臣下はいるものである。

いつもの通り、といってもわたしはニュースでちらっと見ただけで詳しいことは知らないが、天皇と皇后は、居並ぶ招待者の前を歩き、あらかじめ指定された人びとと会話を交わした。そして、問題になったのは、天皇と米長邦雄氏との以下のようなやりとりである。といっても、実際の会話はテレビのニュースで一回聞いただけなのでうろ覚え、あとは新聞記事やインターネットの情報を参考に復元した。したがって、細かな語尾や言い回しの細部など微妙なニュアンスについては正確ではないところがあるということをお断りする。それにしても、新聞記者の書く記事がいかにいい加減か、今回の復元作業でよくわかった。語尾まで大事にして記事を書いてほしいものだ。

天皇1　教育委員としてほんとうにご苦労さまです。
米長1　いっしょうけんめい頑張っております。
天皇2　いかがですか。
米長2　日本中の学校で、国旗を掲げて国歌を斉唱させるというのが、わたくしの仕事でございます。いま、頑張っております。
天皇3　やはりそのお、強制になるということでないということが、望ましいですね。
米長3　もちろん、そうでございます。ほんとうにすばらしいおことばをいただき、ありがとうございました！

報道された会話はおおよそ以上の通りだが、「米長邦雄ホームページ」に置かれた「さわやか日記」(http://8154.teacup.com/yonenaga/bbs) によれば、右の会話の前に、将棋に関するやりとりがなされていたらしい。そして、天皇1は、そこから話題を転じて東京都の教育委員を務める米長氏にねぎらいの声をかけたのである。考えようによっては、天皇の誘導尋問に米長氏が引っかかったというふうにもみえる。ただ、米長氏が園遊会に招待されたのは、引退したプロ棋士としてというよりは、現役の教育委員としての労をねぎらうために誰かが推薦したのであろうから、天皇1は、この場における本題の問いかけであったに違いない。

米長邦雄氏は、平成一五年(二〇〇三)一二月二一日から四年間の任期で、六名しかいない東京都教育委員会委員に任命され(任命権者は東京都知事)、学校現場における国旗掲揚・国歌斉唱の強制に尽力していたのはよく知られている。おそらくそのことは、天皇もじゅうぶんに承知していたはずだ。付け加えておけば、「地方公共団体が、教育・学術・文化に関する事務を行う場合は、その性質上、政治的中立を維持すること、行政が安定していること、住民の意思を反映することがもとめられます。これらにこたえるため、都道府県及び区市町村には、知事又は区市町村長から独立した行政委員会として、教育委員会が設置されています。東京都教育委員会は、六人の委員で組織され、教育についての方針・施策は、この教育委員会での合議によって決められています」と東京都教育委員会HP内の「教育委員会の概要」(http://www.kyoiku.metro.tokyo.jp/gaiyo/shikumi.html) には記されている。ただし、知事が自分の意に添った人を選ぶのだから、「政治的中立」が維持されているかどうかは極めて疑わしい、というのは言わずもがなの蛇足。

天皇1に対して、米長氏がかなり緊張して米長1と答えていたのはテレビニュースの画像から想像されたが、天皇はそれにかぶせるように、天皇2を発する。あるいは天皇は、天皇1と天皇2とをひと続きに言おうと考えていたのに、米長氏が緊張のあまり米長1をあいだに挟んでしまったのかもしれない。いずれにせよ天皇は、教育委員の仕事は「いかがですか」と尋ねたのである。この問いがどのような意味で発せられたのかは、天皇1をどう理解するかにかかっている。たんに、東京都教育委員の任にあるのをねぎらって軽い気持ちで尋ねたのか、米長2を引き出すために意図的に「いかがですか」と尋ねたのか、その判断はむずかしい。

しかし、天皇3の、戸惑いを含んだ発言から推測すると、天皇1には誘導的な性格はなく、ただ軽い気持ちでねぎらっただけだとみたほうがよいかと思う。おそらく天皇は、米長2のような答えが返ってくるとは予想していなかったのだ。たぶん、将棋を通して子どもたちに考える力や豊かな感性を育てたいとかなんとか、米長氏がそのような当たり障りのない返事をするだろうと天皇は思っていた。ところがさすが勝負師の米長氏は、天皇の予測を裏切って、香車で正面から王将に突っ込んでいった。まるでドン・キホーテだ。

それにしても、勝負師としてはあまりにお粗末、先の読めない打ち手であったことを米長氏は気づかなかった。米長2の発言に対して、もし天皇が「どうぞ頑張ってください」とでも言ったとしたら、どうなっていただろう。天皇が国旗・国歌の強制を公式に認めたということになり、国際問題にまで発展したかもしれない。ところが、さすがに天皇は政治には敏感である。米長氏の能天気な突進から身をかわし、天皇3のように無難なことばを返したのである。ただし、天皇はかなり戸惑いながら、「強制になるということでないということが、その……、望ましい、……ですね」というふうな、ずいぶん持って回った言い回しをしたようにわたしには感じられた。そこから想像して、天皇にとって米長2はまったく予想外のことばであったのは間違いないだろう。そして、おそらく米長氏は、自分の発言がどれだけ天皇を面食らわせたかということなど思いもよらず、「頑張ってください」と言われなかったことに狼狽しながら、米長3を発した。天皇3にかぶせるようにして「もちろんそうでございます」と叫ぶような大声を出したのは、米長氏の心中をよく示していた。

米長氏が天皇から言質をとろうとして米長2と言ったと勘ぐる必要はない。彼はそこまで回転のいい思考力をもっていないようだ。

さて、この一件があって東京都知事の態度は変わるのか、国旗・国歌に対する東京都教育委員会での米長氏の態度は変わるのか、大いに注目したいところである。石原氏と米長氏が、「あんたのためにと思ってやっているのに、その返答はどういうことよ!」と言って怒っているかどうかは知らないが、下っ端どもがお先棒を担いで突っ走るのがもっとも危険だというのはよくあること。だから、天皇3の発言によって臣下である石原氏や米長氏がどう出るかは注目に値する。

天皇の「すばらしいおことば」によって東京都教育委員会がいままでの態度を変えて強制を止めるか、それとも、ここは天皇に反旗を翻して今後も厳しい処分を続けるか、東京都知事と東京都教育委員会はどちらを選択するのだろうか。どちらを選択するにしても問題は残り続けるだろうが、今や、ことは園遊会における天皇発言ごときに左右されるような問題ではなくなっているのかもしれない。しかも、天皇制を容認したくない人びとにすれば、「天皇もああ言っているんだから強制は止めろよ」とは言いにくい。もしそんなことを言おうものなら、天皇制を容認していると言われかねないからである。

というふうに考えれば、今回の天皇発言は、国旗・国歌を強制したい人たちには獅子身中の虫、国旗・国歌の強制に反対したい者にとっては両刃の剣ということになって、おそらく議論にならないままに封印されてしまうだろう。

もちろんわたしは、国旗・国歌の強制に反対している人がみんな、天皇制に反対しているなどと思っているわけではない。今や、天皇制の存続、女性天皇の容認に反対する人など、日本国民の一割もいない。少し古いデータだが、「読売新聞」二〇〇二年三月二二日朝刊に掲載された「憲法国会議員アンケート」によれば、女性天皇の容認について、「政党別の賛成者では、公明、社民両党が１００％だったのを始め、自民、民主両党が93％、保守党89％、自由党85％となっている。共産党は、賛成が31％にとどまり、無回答が69％に上った」とあるのをみても、女性天皇の容認が九割以上にのぼるのは明らかである。そして、彼らが天皇制に反対しているとはとうてい考えられない。最近では、共産党も天皇制をある程度許容する方向へと政策を転換させているらしい。

しかし考えてほしい。直系男子の皇位継承者が誕生しないからといって、女性天皇を認めていいのではないかという方向に進むのはいかがなものか、と。少なくとも、近代天皇制は、男子を継承者として天皇制を維持してきたのだ。ということは、天皇制というのは、男系による家父長的な国家と家族とを存続し、日本国を男系国家として保持するための装置であり象徴でもあったわけで、それを、男子が誕生しないから女性天皇でもいいよというのは、女性蔑視も甚だしいとわたしなどは考えてしまう。

もし女性天皇を許容しながら天皇制を維持したいというのであれば、戦前・戦後を通して維持してきた近代天皇制は誤りだったということをきちんと清算したうえで、改めて女性天皇を認めて天皇制を存続することに対する賛否を、国民投票かなにかで問わなければならないのではないか。というのは、今までの天皇制と、女性天皇を容認した天皇制とでは、まったく別ものだからである。

最近読んだ中野正志『女性天皇論』（朝日新聞社、二〇〇四年。後掲書評、参照）はよく整理された天皇論だと思うが、方向としては女性天皇を容認することを前提とした議論になっている。そのために、古代の女帝を詳しく扱い、それがたんなる中継ぎではないという主張を展開する。たしかにたんなる中継ぎではないというのは認めてもよいが、天皇か天皇に準ずる者以外と結婚した経験のある女帝はいないし、女帝になった女性が産んだ子はいずれも天皇の子か天皇に準ずる者の子である。つまり、天皇の后であった女性（豊御食炊屋姫《とよみけかしきやひめ》＝推古、天豊財重日足姫《あめとよたからいかしひたらしひめ》＝皇極・斉明、高天原広野姫《たかまのはらひろのひめ》＝持統）か、天皇の母（日本根《やまとね》子《こ》天津御代豊国成姫《あまつみしろとよくになりひめ》＝元明。元明は草壁皇子の妃で天之真宗豊祖父《あまのまむねとよおほぢ》＝文武の母）か、独身女性（日本根子高瑞浄足姫《やまとねこたかみづきよたらしひめ》＝元正、阿倍《あへ》内親王＝孝謙・称徳）かであり、それ以外はいない。

もし、阿倍内親王が道鏡と結婚して子どもを産み、その子（男子でも女子でも）を次の天皇にしたというような事実でもあれば、現在論じられている女性天皇を容認する根拠になるだろう。しかし、そうした状況は一度も訪れていない以上、過去の女帝は、二一世紀に期待される女性天皇の根拠にはならないのだ。道鏡の子でもいいとするか、そんなことなら天皇制などやめてしまおうということにするか、きっちりと議論した上で決定したほうが国民はすっきりする、わたしはそう考えるが、いかがか。

それほどまでに象徴になる人が欲しいなら、今や差別だと言われれば反論できない世襲による天皇制を持続するより、大統領制のほうがよいのではないか。ブッシュのような大統領を再選することによって世界中から国民が笑いものになり、それによって選ぶ側のレベルが問われる制度もまんざら捨てたものではないのではないか、アメリカ大統領の選挙報道を見ながら、わたしはそんなことを考えた。

（『季刊東北学』第2号「東北学の窓・時評」、東北芸術工科大学東北文化研究センター／柏書房、二〇〇五年一月）

中野正志『女性天皇論』（朝日新聞社、二〇〇四年）

戦後の「象徴」天皇制を象徴するのは、二度の皇太子妃選びである。民間の知性ある女性が選ばれ、その結婚は戦後日本人の理想家族のモデルとなった。二度目の結婚では、男を凌いで活躍するキャリアを皇室が受け入れた。それは二一世紀社会の始まりを告げる儀式だった。

しかし、その結婚にはとんでもない落とし穴が待っていた。なんとも古臭いとしか言いようのない、それこそが皇室の本質ともいえる、直系男子による相続という掟だった。

「女帝」容認論がかまびすしい今、問題はどこにあるのかということを知るための、恰好のテキストが書かれた。ジャーナリストである著者は、膨大な資料や天皇論を渉猟し、きわめて公正な態度で、天皇制とは何か、女性天皇は可能かということを、わかりやすくていねいに論じている。

本書で論じられるのは、戦後象徴天皇制の矛盾、女性天皇が排除された理由、古代天皇制のあり方と女帝による継承、近代に作られた万世一系の伝統、危機の克服など、多岐にわたる。それゆえに、本書を読めば、今、天皇制の何が問題かということを、ほぼ完全に理解できる。

公正な態度でと評価したが、著者の立場は、女性天皇を受け入れることを前提としている。今後も直系男子の相続を維持するためには天皇に一夫多妻を認めるしかないが、それを容認するのは無理だ。だから、これからも日本人のために理想の家族を演じ続けてもらうためには、女性天皇を認めるのが最良の方法であるという主張である。意地悪な反論になるが、これでは、民族派と呼ばれる論者たちが、古代の双系制を強調しながら、女帝を容認しようとするのと同じ論理になってしまう。

それを避けるためにはどうすればいいか。著者は逃げているが、本書の冒頭にある、「象徴天皇制を断念する道を選ぶ」か、存続するために女性天皇を認めるかの議論が必要なのだと思う。そうした議論を喚起するために、本書は必読書である。

（「東京新聞」＆「中日新聞」二〇〇四年一〇月二四日朝刊）

【追い書き】二〇一六年八月八日、天皇は、自らの退位を希望する声明をビデオ・メッセージというかたちで国民と政府に向けて発した。高齢化社会が近代天皇制を追い詰めてしまうところまで進行したということを強調する天皇の発言は、与党にとっても野党にとっても無視できない現実として受け入れるしかなく、天皇の政治介入云々などという横やりは入れにくいだろうから、皇室典範の改正になるか新たな法律の制定になるかは別にして、事態は速やかに動き出すだろう。もちろん、天皇の健康発言の裏には、後継者問題が秘められているのはだれの目にも明らかではあるが。

しかし、こうした事態が到来することは前からわかっていたわけで、天皇制の存続を希望する人びとが、天皇自らが苦衷の決断をする前に、なぜ動かなかったのか、わたしには疑問だ。というのは、皇室に若い男子がいないことが問題になったのは今から十数年前のことで、たしか小泉首相の私的諮問機関も作られ議論が行われていた。なぜなら、女性天皇ひいては女系天皇の可否は、天皇の後継者を考える場合に喫緊の懸案だったからである。ところが、二〇〇六年九月に秋篠宮家に男児が誕生した途端に議論は消滅した。その危機の根源を解決しないままの幕引きを、わたしは呆れて眺めていたのを想いだす。おそらく、その時の曖昧なままの先送りが、今回の「玉音放送」を引き出してしまったのに違いない。

4　暴力をめぐる二、三の断章

選挙・国境・地名

暴力、その1

新聞の経済面を読んでいたら、社長に呼ばれて「会社に命をかけられるか」と尋ねられ、即座に「はい」と返事をして新しい社長に就任したという人のインタビュー記事にぶつかった。それに先立つ根回しや役員会の合意や取引先の了解や、さまざまな配慮ののちに新社長は決定されたのであろうが、そうか、会社というのはこうしてトップが交替するのかと妙に感心してしまった。もちろん、Y売新聞社主の傲慢さ、日HK会長の往生際の悪さ、自殺者まで出てしまったS武グループ・ドンの不法行為など、挙げればきりがないほどに不祥事やトップの座への執着があることはわたしも知っており、企業の後継問題がそれほどきれいなものだと考えているわけではない。くだんの新聞記事も、平穏な禅譲はめずらしいというので取材したのかもしれない。

こんなことから書き出したのは、「命をかけられるか」と問われて「はい」と即答できる会社への情熱と忠誠心に、驚きと羨ましさを感じたからである。わたしが禄を食む大学で、こんなことがありうるだろうか。学長にと請われて「はい」と即座に返事をする人はおそらく何人もいるだろう。しかし、そういう人に大学を任せることに満足し、よかったと思う同僚がどれほどいるか。大学というところは、いろいろと手順があり、任命権者もいるが、原則として構成員の選挙で最高得票を得た人が学長や部局長（学部長、研究科長）になる。

学長の場合は一定数以上の推薦人を得た人が立候補する制度だから、本人がぜったいにいやだ言えば学長になることはない。しかし、部局長選挙の場合は、本人のやる気や意志とはまったく無関係に選挙が行われる。われわれのところでは（二〇〇五年の千葉大学）、第一回の選挙で上位三名の候補者を選び、その三名を被選挙人として第二回以降の投票が行われる。その結果、過半数を取得したものが部局長候補者として推薦され、学長から任命されるという仕組みである。天皇が大臣たちの親任を拒否できないのと同様、学長の任命権は形式的なものでしかない。

問題は、最初の選挙で選ばれた三名の候補者がみずからの意志を表明する場が与えられておらず、規定のなかに、辞退する権利が存在しないことである。そのために、ここで選ばれてしまうと大学を辞める以外に部局長候補者という立場を逃れることができない。こうした選挙方法は一見公平で民主的にみえるけれども、おそろしく暴力的だとわたしには思える。民主主義を謳歌した戦後の、なんでもかんでも多数決で決めようとした小学校の学級会みたいだ。そして、学級会がそうであったように、ある場合に民主主義とは苛めであり暴力であるということを、今号（『季刊東北学』第三号）の特集「〈暴力のフォークロア〉再考」にちなんで声高に主張しておきたい。

フォークロアとしていえば、大学の部局長選挙の方法は、戦後民主主義がもたらした学級会を原型として作られた悪しき多数決万能主義の遺風である。しかし、ここでわたしがそうした部局長選びの方法は暴力的な性格をもつから改めるべきだと主張したら、教授会を潰したくてしようのない文部科学省のお役人や中央教育審議会の委員さんがよろこぶのは目に見えている。しかしそれでもわたしは言っておきたい、民主主義が時に暴力的だということを。

暴力、その2

仕事がたてこむと大学の近くにあるビジネスホテルに泊まるのだが、糖尿病でカロリー摂取の制限を医者に命じられており、なじみの居酒屋に入り浸っていることもできない。そこで、この原稿のことも頭の隅にあったので、映画館のレイトショーで『パッチギ！』を観た。一九六八年の京都を舞台に、府立高校と朝鮮高校との対立に日本人男子高校生と朝鮮高校に通う女子高校生（番長の妹）との恋愛を絡めた、日本版『ロミオとジュリエット』&『ウエストサイド物語』といった感じの井筒和幸監督作品である。お決まりの青春ストーリーなのに、すっかりはまり込んで泣いてしまった。世代のせいかと思ったが、時代背景のわからない若い人も感動するらしい。しかしそれは、高校生のころ、ナタリー・ウッドに会うために何度も映画館に通ったことを思い出せば当然かもしれない。

『パッチギ！』の内容については、ぜひ映画館に足を運んで確認してもらいたいが、この映画は暴力シーンのオンパレードといっても過言ではない。最初のシーンが、修学旅行先でぶつかった高校生たちが相手の乗っていたバスを横倒しにしてしまうというとんでもない場面だし、ラスト近くの、鴨川を挟んでの果たし合いは、まるで戦国時代劇の合戦場面のような迫力である。そうでありながら、対立し、けんかと差別に明け暮れる高校生たちの間にも友情が芽生え、さわやかな恋が進行し、北朝鮮への帰還や朝鮮人差別の根深さなど暗い話題を抱え込みながらも、しあわせな未来を暗示して映画は終わる。個人の問題だからきっと障碍は乗り越えられるよ（パッチギる）という前向きなメッセージに対して、世の中そんなに甘っちょろくはないだろうと思いつつ、それでもついつい涙が出てしまうというわけだ。

この映画を観に行った何日かあとには、ドイツ・ワールドカップ予選で日本対北朝鮮の試合が行われた。ふだんサッカーを見ることはないが、ニュースに踊らされてテレビの前に座り続けた。そして、北朝鮮が予想以上に善戦したことにいささか驚きながら拍手を送り、拉致問題や金正日の独裁政権と絡めて何かが起こることを期待しているようにみえるマスコミの情報操作にはうんざりさせられた。

言わずもがなの『冬ソナ』の大爆発によって突然炎のごとくに燃え上がった韓流ブーム、映画『パッチギ!』における暴力と友情、サッカー試合で流された汗、それらを支えているのは、どれも政治とは無縁の、あるいは政治とは距離を置いた、二つの、あるいは三つの国に住む人びとのぶつかり合いであり交流である。もちろん、六か国協議とか米朝関係とか日朝会談とか、国家間の政治的な解決策も重要だが、最後にものをいうのは、人と人とがどのように理解し合うかということでしかないだろうと、『パッチギ!』とサッカーを観て、夢見る前向き高校生のように考えた。そして、そうなってほしい。姜尚中《カンサンジュン》さんの『東北アジア共同の家をめざして』(平凡社、二〇〇一年)に示されたような、東北アジアのゆるやかな共同体が現実に可能かどうかということを議論するのではなく、そのような共同体はどうしたら可能かということを議論する道筋や場を、わたしたちは模索しなければいけないのだ。

暴力、その3

安蘇郡、恵那郡、豊浦郡、武儀郡、宇土郡、河辺郡、鈴鹿郡、三原郡、更級郡、飯南郡、高島郡、温泉郡、北海部郡、北会津郡、東礪波郡、阿山郡、名賀郡、氷上郡、気高郡、美濃郡、大原郡、邑久郡、周桑郡、志摩郡、能義郡、川上郡、麻植郡、中郡、竹野郡、熊野郡、養父郡、双三郡、宇摩郡、東宇和郡、佐渡郡、郡上郡、益田郡、高田郡、壱岐郡、下県郡、上県郡の併せて四一郡が、二〇〇四年三月一

日から二〇〇五年二月二八日までの一年間で消滅した。

鳳至郡、珠洲郡、後月郡、小城郡、北高来郡、下毛郡、南海部郡、西頸城郡、浮羽郡、児島郡、賀茂郡、厚狭郡、大津郡、日田郡、東葛飾郡、海津郡、御調郡、宗像郡、阿哲郡、上房郡、甲奴郡、比婆郡、宇佐郡、大野郡の併せて二四郡が、二〇〇五年三月一か月間で消滅する予定である。四月以降にはさらに数えきれないほどの合併がスタンバイしている。

政府の主導によって始められた市町村合併によって、誰がどういう恩恵を受けるのか、マイナス面は何か、どこかできっちりと議論し整理したのだろうか。地名を国家が支配するのは律令国家が成立して以来、国家の力を誇示するためのイベントになっているから、今の日本国政府が、補助金を餌に市町村に対して合併をうながすのは当然のことだとみることはできる。しかし、佳境に入った合併劇を横目で眺めていると、力の誇示というよりは、国家の暴力、多数派の横暴という以外に名付けようがない。

この大合併によって生じるのは、おそらく僻地の切り棄てである。今までは、少なくとも小さいながらも「村」という単位を保つことで、個々の人間の顔を見ながら行政は行われていた。しかし、合併によって僻地の小さな村は中心となる市や町から遠くなり、効率化によって得られた金や人は、より多数の者たちが住む地域へと割り振られ、辺境の地が見棄てられるのは目に見えている。

郵便事業の民営化についても同様の議論があるようだが、それとはいささか違うと思う。郵便の場合は、競合する民間企業がしのぎを削っており、競合しながら僻地は僻地なりの対応がなされれば、それほどひどいことにはならないはずだ。大騒ぎをしているのは郵政事業に携わる人たちと郵政族と呼ばれる国会議員たちだけではないか。地盤と鞄と多数決こそがすべてという政治家の倫理感と、黒猫や飛脚のロゴマークの付いた制服を着た民間業者の倫理感と、どちらを信じられるだろうか。

ところが、市町村の合併は郵政事業の民営化とは違うのだ。市長や市議会議員は民主主義の原則である選挙によって選ばれるわけで、彼らが票数を基準に町に住む人と僻地に住む人とを天秤にかけて、そのどちらを選ぶかは議論の余地がない。しかし、こちらは時すでに遅し。

＊注　平成の大合併については、「市町村合併の推進についての指針」（自治省行政局、一九九九年八月）が総務省ＨＰに掲載されている（http://www.soumu.go.jp/gapei/gshishin1.html）。また、今までに合併した市町村、今後合併が予定されている市町村については、財団法人国土地理協会ＨＰ（http://www.kokudo.or.jp/top.htm）に詳細な情報が掲載されており、参照した。

（原題「暴力をめぐる二、三の断章」『季刊東北学』第3号「東北学の窓・時評」、東北文化研究センター／柏書房、二〇〇五年五月）

わたしたちが棄てた地名

二〇〇四年秋から月刊誌で「古事記を旅する」という連載を持っていたこともあって、ここ数年、日本列島のあちこちを旅して廻ることが多かった。その期間はちょうど「平成の大合併」のまっただ中で、外から見ると、さしたる議論も行なわれないままに各地で由緒ある地名が暴力的に抹殺されていた。

今や「行政の効率化」という錦の御旗にはだれも反対することができず、一〇〇〇年以上も前から伝えられてきた地名が簡単に棄てられ、苦笑するしかない地名が生まれたり、合併後の中心となる市名に飲み込まれたりした。片岡正人氏の、「地域の歴史と文化を自らの手であっさりと葬り去り、そのことにまったく自覚がない日本人。世間の耳目を引く名称を付ければ、地域が発展すると信じて疑わない、おめでたい日本人。いったい、いつから日本人はこんなに幼稚になってしまったのだろう」（『市町村合併で「地名」を殺すな』洋泉社、二〇〇五年）という嘆きと怒りはけっして大げさではない。

そして今回の大合併は、地名を殺したということ以上に、未来への大きな罪を抱えていると思う。前の文章で述べた通り、おそらく僻地は切り棄てられ、見棄てられてしまうに違いない。

今から二〇年ほど前に国鉄が分割民営化されてJRになったのと、「平成の大合併」はとてもよく似ている。こう言うと、国鉄は民営化して成功したではないかと反論する人もいるだろう。しかし、わたしはそうは思わない。赤字路線を切り棄て土地を切り売りすることで経営的には成功した国鉄の分割民営化は、進行していた僻地の過疎化を加速させ、地方の息の根を止めてしまった。その結果として、今回の大合併が導き出されたのである。その現実を、一人勝ち状態にある首都圏生活者は自覚していない。だから、郵政民営化には大反対した知識人や言論人も、「平成の大合併」には平静でいられたのだ。

和歌山県北牟婁郡北山村は、救急患者の搬送に関して「村人の命を守る」ことができないという理由で、「四人の消防士」の村内への常駐を拒否した新宮市との合併を取りやめた（菅沼栄一郎『村が消えた』祥伝社新書、二〇〇五年）。その判断が北山村民の命を守ることができるかどうか、それはわからない。しかし、その決定には「平成の大合併」に対する一つの見識が示されており、合併問題の本質が露わに示されている。

近代とは、地方を犠牲にして都市が肥え膨れた時代と定義づけられよう。そして今、わたし自身もその恩恵を受け、故郷を棄てて東京の郊外に暮らしている。「西東京市」や「さいたま市」に住んでいないということだけが救いとは、なんとも恥ずかしいかぎりだ。
そこで、せめてもの罪滅ぼしに、大都市を抱える知事たちがこぞって反対する「ふるさと納税」制度には協力しようかと考えてみたりする。しかし、実行するには、自己満足ではなく罪滅ぼしになる程度の税金を納める経済力を持たなければならないのだが……。

（原題「私たちが棄てた地名」『都市問題』第九八巻第一一号、（財）東京市政談話会、二〇〇七年一〇月）

5　古代――現代のなかに

古代文学入門
西郷信綱『古事記の世界』（岩波新書、一九六七年）
吉本隆明『共同幻想論』（河出書房新社、一九六八年。改訂新版、角川ソフィア文庫、一九八二年）
古橋信孝『古代歌謡論』（冬樹社、一九八二年）

問われもしないのに語り出すのだが、なぜ古事記を研究しようと思ったのかというと、とても単純である。大学で最初に受講した専門科目のなかに古事記の演習があり、そこで読んだ歌謡に出てくることばがとてもおもしろかったからである。

若い女性の肉体を白い綱や大根にたとえたり、軍隊に攻められて万事休すという時に、ニホドリ（カイツブリ）のように水に潜ってしまおうと悠長に歌ったり、用いられる比喩の新鮮さに驚いてしまった。それは大学二年生、一九六七年のことであった。

そして運がいいことに、その年の九月、西郷信綱『古事記の世界』が出た。おそらく、授業のテキストや参考書を別にすれば、わたしが最初に読んだ古事記の研究書であった。それは、今思うと、とても幸運なことだったというしかない出来事である。

表現がおもしろいというので古事記に飛びついたわたしにとって、戦前まで古事記がどのように扱われ、今、どのようなそんざいであるかというようなことは、ほとんど知らなかった。本居宣長『古事記伝』など挙げながら、文化人類学的な手法を駆使して、古事記と、そこに描かれている神話における構造や表現を分析し、古事記をどう読めばいいかということを教えてくれたのが、『古事記の世界』だった。もし入学するのが一年か二年ずれていたら、わたしは、今とはまったく違う認識を古事記に対して抱いたかもしれない。

次に古事記の魅力を教えてくれたのは、翌年に出た吉本隆明『共同幻想論』であった。この本は、古事記を論じるというよりは、古事記と遠野物語とをおもな材料として、国家の成立（あるいは国家の解体）を論じた書物であった。古事記の神話や伝承はこのように論じることもできるのだということを教えられた本だということができようか。

その影響もあって、わたしは遠野物語に興味をもち、最初に出した本は、遠野物語を中心とする民間伝承を分析した『村落伝承論　「遠野物語」から』（五柳書院、一九八七年）であった。

その後もいろいろな著作から影響を受けているが、前二著と同じく転機になったのは、古橋信孝『古代歌謡論』である。一九八二年の出版だが、一九七三〜七八年にかけて同人雑誌に連載されていたのを読んだ。そこで展開されている、古代ヤマトやオキナワの歌謡をもとにした文学発生論は、わたしにとっては難解な、そして刺激的な論考だった。

出会いというのはやり直しがきかず、それゆえにとても不思議だ。

日本海文化圏

益田勝実『秘儀の島』（筑摩書房、一九七六年。『益田勝実の仕事4』ちくま学芸文庫、二〇〇六年）

大林組プロジェクトチーム編『古代出雲大社の復元』（学生社、一九八九年。増補版、二〇〇一年）
藤田富士夫『古代の日本海文化』（中公新書、一九九〇年）

四月（二〇〇七年）まで、月刊誌で「古事記を旅する」という連載をもっていたので、この二年あまり、古事記にゆかりのある土地を歩くことが多かった。おもに西日本に限られるが、歩いていると、いろいろなことに気づかされる。そのうちの一つが、古事記と日本海沿岸とのかかわりの深さである。

連載では、玄界灘に浮かぶ沖ノ島から奴奈川神社（糸魚川市）まで、日本海沿岸の各地を対馬海流に乗って紹介した。いずれも古事記に登場する神を祭っていたり、神話にゆかりのある場所である。

一九五四年から七一年にかけて行なわれた発掘調査によって膨大な祭祀遺物が出土し「海の正倉院」と呼ばれる沖ノ島には、アマテラスが生み成した女神が祀られている。その沖ノ島の祭祀遺跡が神話研究のなかで注目されたのは、益田勝実『秘儀の島』によってである。一九七一年に雑誌『文学』に発表され七六年に本になったのだが、益田は、古事記に描かれたアマテラスとスサノヲによるウケヒ神話に基づいて、沖ノ島の祭祀が行なわれていたことを論証してみせた。その見解が妥当かどうかは議論の余地があるとしても、神話と祭祀との関係が具体的に結ばれたことに研究者の多くは驚いたのである。

昨年（二〇〇六年）四月に出た『益田勝実の仕事』４に収められたのを機会に読み返してみたが、六世紀にウケヒ神話が存在したという主張は、今も新鮮さを失っていない。ただ、ヤマト朝廷の役割を大きく位置づけるところが、七〇年代の仕事だという印象をもった。今なら、ヤマトとは別の、日本海文化圏の独自性がもっと大きく扱われたのではないかと思う。

今年（二〇〇七年）三月、出雲大社に接して島根県立古代出雲歴史博物館が開館し、古代の出雲文化の全容を一望できるようになった。玄関を入ると、二〇〇〇年に出雲大社の拝殿下から発掘された、直径三メートルの巨大な三本柱が展示されている。この発見によって、中世以前には、現在の倍の四八メートルの高さの神殿が建っていたというのが現実のものになった。どうやら、巨木を建てるというのが、日本海文化の一つの特徴らしいのである。その巨大神殿の復元を試みた、福山敏男監修・大林組プロジェクトチーム編『古代出雲大社の復元』は興味深い。一九八九年に出た本だが、発掘後の二〇〇一年に増補版が出ている。研究者の多くがその実態をあまり信じていない時代に、ゼネコンがその可能性を考えていたというのがおもしろい。

日本海文化圏の全体像を知るためには、藤田富士夫『古代の日本海文化』がいい。この本を読むと、ヤマトの文化とは別の文化が日本海沿岸に存在したのは間違いないと思わされる。四隅突出型墳丘墓、素環頭鉄刀、巨木文化など、日本海文化の特徴をいくつも教えてもらったおかげで、わたしは、古事記の出雲神話が読めるようになった。

再生する神話

斎藤英喜『読み替えられた日本神話』(講談社現代新書、二〇〇六年)
荻原規子『白鳥異伝』/『空色勾玉』(徳間書店、一九九一年、一九九六年)
長部日出雄『天皇の誕生　映画的「古事記」』(集英社、二〇〇七年)

神話は、古事記や日本書紀・風土記などのテキストに記録化されて遺されるとともに、さまざまな形に変容しながら時代を超えて伝えられてゆく。音声によって語り継がれるのが神話だということを前提にすれば、それは当然のことである。

そうした神話の変容について知りたい場合には、最近出た斎藤英喜『読み替えられた日本神話』がわかりやすく手頃である。古事記・日本書紀の神話が、中世においてどのように換骨奪胎され変容していったか、本居宣長によって古事記が再発見されて以降、幕末あるいは近代において、日本神話はどのように姿を変えて生き続けたか。その変容のうねりが現代にもさまざまに受け継がれていることを、斎藤は興味深く論じている。

戦前のある時期、国定教科書に数多くの神話が取り込まれ、「神国」日本を鼓舞する材料になったのはよく知られている。ことに第四期（一九三三年〜）と第五期（一九四一年〜）の国定国語教科書に集中的に使われており、その反動から、戦後の学校教育の現場では、神話を扱うことがタブーになってしまった。たしかに、現在の国語教科書に神話を組み込むことが必要かどうかは議論が必要だが、児童向けの読み物や映像としてなら、想像力を広げるのに役立つのではないか。ただし、その場合には、良質の作品が提供されればという条件が不可欠である。

日本神話を題材としたファンタジー小説を何作も書いている荻原規子の作品、たとえばヤマトタケルをモデルにしたと思われる小倶那《おぐな》が主人公の『白鳥異伝』は、再生をテーマにした冒険物語として、年齢を問わず楽しめる。また、コミックの世界においても、手塚治虫『火の鳥』から最新の古林海月『米吐き娘』まで、神話は、さまざまな作家の創造力を刺激し続けている。

日本神話を題材とした映画が作られた最初は、『日本誕生』（稲垣浩監督、東宝、一九五九年）だと思う。これは、ハリウッドでヒットしたギリシャ・ローマ史劇の向こうを張って「日本」を強調しようとした映画だと記憶しているが、三船敏郎をはじめオールスター勢ぞろいの娯楽作品であった。

映像技術の進歩した現代に、神話を映像化するのは商業的にもおもしろそうだと思っていたら、国土創成から初代天皇の誕生までを脚本化した、長部日出雄『天皇の誕生　映画的「古事記」』が出版された。古事記を忠実になぞった脚本で、このまま映像化できるかどうかはわからないが、誰か実現してほしいものである。

（原題「古代　テーマで読み解く現代」（「東京新聞」二〇〇五年五月一三日、二〇日、二七日、毎週日曜日「読書」欄、三回連載）

【追い書き】もちろん児童向けで良質な作品はいろいろ出ていると思うのだが、ここには、わたしがかかわっている本を宣伝がてら紹介しておく。読み聞かせのテキストとして（小学生の低学年以上なら自分で読める）、茨木啓子さんと共著で『子どもに語る　日本の神話』（こぐま社、二〇一三年）を出した。また、幼児向け絵本として、シリーズ「日本の神話　古事記えほん」全五巻（小学館）が二〇一六年四月から出ている（二〇一七年二月完結予定）。わたしは監修と解説を担当しているだけで、文章は、ここでも紹介した荻原規子さん、絵は各巻ごとに異なるが、現代を代表する絵本作家やイラストレーターが担当している。
どちらもとてもすばらしい出来ばえなので、お子さんやお孫さんにぜひ。

6　東日本大震災に向き合う――「読売新聞」書評

わたしは二〇一一年一月から二年間、「読売新聞」の読書委員をしていたが、就任してすぐの三月一一日、東日本大震災（福島原子力発電事故）が勃発した。毎月二回ずつ開催されていた読書委員会は震災直後の一回だけは休止したが、あとはいつもどおり開かれ、二〇名ほどの委員が集まって書評に取りあげる本を選んでいた。震災以降は、震災関係の本が俄然多くなったのは当然のことだが、わたしも、二年間で五〇冊ほど取りあげた書評本のうちの六冊が震災にかかわる本になった。

長谷川櫂『震災歌集』（中央公論社、二〇一一年）

まず興味をもったのは、今回の震災を、俳人である長谷川櫂がなぜ短歌に詠んだのかということ。「荒々しいリズムで短歌が次々に湧きあがった」と言うが、その刹那、ことばは俳句を選ばなかった。そこに短歌という定型の本質があるのだと思う。

時を隔てた映像なら見たことはある。今回のが今までと違うのは、凄《すさ》まじい津波がライブとしてテレビ画面に溢れ続けたことだ。それを見た人は誰も、心を失くしことばを忘れてへたり込む。そして、その先にようやく浮かびあがった心を、ことばとして結はせるのは短歌しかなかった。

「かりそめに死者二万人などといふなかれ親あり子ありはらからあるを」「降りしきるヨウ素セシウム浴びながら変に落ち着いてゐる我をあやしむ」「火の神を生みしばかりにみほと焼かれ病み臥《こや》せるか大和島根は」——誰にも詠めそうな伝統短歌（和歌）で、内容は共感しやすい。

抒情と定型を本質とする短歌は、この列島に住む人びとが見いだした、おのれの「心」をことばにできる唯一の方法だった。だから句作を本職とする長谷川ですら、五七五七七が口をついて出たのである。同じく定型表現でも、三句しかない俳句はまっすぐに心に向き合うことを避けようとし、五句の短歌は自らの思いを歌おうとする。しかも定型であるゆえに、表現された「心」はわたしの心であるとともに、あなたの心にも重なる。ということは類型化しやすく共振しやすいわけで、本書の歌々も、いずれは「作者未詳歌」「読み人知らず」へと昇華するだろう。そこが、個性を前面に出したい現代短歌や現代詩、あるいは小説とは根源的に違うところである。

映像を眺めているしかなかった人の無力感をどのように掬《すく》い取るか、今はまだ声など出せない被災者の心とことばを、どのように拾いあげ遺してゆくか。さまざまな手段があっていいが、定型であるという点で、短歌は有力なツールの一つになるということを、本書は教えている。

（「読売新聞」二〇一一年五月一日朝刊）

山下文男『津波てんでんこ　近代日本の津波史』（新日本出版社、二〇〇八年）

未曽有とか想定外とかいうことばを目や耳にするたびに、責任回避の魂胆が透けてうさん臭い感じがする。

日本列島に生きている限り、地震と津波が避けがたいのは誰もが知っている。そんな海岸線のあちこちに原子力発電所を作っておいて想定外とは、何をか言わんや。実際、三陸海岸に住む人びとは、いつ来襲するかわからない津波に備え、避難訓練をくり返していた。それがなければ被害は何倍にもなったはずで、未曽有でも想定外でもなかった。

本書は、一〇〇年ほどのあいだに列島を襲った、明治三陸大津波（一八九六年）、関東大地震津波（一九二三年）、昭和三陸津波（三三年）、東南海地震津波（四四年）、南海地震津波（四六年）、チリ津波（六〇年）、日本海中部地震津波（八三年）、北海道南西沖地震津波（九三年）を取りあげ、その惨状を紹介し、対策や教訓を伝えようとする。

思い出したくもないという方が多い今、あえて本書を選んだ。被害を最小限に抑えるには、くり返し確認し正しく伝え続けるしかないという著者の主張に共鳴したからである。三陸海岸に生まれ育ち、一族の多くを津波で亡くした経験をもつ著者のことばは重く、現実的だ。とにかく、一刻も早く「てんでんこ」に逃げろ。

「人のことなどかまわずに、てんでんばらばらに」とは、非人情にも聞こえるが、それほどに津波は恐ろしいものだということだ。もちろん、人を押し退けてわれ先にというのではない。たえず避難訓練をしていれば、すばやい集団行動はとれるし、災害弱者も救える。必要なのは、津波の恐ろしさを伝え続けること。そして、いざ襲われたら一目散に逃げる、てんでんこに。

また著者は言う。国が責任をもった、義務教育のなかでの災害教育を太い柱として、地方自治体や各種社会組織による具体的な防災教育をくり返し、あらゆる自然災害に耐える国造りを目指すべきだ、と。

被害を最小限に抑えるには、風化を拒み、伝え続けること。わかっていながら簡単なことではない。だから、組織的な教育や絶えざる訓練が必要なのである。

（「読売新聞」二〇一一年六月五日朝刊「書評特集・3・11以後」）

畠山重篤『鉄は魔法つかい』（小学館、二〇一一年）

今から二二年も前のこと、宮城県の気仙沼湾でカキの養殖をしている漁師さんが、上流の山に木を植える運動をはじめました。海の生き物がゆたかに育つためには、海に流れこむ川の上流にゆたかな森林が必要だということを、海ではたらく人は経験として知っていたからです。

この本には、「森は海の恋人」と名付けて山に木を植える運動をはじめた畠山重篤さんが、さまざまな人と出会い、いくつもの体験を通して、ゆたかな海を守り育ててきたようすが、わかりやすく楽しく語られています。小学校五、六年生以上なら読めるので、夏休みの読書にぜひ。

なぜ読んでほしいかというと、この本を読むと、自然のしくみがよくわかるからです。漁師さんが体験として知っていたゆたかな山とゆたかな海とをつないでいるのが、海にはほとんど存在しない「鉄」だということが、近年の研究によって明らかになりました。山に生えた木の腐葉土からできるフルボ酸と雨に溶けた地中の鉄とがくっついて海に流れこみ、それが海のなかの植物プランクトンや海藻を育て、それらをエサにする貝や魚が多くなるというわけです。

もうひとつ、この本は、心から知りたいと願い、好奇心をもって努力すると、ほとんどのことは実現するということを教えてくれます。畠山さんは、あらゆることに興味をもち、その道のプロをたずねて教えを乞います。そうした熱意が未来を開いていくことになります。

地球の環境は、山と川と海とが連鎖しながらつながることで護られています。そうした自然のしくみをより深く理解するために、あなたが中学生以上なら、アムール川やオホーツク海を調査した白岩孝行『魚附林の地球環境学』(昭和堂)をあわせて読むことをお勧めします。

気仙沼は三月一一日の大津波で町も海もすっかり破壊されました。しかし、海には少しずつ生き物がふえはじめたそうです。おそらく遠くない日に、海の幸があふれることでしょう。

(「読売新聞」二〇一一年七月二四日朝刊)

岡本公樹『東北　不屈の歴史をひもとく』(講談社、二〇一二年)

一年が過ぎた。とんでもなく長いような、瞬く間のような、そんな一年。記憶は薄れてゆくが、留めておかなければならないことは多い。

あらゆるものが失われ傷つけられてしまった今、どうすれば自分たちの土地に誇りをもって住むことができるのか。おそらく著者は、そのことを考え続けている。そして、歴史を考えるというのはそういうことでなければならないとわたしも思う。

国家が成立して以降、中央の支配者は時々に変わるが、いつも中央によって支配され、中央に奉仕させられ続ける辺境として東北はあった。その視座を打破しようとする試みが明確になったのは、近年のことだ。しかし、その方向性の正しさを証明したのが、3・11という大惨事だったというのは皮肉なことである。

人が誕生する以前の大地の形成から書き起こし、縄文・弥生の時代を概観したあと、「ヤマト」が東へ北へと遠征を開始して以降の、東北の「不屈の歴史」が描かれる。多賀城創建、坂上田村麻呂の遠征、前九年・後三年の役、侵攻する武士団、戊辰戦争――いつの時代にも踏みにじられる東北があり、貞観地震と大津波、十和田大噴火、慶長の大津波やたび重なる飢饉などの天災が東北をねらい撃ちする。そのように何度も何度も打ちのめされる東北だが、そのたびに立ち上がり再生する力が東北にはあるということを著者はくり返す。侵略に対しては、伝説的な英雄アテルイが、出自のよくわからない安倍氏が、そして東北文化を代表する藤原三代が、「不屈の歴史」を彩る。もちろん、その根底を支えるのは名も無き民たち。

東北に長く駐在した新聞記者である著者が、歩き見て聞いた記録がもとになっている。地元の専門家や研究者の見解をもとに、忘れられた論文を掘り起こし、じつに読みやすく的確な東北史を書き上げた。その文章にも内容にも、今こそ周縁としての「東北」の側に立って考えるべきだという熱い想いが溢れている。

（「読売新聞」二〇一二年三月一一日朝刊）

松岡正剛『3・11を読む 千夜千冊 番外録』（平凡社、二〇一二年）

あの日から五〇〇日がとうに過ぎて、二度目の暑い夏も峠を越えた。それなのに何もできないままに、無駄に日を過ごしている自分が恥ずかしくなるような本が出た。

インターネットで長年にわたって書き継がれている書評サイト「千夜千冊」の「番外録」のなかから大震災、原発、フクシマ、事故、陸奥と東北をテーマとした六〇冊の書籍が紹介されている。あの日の前に出された本も並ぶが、あのあとに書かれた本の数々に驚かされる。そして、そのなかでも原発とフクシマにかかわる書物がいかに多いことか。もちろんそれは著者の選択にもよるが、大震災という自然災害とは別の、福島第一原子力発電所が起こしてしまった大失態を、われわれはおそらく永遠に抱え続けなければならないのだということを表しているように思えるのである。

とり上げた本のなかの一冊をまとめて著者は、「フクシマの原発事故にかぎらず、事故のほとんどは人災である。それを誰も言い逃れすることは許されない」と書き記す。そうである限り、本書にとり上げられた本は忘れることなく読み継がれねばならない。

（「読売新聞」二〇一二年八月一九日朝刊）

赤坂憲雄『3・11から考える「この国のかたち」』（新潮社、二〇一二年）

たった独りで東北学を立ち上げ、各地を歩いて種を蒔き大きな運動体に育ててきた。そして、拠点を東京に移した矢先に大惨事が東北を揺さぶる。その地震と津波と放射能は、東北を完膚なきまでに叩きのめしたが、赤坂憲雄もまた叩きのめされたのではなかったか。自分のせいではないとわかってはいても、東北を離れたとたんの悪夢だったのだから。

政府が設置した復興構想会議の委員となって未来を見据えた提言を行い、新聞や雑誌や講演でさまざまなメッセージを発しながら三陸や福島の各地を見てまわる赤坂の行動からは、東北への哀惜と苦衷の気持ちがにじみ出しているようにみえる。そして今ようやく、何をしなければならないのかが見えてきたのではないかと、本書を読んで感じた。

民俗学や伝承文学など人文研究にかかわる者にとって、大震災とそれ以後にどのように向き合えばいいのか、なんともやるせない思いにかられる。そして本書を読んで教えられたのは、生き残った者と死者たちとの「和解」ということだ。被災地の海辺では数も知れぬ幽霊譚が語られているという。その背景には、なぜ生き残ったのがわたしかという不条理ともいえる思いがあると著者は指摘する。そこから、どのように死者の魂を鎮め、その上で生き残った者は未来へどう踏み出すか、その微妙なところに向き合いながら、「東北学を再建する」道を見いだそうとする。

今も津波に襲われたままに放置された三陸海岸の集落は、「平成の市町村合併で一つになった自治体の周縁部」だという指摘にドキリとさせられる。何度も歩いてきたから見えるのだ。また、地盤が沈み津波に流された沿岸には、いくつものラグーン（潟湖《せきこ》）が出現しているという指摘も、それは日本海側の専売だと思っていたわたしにはとても刺激的だ。しかも、泥の海を直前の水田にもどすのではなく、五〇年後を見据えて、昔の自然にもどそうと著者は言う。まさに人文学からの提言だと思う。

（「読売新聞」二〇一二年一〇月二一日朝刊）

【追い書き】　福島第一原子力発電所の事故については何も取りあげることができませんでした。「読売新聞」だから遠慮していたというような理由ではなく、わたしには取りあげられなかったという情けない理由によります。ここで取りあげている豊かな海を作る活動をなさっている畠山重篤さんは、気仙沼でカキ養殖をする漁師さんで津波で大きな被害を受けた方ですが、二〇一二年から読書委員になられ一年間ご一緒させていただきました。鷹揚で物知りの、魅力的な方でした。

長谷川櫂『震災歌集』を取りあげることについては、読書委員会で反対があり、わたしが担当していた二年間のうちでもっとも大きな議論になり紛糾しました。当事者でもないのに震災を題材とした歌を詠むことに、とくに若い女性の作家たちから反対が出たのです。なかには、「売名ではないか」という驚くような発言もありました。現場を体験していないとか、好きか嫌いかとか、上手か下手かとか、書評本の選択基準とは何かとか、意見はいろいろとありましたが、わたしは震災の直後に短歌が口をついて出たというところの、その「短歌」という表現に興味をもったのです。そこで、反対を押し切ってご覧のような書評を書きました。「心」はどのように表わせるかという問題にゆきつくのかもしれません。

ここに載せた六本以外の、「読売新聞」読書委員として書いた書評のうちの幾本かは、本書のなかの何か所かに散らばっています。また、本幕の最後に、時評的な性格をもつ書評をまとめてあります。

7　震災のなかの遠野と遠野物語

岩手県の遠野市にはさまざまな機会があって三〇年以上通い続け、遠野の人びとにお世話になってきました。その長いお付き合いのなかで、東日本大震災を契機とした遠野市と遠野市民の活動には刮目しました。まるでわが災難のごとくに、遠野人は、三陸の被災地に立ち向かい、さまざまな支援活動を行っています。そうした大震災にかかわる遠野の活動にふれた文章を、敬意をこめて何本か並べました。

柳田国男『遠野物語』

はじめて遠野物語を読んだのは一九六八年、大学三年生の時だった。吉本隆明『共同幻想論』に影響されて、すでに四十数年が過ぎた。それ以来、遠野物語とのつきあいは途切れることなく続き、いつの頃からか文庫本を片手に遠野へ出かけるようになる。自分の生まれ育った三重県の山村に比べればとても開けた土地ではないかというのが最初の印象だったが、遠野通いを続けるなかで、遠野物語に載せられた話を通して、村落の伝承はどのような構造をもって伝えられているか、共同体や国家はどうとらえられるか、古代の伝承と遠野の伝承とではどのような共通性や相違点があるか、というようなことを考えてきた。あくまでも表現世界のなかで、遠野物語をとらえようとしてきたのである。

ところが、3・11の大震災と大津波を契機として、それまでとは違う遠野物語が見えたように思った。それは、話は伝承構造や様式のなかで存在するとともに、土地に根づいて語られる表現でもあるという、ごく当たり前の認識であった。

遠野物語には、釜石や大槌・吉利吉里（吉里吉里）そして山田、今回の津波で大きな被害を受けた地名がしばしば顔をだす。それは、遠野とそれらの土地とは、経済的にも婚姻圏としても緊密につながっているからに他ならない。そのことがよくわかったのは、今回の津波に襲われた直後から、遠野は、行政も民間もこぞって三陸地域の支援活動を開始したことである。また、後方支援の基地となってさまざまな救援隊を受け入れ、現在も文化財復興などの支援活動を続けている。

甚大な被害が出たという情報が入るか入らない時から動き出せたのは、遠野と三陸とのつながりが歴史的な深さをもっていたからに違いない。昔から今まで、遠野と三陸の各地は、何本もの峠道によってつながれ、人も物も往き来していた。そうした日常の蓄積がとても大事だということを、今回の震災は教えてくれた。掛け声だけの「絆」ではないつながりが、遠野物語の伝承群から読めてくるのである。これは、3・11を体験してはじめて理解できたことであった。

もうひとつ、3・11を通して思いがけず読めてきたのは、幽霊のことだった。

遠野物語第九九話には明治三陸大津波の時の話があって、津波に飲まれた女房が、昔好きだった男と海のほうから歩いて来るのに出逢ったという聟の体験談になっている。その聟は遠野の出身だった。

なぜ、津波で死んだ女房が幽霊になって出てくるのか、しかも昔の男と。以前はよくわからなかったのだが、幽霊に会うというのは、今回の津波で行方不明になった人たちの肉親や親戚にとって切実な願望だということを、ノンフィクション作家石井光太氏の「津波の墓標」に教えられた（『読楽』二〇一二年三月号）。石井氏は、津波で家族や親戚が行方不明になっている人たちが、幽霊が出たというと現場に駆けつけてひと目会おうとするという体験を記している。ここに現れる幽霊というのは、懐かしくどうしても会いたい相手なのだ。

遠野物語が死んだ女房と昔の男を語るのは、そうすることが、遺された者にとっては鎮魂になるからではないか。そんなふうに読むのがいいのではないかと思うようになった。

（『文芸春秋』二〇一二年一一月号、特集＝名著再発見　六十歳になったら読み返したい41冊）

遠野の人びとのつながり

すでに三〇年を越えるおつきあいだが、今も年に何度かは遠野（岩手県遠野市）へ行く。お手伝いをさせていただいている遠野文化研究センターの会合だったり、昔話教室での講師だったりするのだが、はじめの頃は、遠野物語を手にふらりと出かけ、レンタサイクルを借りて走りまわっていた。帰りは釜石線と山田線を乗り継いで盛岡に出て、夜行列車で東京にもどるというような遠回りをしながら、岩手県の山間部と三陸海岸の風景を楽しんでいた。

遠野は山深く閉鎖的なところだと思われそうだが、けっしてそうではない。遠野物語を読めば気づくことだが、山深い遠野の人びとは、三〇キロから五〇キロ離れた、三陸海岸の釜石や大槌や山田の人びとと頻繁に交流していた。江戸時代には遠野南部家の城下町として繁栄した遠野は、沿岸地域と内陸地域とを結ぶ交通の要衝であり、それゆえに定期的に市が立ち、物と人と馬とが行き交う「煙花の街」（遠野物語、初版序文）だった。そして、その路を動くのは、目に見える物資ばかりではない。人と人とをつなぐ心が交流し、人が伝える話を移動させもする、それが市であり路であった。

そうした遠野という土地の重要性を改めて思い知らされたのは、あの東日本大震災のあとだった。遠野では、停電のために情報がなく被害状況もほとんど判明しない三月一一日当日から、市の職員や市民ボランティアがいっせいに支援体制を整え、三陸沿岸の市や町に食料や日用品などを届けはじめた。一例をあげると、市民ボランティアと市職員延べ二〇五〇人が、震災の日から二九日間で一四万二四〇〇個ものおにぎりを作って被災地に届けた（『3・11東日本大震災　遠野市後方支援活動検証記録誌』二〇一三年九月、遠野市）。

先日遠野に出かけたおりに入手した、三五〇頁にもなる大部の『記録誌』は、今後の災害支援を考えるための貴重な資料になると思うが、それによると、遠野市は、仮設住宅を準備して被災者を受け入れるとともに、大挙して駆けつけた自衛隊や各地の警察・消防そして多数のボランティアなど、さまざまな支援隊の前線基地の役割を担った。宿泊場所や食料を確保でき、大震災の四年前に整備された道路を利用して沿岸地域と往復できる遠野は、迅速な救援活動を進めるための支援拠点として恰好の土地だったからである。

しかし、もっとも重要なことは、遠野が地理的に好都合な場所にあったということではなく、そこに人が住み始めてから続いてきたであろう、遠野と海岸の人びととのつながりの深さだったとわたしは思う。行動力のある市長の陣頭指揮や道路を含めた地理的な条件も大事だが、それだけでは人は動かない。

あれ以来さかんに口の端にのぼる「絆」だが、にわか作りのスローガンは空回りするしかない。日常的なつながりがいかに大切かということを、つくづくと思い知らされた。

本誌（『ＢＡＮ（番）』は警察官向けの雑誌）の読者のなかには、支援隊としてはじめて遠野に行ったという方もいらっしゃるかもしれない。こんどはぜひプライベートで遠野を歩き、釜石に出て、来年（二〇一四年）四月に全線復旧する予定の三陸鉄道（北リアス線・南リアス線）に乗っていただきたい。

わたしも、すでに一日フリー乗車券を手に入れ、乗りに行くのを楽しみにしている。

（月刊『ＢＡＮ（番）』二〇一三年一二月号「多事雑感」、教育システム）

遠野物語の舞台へようこそ

明治四三年（一九一〇）六月、柳田国男の手になる遠野物語が刊行された。岩手県上閉伊郡土淵村（現、遠野市土淵町）に生まれ育った文学青年、佐々木喜善が覚えていた遠野盆地の伝承を、柳田が聞き書きし整理したのが遠野物語である。それは日本民俗学という学問の誕生を告げる書物だった。

口承文芸研究が深まると、昔話と伝説と世間話は別ジャンルの作品として扱われるのだが、そうした認識が確立する以前に成立した遠野物語には、共同体のなかで語られる伝承の総体がごった煮のように詰め込まれている。たとえば、村の始まりを語る神話も、山男や山女に出遭う体験談も、オオカミ退治や母殺しなどの世間話も、継子いじめの昔話も、すべての話が優劣を付けられることなく列べられている。それが遠野物語の魅力であり、前近代と近代とのはざまに置かれた盆地の小宇宙に生きた人びとの心を、わたしたちはありありと想い浮かべることができるのである。そして、その伝承の舞台は完結した小宇宙でありながら、けっして閉じられた空間ではないということを忘れてはならない。

昨年（二〇一〇年）、「遠野物語」発刊百周年を迎えた遠野では、語り部一〇〇〇人プロジェクトや小学生による遠野物語ミュージカルをはじめ、地元の人びとが中心となったさまざまなイベントが行われてにぎわった。そして今年六月、遠野文化研究センターを発足させて次の一〇〇年に向かおうとしていた矢先、三月一一日に、あの巨大地震が東北を揺さぶり、一〇〇年に一度いや一〇〇〇年に一度の大津波が三陸沿岸を襲った。内陸に位置する遠野も市庁舎が崩壊の危険にさらされるなどの被害があり、せっかく盛り上がった市民活動は水を差された。ところが、大震災で失ったものより何倍も大きな信頼と自信を、遠野の人びとは手にしたのである。

震災のあと遠野に行ったわたしは、復興支援シンポジウムのパネリストであった岩手県上閉伊郡大槌町の職員からこんな報告を聞いた。

町長をはじめ多くの人が犠牲となり、町の大半が流出した大槌町では、高台にある公民館や学校などに避難した人びとへの食料の確保がすぐに問題になった。震災当日の夜、避難所の運営にあたっていたその職員は、焚き出しのための米を手に入れようと、海岸沿いの国道は使えないので今はあまり使われない山道を抜けて遠野に向かう。やっと遠野に着き、長蛇の列のガソリンスタンドに並んでいたら運よく遠野市役所の職員と出会い、彼の機転で順番を飛ばしてガソリンを手に入れ、米も確保して避難所にもどることができた、と。

一方、遠野市では被害の情況がわかるとすぐに（といっても詳細はほとんどわからないまま）、職員や市民がいっせいに支援体制を整え、三陸沿岸の市や町に食料や日用品などを届けはじめた。市の職員は、焚き出しのおにぎりを毎日作り続けて手の皮がうすくなってしまうほどで、震災から一週間で八万個に達したという。

また、被災者を受け入れ、外から駆けつけた自衛隊や各地の警察・消防そしてボランティアなど支援隊の前線基地も設置された。宿泊場所や食料を確保でき、四年前（二〇〇七年三月）に完成した新仙人トンネルを通って沿岸地域と往復できる遠野は、迅速な援助活動を進めるための拠点として格好の土地だった。そして、そうした人と物資とが流通する地域拠点としての位置と役割を、遠野は昔から担っていたから、今回もすばやく対応できたのだ。このことはとても重要なことで、そうしたつながりは、遠野物語に描かれた伝承のいくつかを読んでみるとよくわかる。

二　遠野の町は南北の川の落合にあり。以前は七七十里とて、七つの渓谷各《おのおの》七十里の奥より売買の貨物を聚《あつ》め、その市の日は馬千匹、人千人の賑はしさなりき。（以下、略）

遠野は山深い村だと思われそうだが、けっしてそうではない。江戸時代には遠野南部家の城下町として繁栄した遠野は、沿岸と内陸とを結ぶ交通の要衝であった。

五　遠野郷より海岸の田ノ浜、吉利吉里などへ越ゆるには、昔より笛吹峠といふ山路あり。山口村より六角牛《ろっこうし》の方へ入り路のりも近かりしかど、近年この峠を越ゆる者、山中にて必ず山男山女に出逢ふより、誰も皆怖ろしがりて次第に往来も稀になりしかば、つひに別の路を境木峠《さかひげ》といふ方に開き、和山《わやま》を馬次場《うまつぎば》として今はこなたばかりを越ゆるやうになれり。二里以上の迂路なり。

四九　仙人峠は登り十五里降り十五里あり。その中ほどに仙人の像を祀りたる堂あり。この堂の壁には旅人がこの山中にて遭ひたる不思議の出来事を書き識《しる》すこと昔よりの習ひなり。たとへば、われは越後の者なるが、何月何日の夜、この山路にて若き女の髪を垂れたるに逢へり。こちらを見てにこと笑ひたりといふ類なり。またこの所にて猿に悪戯をせられたりとか、三人の盗賊に逢へりといふやうなる事をも記せり。

今はトンネルが通じた仙人峠は、釜石に抜ける街道の難所であった。それゆえに越後の人までが越える峠道は、不思議にあふれた恐ろしい場所であった。その恐怖は、人びとの口から耳へと伝えられながら、物といっしょに峠道を往き来した。それにしても、第四九話にあるような盗賊がほんとうにいたとすれば、人の往来は相応にあったということになる。

遠野は、四方を山に囲まれた盆地で、どこへ出るにも峠を越えなければならない。第五話にある笛吹峠は、田ノ浜（現、下閉伊郡山田町船越）や吉利吉里（現、大槌町吉里吉里）と遠野とを結ぶ山道だ。仙人峠の北に位置する笛吹峠も、山男や山女に出くわすことの多い恐ろしいところだった。そのため、遠回りになるのを承知で北の境木峠を使うようになったと伝えている。しかし、境木峠を通れば安全かというと、そんなことはない。

三七　境木峠と和山峠との間にて、昔は駄賃《だちん》馬を追ふ者、しばしば狼に逢ひたりき。馬方等は夜行にはたいてい十人ばかりも群れをなし、その一人が牽く馬は一端綱《ひとはづな》とてたいてい五、六七匹までなれば、常に四、五十匹の馬の数なり。ある時二三百ばかりの狼追ひ来たり、その足音山もどよむば

かりなれば、あまりの恐ろしさに馬も人も一所に集まりて、そのめぐりに火を焼きてこれを防ぎたり。（以下、略）

近代になると間もなく絶滅するニホンオオカミが、ここに描かれているような群れを作って棲息していたということは、現実には考えられない。おそらく、旅人たちの恐怖がこうした伝承を語り継いでゆく。そして、それがまた恐れを増幅させ、オオカミや山男・山女に山中で遭遇したという話が遠野物語にはあふれることになる。その「恐怖の共同性」（吉本隆明『共同幻想論』）が、村落共同体を強固に持続させる一因でもある。そして、そうした恐れは村落を超えて人びとをつなぐ役割も果たした。

直線で測ると、海岸の釜石・大槌までは約三〇キロ、宮古までは五〇キロあまり。交通の発達した現在でも、それぞれの土地の人が地域的なつながりを実感できるのはその程度の範囲ではないかと思う。そして、その範囲が前近代の社会では交易圏・経済圏としてあり、また人びとが結婚関係を取り結ぶ婚姻圏にも重なっていた。

今回の大津波があって、明治二九年（一八九六）六月一五日（旧暦五月五日）に襲来した明治三陸大津波の記憶が呼び覚まされているが、遠野物語第九九話には、その時にあったという哀しい話が語られている。

語り手であった佐々木喜善の大叔父にあたる人物が海岸の田ノ浜へ婿に行ったが、大津波で妻子を失い、流された屋敷跡に建てた小屋で助かった二人の子と暮らしていた。そして一年ほど過ぎたころ、夜中に便意を催して外に出ると、「霧の布《し》きたる夜なりしが、その霧の中より男女二人の者の近よるを見れば、女はまさしく亡くなりしわが妻」であった。思わず跡をつけて「名を呼びたるに、振り返りてにこ」とほほえむ。連れの男は自分と結婚する前に妻と噂のあった男である。「今はこの人と夫婦になりてあり」と言うので、生き残った子はかわいくはないのかと言うと妻は少し顔色を変えたが、そのまま二人は山陰の向こうに姿を消した。男は、明けがたまで道ばたでたたずんでいたが思いなおして家に帰り、しばらく病みついたという。

なにか大きな災害や事件が起こったあとに語られそうな話だが、本文を読むと、生者にも死者にも心を寄せて哀切な感じにさせられる話になっている。そして、この話から見いだせるのも、内陸の遠野と海岸の村々とのつながりの深さである。今、流行語のように飛びかっている「絆」という語は、こうした関係にあてはまるのだろうか。

将来を見据えた復興計画や巨額な予算を必要とする事業は国や県が責任をもって推進しなければならない。一方で、きめ細かな目配りや心の通った支援の必要性が、今回の大震災で改めて見なおされたのではないだろうか。そして、遠野物語の伝承に見いだされる日常的なつながりには、新たなかたちで組み立てなおす必要に迫られた現代人への教えが潜められているのではないか。そうした意味でも、遠野物語は今日的な価値をもっていると、わたしは思う。

（原題「遠野——遠野物語の舞台へようこそ」『PHPほんとうの時代』二〇一一年一一月号、PHP研究所）

【追い書き】 遠野に出かけるようになったのは、遠野に出かける人の多くがそうであるように、柳田国男『遠野物語』を読んだからである。遠野物語を読むきっかけは、われわれの世代の多くがそうだと思うが、学生時代に吉本隆明『共同幻想論』を読んだからである。そのためもあって、わたしの最初の著作は、『村落伝承論 「遠野物語」から』（五柳書院、一九八七年）

であった。大学の先輩である小川康彦さんに出していただいた本で、わたしにとってはもっとも思い出の詰まった一冊といってよい。この本はその後、青土社から増補新版を出してもらった（『増補新版　村落伝承論「遠野物語」から』二〇一四年）。吉本がそうであったように、遠野物語と古事記（そして日本霊異記）の伝承群を使いながら、わたしなりの伝承論を展開した本である。

なお、本章の最初に置いた「柳田国男『遠野物語』」と最後に置いた「遠野物語の舞台へようこそ」でふれた遠野物語第九九話に語られている津波の話については、論文「三つの九九話――『遠野物語』と明治三陸大津波」（『立正大学大学院文学研究科紀要』第二八号、立正大学文学研究科、二〇一二年三月）を発表し、その後の大幅な改稿を経て、「九九話の女――遠野物語と明治三陸大津波」と改題した文章を、河合敏雄・赤坂憲雄編『遠野物語　遭遇と鎮魂』（岩波書店、二〇一四年）に収めた。『村落伝承論』ともどもお読みいただけるとうれしい。

8　本を読み、近代に向きあう

前に書いたように、二〇一一年一月から二年間「読売新聞」の読書委員をしていた。そこで取りあげた本のなかから、今もわたしがひとりでも多くの人に読んでほしいと思っている何冊かを紹介したい。そのいずれもが、時代に生きるというようなことがテーマになっており、そこからわたしが、どのように生きるかということを教えられた本たちである。

矢野寛治『伊藤野枝と代準介』（弦書房、二〇一二年）

ほとんどの人は意識する隙もなく時代に流され、いつのまにやら抜け出すことのできない暗闇に引きずり込まれている、そのような時代がほんの七〇〜八〇年前にはふつうにあったことを、わたしたちはほとんど忘れている。大逆事件があり韓国併合があった一九一〇年は、その幕開けの時だったか。それから一三年を経て関東大震災があり、その二週間後、アナキスト大杉栄とパートナーで女性解放運動家の伊藤野枝は、憲兵隊に拘束されて惨殺され、井戸に投げ込まれ埋められた。首謀者は悪名高き甘粕正彦だが、世間は彼の蛮行を賞賛した。二人がたまたま連れていた幼い甥もなぶり殺しにしたというのに。

大杉栄と伊藤野枝（本名はノエ）についての従来の記述に誤りが多いことに義憤を感じていた著者が、

野枝の叔父であり育ての親でもある代準介が書き残した自叙伝や手紙・写真、当時の新聞記事などを丹念に辿り、野枝の生涯を掘りおこす。野枝と姉妹同様に暮らした準介の娘千代子の孫を妻にもつ著者は、いわば身内である。それゆえに身近な情報に接することができたが、一方で身びいきな解釈も含まれているかもしれない。しかし本書には、そうした疑いをはね返して余りあるおもしろさがあり、興味深いドキュメンタリーとして引き込まれ一気に読了した。描き出された大杉栄と伊藤野枝は、国家に対する反逆者であるというのに、時代のなかできらきらと輝いている。

そして感じたのは、時代に流される大衆への恐怖だった。奔放すぎて人びとから排除される者たち、時代にあらがい反抗する者たち。いつもすべてがとは言えないとしても、真実は誰とともにあるのかということをつくづく考えさせられた。そして、わたしがあの時代に生きていたら、甘粕を賞賛する大衆の渦に飲まれていたに違いないという、暗澹たる気持ちに襲われる。東日本大震災以降の不気味な不安を宿した今が、あの時と重なってしまうからだろうか。

（「読売新聞」二〇一二年一一月一八日朝刊）

秋葉四郎編著『茂吉　幻の歌集『万軍』』（岩波書店、二〇一二年）

ここでわたしが取り上げる必要があるかどうか、しばらく思い悩んだ。楽しい読書にはならないかもしれないが、読んでほしいので書く。

日本人が戦いに突っ走り高揚していた時代、斎藤茂吉は昂りながら戦争讃歌を次々に詠み続けた。そのなかから自ら選んで一冊にまとめた歌集『万軍』は、原稿を出版社に渡したところで八月一五日を迎える。その本来なら忘れ去られるはずの歌集が、戦後、一度はこっそりと一度は遺族の許可を得て、謄写版と活字版で刊行されている。今回は、自筆原稿を所持する編著者が完全版として出したのだが、そこには、誤りが多く出版経緯の不明な前二回の出版への義憤、戦争加担者としてなされた茂吉への一方的な批判に対する苛立ち、茂吉短歌への敬愛など複雑な感情が入り交じる。言うまでもなく近代短歌史を考える上で貴重な出版となる本書は、『万軍』成立に至る茂吉の戦争観や戦後の茂吉批判に対する反駁など本歌集をめぐる解説と、所載歌の解釈を加えた歌集の完全翻刻とからなる二部構成で、巻末に自筆原稿の影印を付す。

解説は茂吉に寄り添いすぎる印象があって物足りなさも感じるが、集中砲火をあびた戦後の茂吉批判に対する秋葉の嘆きは理解できる気がした。秋葉の理解を踏まえてわたしなりに言えば、あの時、日本人のほとんどは「茂吉」だったと思うからである。そして、たいそう気味悪く感じるのは、この自由なはずの現代においても、いつ何どきあの時と同じ情況に放り込まれるかもしれず、そうなったら知らないうちに、わたしもあなたも「茂吉」になって、一所懸命、時代に流されているかもしれないということだ。

ところで肝心の歌はどうか。秋葉は戦争歌の頂点と評価するが、『赤光』の代表作「はるばると母は戦《いくさ》を思ひたまふ桑の木の実の熟《う》める畑に」に比べると、「大きなる敵こそよけれ勝ちさびにこのたたかひを貫かむとす」はなんと深みのないことよ、と思うばかりであった。

（「読売新聞」二〇一二年一〇月一四日朝刊）

浅沼圭司『昭和あるいは戯れるイメージ――『青い山脈』と『きけ　わだつみのこえ』』(水声社、二〇一一年)

敗戦を境にして人はどう変わったのか、変わらなかったのか。年齢や職業や立場によって戦争や天皇に対する思いはずいぶん違うらしい。わたしの父は、招集されて中国東北部に送られたのち無事に帰還して「予備役」となり、玉音放送を聴いたのは腹を下して練兵場から家にもどっていた時だったが、戦争が終わったのを知ったとたん元気になり、兵営に私物を取りに行った、と母はいつも笑っていた。

本書の著者は、一四歳で敗戦を迎えた。その時から数年間の思考と体験を、今井正監督の映画『青い山脈』と戦没学徒兵の手記『きけ　わだつみのこえ』(どちらも一九四九年)とをテクストとして語ってゆく。むろん、方法としての語りにこだわり、美学と映画理論を専門とする研究者が、自らの思い出を懐かしむような野暮をするわけがない。本書に登場するのは、一四歳で敗戦を迎えた少年「かれ」と八〇歳を迎えた「わたし」とであり、その二人のことばを絡ませてつづられる「戯れるイメージ」とでも説明するのがよいか。

東北の大きな街で生まれ育った少年は、学制改革後の高校生となり新制大学に進学して東京へ出る。その一年生の時に見たのが『青い山脈』だったが、「かれ」が心を躍らせた映画の、底抜けとも言える明るさはどこからくるのか。直前に行われた学制改革の影響が見えないのはなぜか。若い女教師島崎雪子や校医の沼田にみられる、民主的な思考はいつどのように養われたのか。映画のどこにも戦争の陰が見られないのはなぜか。

湧きだしてくる思いを、「かれ」と「わたし」とが絡まり戯れながらことばを紡いでゆく。同じ年に刊行された『きけ　わだつみのこえ』についても、同じように問い続け、特攻隊員となって散っていった若者たちの心と魂とに迫ろうとする。

相反する二つの作品を絡ませ、二つのことばを絡ませて、四〇年代後半という時代を鮮やかに浮かび上がらせる。読み終えると原節子が見たくなり、DVDを手に入れ鑑賞した。

（「読売新聞」二〇一二年二月二六日朝刊）

平瀬礼太『銅像受難の近代』（吉川弘文館、二〇一一年）

よく知られていることかもしれないが、東京の渋谷駅前広場の銅像・忠犬ハチ公は戦後になって造られた二代目で、一九三四年に建てられた初代ハチ公は不足した金属回収の対象となって供出され、国鉄の浜松工機部で溶解されて機関車の部品になった。四四年のことである。

神戸市の湊川神社（楠木正成を祀《まつ》る）の境内にあった伊藤博文の銅像は、一九〇五年九月七日、日露講和条約の締結を不満として集結した群集に引き倒され、市中引き廻《まわ》しのうえ壊された。伊藤がハルビン駅で暗殺される四年前のことであった。

近代になり、西欧を模倣してさまざまな銅像が建てられ、それぞれの運命をたどった。鋳潰《いつぶ》されたり破壊されたりして姿を消した像は多く、理由もさまざまである。その一体一体の建立の由来とゆくえとを、著者は新聞記事や美術雑誌などを総ざらいするかたちで調べ上げ、同時代の芸術的な評価も加えて丹念に記述する。写真も多く親切な本だ。

わたしの専門にかかわることなのにまったく知らなかったのだが、近代の銅像として最初に造られたのは、日本武尊《やまとたけるのみこと》像だという。それは一八八〇年に鋳造《ちゅうぞう》され、今も金沢市の兼六園に立っている。西南戦争で犠牲になった石川県人を慰霊する目的で造られたというが、だれが日本武尊像にしましょうと言い出したのか。それにしても、下脹《しもぶく》れの童子像が、古代からは隔たった着流しのような姿で立っているのはどうにも噴飯ものである。

一方、東京・上野の山に立つ西南戦争の主役が、銅像には似つかわしくない浴衣を着せられたのは、賊軍の将であったゆえか、はたまた野蛮な熊襲《くまそ》というイメージを付与しようとでもしたか。原型の製作は、かの高村光雲である（犬は別人の作）。

功成り名を遂げたので銅像を造りたいとお考えの方がいたら、発注前にぜひ本書をお読みいただきたい。いつまでも愛され慕われる銅像でいるのは、存外難しいものだということに気づかれるだろう。

（「読売新聞」二〇一一年三月六日朝刊）

松田法子『絵はがきの別府』〔古城俊秀監修〕（左右社、二〇一二年）

神戸を出た客船のデッキから夕陽を眺めながら瀬戸内海を西に向かい、朝早く別府港で待っていた亀の井バスに乗り、やさしいガイドさんに案内されて地獄めぐり。バスの中では、大ヒット中の舟木一夫「高校三年生」と「修学旅行」の大合唱——ほぼ半世紀も前の、わが修学旅行をなつかしく想い出しながら本書を手にした。

別府の絵はがきを一万枚も所有する古城俊秀氏のコレクションから六〇〇枚あまりを選りすぐり、若い研究者が、内容に従って分類し解説を加える。本の小口と天地を赤く染めた怪しげな装いが、古めかしい写真にとても合う。絵はがきに遺された時代は明治末期から昭和初期、同じ場所を写した写真でも町並みは変化しており、活気のある温泉街の雰囲気をよく伝える。

古い絵はがきの楽しさは、映り込んだ風景のなかに思いもよらぬ発見があることだ。通りを歩く男は背に大きなトランクを背負い、旅館の看板にビリケンホテルの文字がある。木造のはずの三階建て四階建ての巨大旅館が並ぶ。湯船の中の写真は、どれも男や女で大混雑（やらせではないと思うが、こんなだったのか）。

人物がポーズをとって澄ましている写真ではなく、自然の町並みを写した風景に時代が封じ込められる、車にも電車にも服装にも。それが絵はがきの魅力なのだと改めて気づいた。

もちろん本書は、なつかしい別府だけを見せたいのではない。温泉の町がどのように発展しどう変容したかを跡づけようとする学術的な本でもある。しかし著者の意図とはべつに、個々の絵はがきは自らを鮮烈に主張する。

つい先日、文化審議会が「別府の湯けむり・温泉地景観」を重要文化的景観に選定するように、文部科学相に答申したという記事を目にした。なるほど、別府という温泉地は、文化的景観と呼ぶにふさわしいところだと思った。

（「読売新聞」二〇一二年七月三日朝刊）

亀井芳恵『女相撲民俗誌　越境する芸能』（慶友社、二〇一二年）

「男は度胸、女は愛嬌」が理想とされる社会にあって、男をしのぐ力を持ってしまった女はどうなるか。さげすみや憐憫のこもった視線を浴びるしかないというのは、男社会における彼女たちの宿命かもしれない。その象徴的なパフォーマンスとして本書で取り上げられるのが、女相撲（興行と民俗行事との二類）と女子プロレスである。そのいずれにおいても、著者が注目するのは、女性が演じ手であることによって生じる、観る・観られるという関係性である。

地域の祭礼などで行われる女相撲は、東北と九州の各地に多く伝えられている。民俗学的には「雨乞い」に結びつく習俗とされ、それは、女のもつ霊力が雨を降らせるとか女が相撲をとるという「象徴的逆転行為」が雨を呼ぶとか説明される。ところが著者は、信仰と結びつけるよりも余興的な芸能として行われる事例が多いと指摘する。女たちが興行女相撲に親しむことで、その華やかさ、艶やかさに魅了され、「見る側から演じる側へと気持ちがゆらぐ一瞬」があることを、著者は見逃さない。そうした演じ手と観客との関係、両者の交替という視座が、堅苦しそうにみえる研究を魅力的にする。

江戸時代から記録のある興行女相撲や戦後にはじまった女子プロレスの場合も、観る・観られるという関係性は変わらない。しかもそこには、男たちの好奇な視線がより強く表れる。江戸時代には盲人を相手にした女相撲が評判を呼び、女子プロレスの場合はエンターテインメント性を強くする。男子プロレスの立役者である力道山が女子プロレスを快く思っていなかったことに対する著者の説明もよくわかる。

すでに古く『日本霊異記』には力女の説話が語られ、『続日本紀』によれば朝廷は諸国から「力婦」

を集めていた。それら力持ちの女たちの背後には、どこかもの悲しげな気配が感じられるのだが、いつの時代もそれは、越境する者たちに注がれる眼差しに起因するらしい。

（「読売新聞」二〇一二年一二月二三日朝刊）

佐宮圭『さわり』（小学館、二〇一一年）

天才的琵琶奏者の波瀾バンジョウの物語という駄洒落が口をつくほど楽しんだ。ただし、天才的琵琶奏者という説明は、「彼女＝彼」の人生のごくわずかを言い当てているに過ぎない。

明治四四年（一九一一）北海道に生まれ、大正七年（一九一八）父の死を契機に兄の住む東京に出た鶴田菊江は、兄の勧めで、大正時代の大衆娯楽文化を代表する琵琶を始める。稽古嫌いなのに天才的な能力を発揮し、数年後には小学生ながら弟子をとり、一家を支える。信じられないだろうが、後の彼女の歩みを知ると、納得していただけるはずだ。

上田や高崎に居を移したあと、昭和四年（一九二九）に活躍の場を東京に求め、同八年二二歳で弟子と結婚するも夫の浮気で二年あまりで離婚、生まれた二人の子は手放す。それと同時に人気が下降しはじめた琵琶を離れ、喫茶店経営を手始めとした水商売で成功し実業家へと転身。だが、数年後ふたたび琵琶にもどると海軍省委嘱の大陸慰問団に加わり、中国各地を回るなどして終戦を迎える。

旺盛な活動は止むことがなく、敗戦三日後には温泉地別府に乗り込み、占領軍相手のダンスホールやキャバレーを経営して大成功、四〇歳を迎えた昭和二七年（一九五二）には東京に進出。それを機に「女」

を捨てるとともに事業を拡大し、経営する高級ナイトクラブには有名人たちが通う。ところが三〇年、またも琵琶の世界にもどり、その三年後には鶴田錦史と名を改めて本格的に琵琶の演奏活動に入り、三九年春、新進作曲家武満徹に請われて映画「怪談」の挿入曲を演奏する。この出会いが、四二年(一九六七)にニューヨークで大評判となった「ノヴェンバー・ステップス」の初演へとつながる。この伝説的な演奏は、武満徹と鶴田錦史、そして指揮者小沢征爾を世界に知らしめることとなる。

そのうち映画かTVドラマになる本だと思うが、大雑把な足跡を辿るだけで紙幅が尽きた。これで皆さんに、鶴田錦史のとてつもない生涯と近代の琵琶人気の高揚とを描いた本書のおもしろさが伝わるだろうか、書評はむずかしい。

(「読売新聞」二〇一一年一月二三日朝刊)

猪飼野の歴史と文化を考える会編『ニッポン猪飼野ものがたり』(批評社、二〇一一年)

一九五〇年代半ば、祖父に連れられて大阪の親戚へ遊びに行く時の、近鉄から省線に乗り換える鶴橋駅の人込みの凄さを、今もよく覚えている。ただしそこが猪飼野に接した場所だというのはずっと後に知ったことで、わたしにとって猪飼野はまったく未知の空間である。そこで、大きめの地図をわきに置いて本書を読んだ。

大阪市の生野区と東成区にまたがる、もっとも大きな在日コリアンの居住区のひとつ。しかもその歴史は五世紀にまで溯る、由緒正しき渡来人の世界である。日本書紀・仁徳一四年の記事に「猪甘《ゐかひ》の津」があり、そこは大阪湾に張り出した台地に造営された難波の宮(中央区)の東南に位置する入江の船着場だった。古代の行政区画では、摂津国百済《くだら》郡に含まれる。中世以降の記録には猪飼野という地名で登場するそこは、近代になると、済州島の人びとが多く渡来し居住する地になった。当然、差別や搾取の歴史が根深く存在するが、韓流ブームの影響もあり、現在では繁華なコリアンタウンとして人びとを惹きつけて止まない。

すでに三〇年ほど前、行政地名としての猪飼野は消えたが街は今も元気だ。その長く深い喜怒哀楽を秘めた猪飼野の今昔を、多彩な人びとが語る。古代から近世にかけての猪飼野の歴史、近代における渡来のなりたちから戦後のすがた、現在の街のにぎわいと変貌。本書には、猪飼野のすべてと熱い想いとが詰め込まれている。

作家・梁石日《ヤンソギル》へのインタビュー、松下幸之助・司馬遼太郎を横綱、折口信夫・田畑義夫を大関に並べた「猪飼野ゆかりの著名人番付」、渡日女性への聞き書き、いくつもの体験談や生活記録、どこを読んでも驚くことばかり。パナソニックも焼肉も猪飼野からはじまったし、ヘップサンダル（初耳のヘップはオードリー・ヘップバーンの略）のほとんどは猪飼野で作られていた。

機会があったら鶴橋駅で降り、コリアンタウンを歩いてみたいと思わせる、そんな本だ。

（「読売新聞」二〇一一年四月一七日朝刊）

朴一『僕たちのヒーローはみんな在日だった』（講談社、二〇一一年）

テレビ放送が始まって間もない一九五〇年代半ば、力道山というプロレスラーに日本中が熱狂した。

ところが彼はあっけなく死ぬ。六三年のことだ。その頃には、プロレスがショーであることを知っている人は多かったが、力道山の出自を知っている人は、ほとんどいなかった。

言うまでもないが、出身を隠さなければ、日本人のヒーローにはなれなかった。隠したのは、相撲取りになるために一五歳で日本に渡った力道山だけではない。数多くのスポーツマンや芸能人が、在日コリアンであることを隠して活躍する。重ねて言うが、差別がひどかったからである。

いや、今も差別は解消されていないから、公表していない人はたくさんいる。今から十数年前の九八年、一八歳で日本国籍を取得した自民党の国会議員・新井将敬氏が自死しなければならなかったのも、在日ゆえの差別が根底に存在したからだと著者は言う。

最近では、在日であることを公言したり民族名を名乗る有名人もいるが、まだまだ少数派だ。いつになったら、自らの出自や国籍などを隠さなくていい社会が作れるのだろう。

（「読売新聞」二〇一一年七月一〇日朝刊）

丸山健二『眠れ、悪しき子よ』上下（文芸春秋、二〇一一年）

五五歳で早期退社し、日本海に面した生まれ故郷を見下ろす天野《あまの》村の村営住宅を終の住処に選び、買い集めていた哲学書を読みながら、自由な時間を過ごす。そう願った「私」の、自己崩壊の物語というふうにまとめると単純すぎるか。

五戸並ぶ住宅の南端に「私」は住み、反対の端には、この上なく善良で悠々自適の老後を送る吉野さん夫妻が、まん中には「都美都生」（「私」は勝手にツミトイキルと読む）という名の二五歳の好青年が住み、二戸は空家だ。二五年前の、別れた妻にできた子を堕胎させた負い目を消せない「私」は、イキルの年齢に敏感になる。いつしか自分の子ではないかとさえ思ってしまう。

村に移住した「私」は、自分が、教師だった父が教え子に生ませた子であることを知る。それを知ったのは、兄夫婦の厄介者となった寝たきりの母が「私」を罵倒した言葉と、糖尿病を悪化させて自殺幇助を頼んできた旧友の宣告によってだった。その事実に「私」は叩きのめされ、その頃から周りにはただならぬ気配が漂いだす。

平穏なはずの「私」の近くで、消えてほしい母が、旧友が、ケンカ相手のヤクザ者が、次々に死ぬ。そこにはいつも、影のように見え隠れするイキルがいる。そしてついには、イキルの行動が「私」の行動のようにも思えてくるのだ。

どこに進むのか見当もつかなかった小説が、恐怖感たっぷりのサスペンスの様相を呈し、イキルが「ジキル（ジーキル）」という名前と重なる。とすると「私」はハイドなのか。いや、イキルはハイドで「私」がジキルか、それとも別人。

人の心の善悪について、全六〇〇頁の一頁一七行をすべて、素数の二・三・五・七行からなる四段落に揃えて埋め尽くす手法に圧倒される。文庫化を拒否して仕掛けた、著者の意図は何か。行数だけではない、住宅の戸数や殺される人数にもみられる素数の意味、イキルと「私」との関係、現実と夢想とを往き来するような語り、それらを解ききれない自分の読みがもどかしい。

（「読売新聞」二〇一一年六月一九日朝刊）

田中慎弥『共喰い』（集英社、二〇一二年）

舞台は海辺にある地方都市、時は昭和六三年七月、主人公は一七歳の誕生日を迎えたばかりの篠垣遠馬《しのがきとおま》という少年。読み進めると、今から二三年前の出来事にしては、描かれる世界がずいぶん古くて懐かしい感じがしてくる。適切な比喩になっているかどうかわからないが、中上健次の小説を読んでいるような気分である。

そこからなおも進むと、おそらく「父殺し」がテーマになるはずだと思わされる。父と似ていると感じた時に高校生が抱く嫌悪感は、わたしにも覚えがある。ましてや遠馬にとって、性交渉の最中に相手に暴力を振るうという倒錯的な行為を繰り返すことで快感を味わう父親の、その血を受け継いだ自分への忌まわしさを意識した時、それを克服する唯一の手段は「父殺し」しかないはずだと思うからだ。ところがこの小説は、そのように進もうとはしない。

遠馬は、父親の円《まどか》と、その妻の琴子《ことこ》という女と三人で住んでいる。遠馬を生んだのは仁子《じんこ》と言い、倒錯的な性癖をもつ円を嫌って、生んだ子を置いて家を出たが、すぐ近所で独りで魚屋を営んでいる。空襲で家を焼かれて下敷きになった時に右手首を失い義手を着けているが、上手に魚や鰻を捌くことができる。そこに遠馬はしょっちゅう出入りし、前の川で父のために鰻を釣る。この生みの母の存在感がとてもよい。義母にあたる琴子の感じも、琴子と仁子との微妙な関係もよくわかる。描写力のある作家だ。

遠馬には一つ年上の恋人会田千種《あいだちぐさ》がいる。性的な関係をもつが、恐れていた通り父と似た行為に及んだために絶縁状態になっている。そんな折の夏祭りの日、危ういながらもかろうじて保たれていたバランスが、一気に崩壊する。

ずいぶん売れているようだが、暴力的な性描写が多く、読者を選ぶ小説ではないか。ただ、だれが読んでも逞しい母たちの姿は印象深く刻まれるに違いない。そして、男たちが自立できないのはそのせいかもしれないと思わされる。

（「読売新聞」二〇一二年三月四日朝刊）

あとがき

本書には、ほんの数行の短文から原稿用紙二〇枚ほどの論考まで、八十数本の読み物を収めている。そのうち、旧世紀に書いた数本をのぞくと、あとはすべて二〇〇三年以降に発表した文章だ。

じつはわたしは、二〇〇二年六月に文芸春秋から『口語訳　古事記［完全版］』という本を出したのだが、これが予想外の評判となって原稿依頼が多くなり、さまざまなメディアにも露出しはじめ、堅実であるべき古事記研究者としてはいささか奇妙な立ち位置に連れ出されることになった。しかも、古事記という作品はある意味で危険な来歴をもって存在することもあり、わたしは、みずからの発言から曖昧さを極力、排除するように心がけた。

正確にいえば、古事記が危険というのではなく、古事記を取りあげる人たちのなかに怪しげな奴ばらがいて、変なふうに古事記を利用しようと企んでしまうのである。戦前にというだけではなく、今も、うさん臭い奴ばらは隙を狙っている。そういうなかで、古事記ブームとやらの火付け役になってしまったわたしはブームに対する責任を感じ、依頼があるたびにしゃしゃり出ては、〈正しい〉古事記について書いたり話したりすることになった。そのためには曖昧さは許されず、発言はおのずと挑発的になっていったのである。

しかも、わたしが火を付けた古事記ブームは、二〇一二年が編纂一三〇〇年のメモリアル・イヤーにあたるというので、二〇一〇年頃から一層燃え上がることになった。研究者としては、古事記「序」はあとで付けられたもので、七一二年に古事記が撰録されたというのは嘘だと吹聴してまわりながら、一三〇〇年イベントにはちゃっかり顔を出すというありさまで、もっともいかがわしくてうさん臭い奴ばらはおまえではないか、と世間から後ろ指を差されているのを自覚しつつ、古事記の保護者を任じてきた。今もその姿勢は変わっておらず、そうした立場が、本書に収めた文章のところどころに顔を覗かせている。そのことも、二〇〇三年以降に書いた文章が多くなった理由だ。

また、八十数本のうちの半分以上を二〇一一年以降に書いているのだが、それは、古事記一三〇〇年問題に便乗したことに加えて、二〇一一年一月から丸二年、「読売新聞」の読書委員を務めており、本書には、そこで書いた書評を多く掲載しているという理由もある。

二〇一一年というと、多くの方がそうだろうが、三月一一日の東日本大震災を意識しないわけにはいかない。わたしもその一人で、書評にもそれ以外の文章にも大震災は少なからず翳を落としている。とくにわたしは、遠野物語をご縁に長くお付き合いのある遠野市を通して、三陸海岸を襲った大津波と向きあっていた。遠野市は、行政も市民もこぞって、三陸支援の拠点として大きな役割を担い活発に活動していたのである。その動向を見聞きしたり、震災後の三陸沿岸をたずねたりしながら、あらためて遠野物語という作品と遠野の人びとについて考えさせられた。

そのようなことも、本書のところどころに反映している。

今年八月、いつもの遠野物語フォーラムを終えて釜石に出たわたしは、不通のままの山田線に沿って路線バスで北に向かい、宮古からは三陸鉄道北リアス線に乗って久慈へ、そこからJR八戸線で青森県八戸市まで北上した。震災後に宮古から北へ行ったのははじめてのことで、すっかり風景が変わってしまった田老町（宮古市）を歩きまわったり、美しい海岸線の景色に見入ったりした。険しい崖の続くリアス式海岸に包まれて走る北リアス線は、長いトンネルを抜けると狭い浜があり、集落は、駅舎と海岸とのあいだの限られた平地に固まっているのだが、今も更地の目立つ駅前には巨大クレーンが空に向かって立っている。前に通った時とはまったく違う風景だった。

二〇代前半にめぐり会った古事記と遠野物語は、今もこんなふうにしてわたしのなかにあり続ける。どちらもとてもありがたい出会いであった。感謝するしかない。

もちろん、ほんとうにお礼を言わなければならないのは、二つの作品を仲立ちとしてさまざまな機会にお付きあいくださった、たくさんの方がたに対してである。渡り歩いた四つの勤務先の教員・職員の方がた、学会・研究会で鍛えあった方がた、出版や新聞・放送などを通してご一緒くださった方がた、各地の興味深い企画に招いてくださった地域活性化をめざす方がた……。それからそれからと挙げだせばきりがないが、退屈だったであろう授業を聴いてくれた年々の学生のみなさんには、感謝とともにお詫びも必要だ。

わが家族や親族も含め、お世話になりお付きあいいただいたすべてのみなさま、そして誰よりも、わたしの拙い書き物をお読みくださっているみなさまに、心よりの感謝を伝えたい。

ほんとうにありがとうございました。

本書は、近ごろいつも厄介になっている青土社の菱沼達也さんの手をわずらわせて陽の目を見ることになった。今回はとくに、わたしの作りたい本をというので、かなり無理なお願いをした。それがこのように贅沢なかたちで実現することになり、お礼のことばが浮かばない。

ことばの代わりに、必ずや初刷を売りきって増刷へともってゆく所存である。本書を手にとってくださったみなさま、どうぞご協力くだされたく。

装幀をお願いしたクラフト・エヴィング商会のおふたりには、再登板のお礼を申しあげる。

本書ははじめ『風塵帖』と名付けられる予定であったが、紆余曲折ののちにこうなった。「コジオタ」については本書二九頁を参照いただきたいが、的確に内容をあらわしたいい書名である。

この夏めでたく七〇歳の誕生日を迎え、来春三月には教員生活から足を洗う。よくぞここまでと感慨にふける気分はまるでなく、授業の準備や試験や成績付けと縁が切れるので心底ほっとしている。

このあと何年、元気に過ごせるかはわからないが（基礎年金の繰り下げ支給を選択したので、八二歳まで生きないと元をとれないのだが）、だれにも気がねせず（とはいえ無慈悲な相手もいるが）、やり遺した仕事をきちんと片づけてから、さようならを言いたい。

あとしばらくはよしなに。

三月を指折並《かがな》べて冬立ちぬ

二〇一六年霜月　　　　三浦　佑之

人名索引

＊本書に引いた人物を網羅的に取りあげたが、小説中に登場する人物については取捨選択した。

＊神仏名については取りあげていない。神と人との区別は、古事記の上巻と中下巻とを基準とし、初代天皇以降は人とした。

カ行

サ行

タ行

ナ行

ハ行

マ行

ヤ行

ラ行

ワ行

作品名索引

＊本書に引用した作品（書物のほか、展覧会・TVドラマ・祭儀・演劇・絵画など諸ジャンルを含む）を網羅的に取りあげた。
＊文字による作品以外の諸作品に関しては、【　】にジャンルを注記した。
＊タイトルに付けられた副題は省略した場合がある。

サ行

タ行

ナ行

ハ行

マ行

ヤ行

ラ行

ワ行

著者　三浦佑之（みうら・すけゆき）
1946年、三重県美杉村（現・津市）生まれ。成城大学文芸学部卒業、同大学院博士課程単位取得退学。共立女子短期大学、千葉大学を経て、立正大学教授。古代文学を専攻し、伝承・昔話や地方の言語などを多岐にわたり研究。1987年に『村落伝承論』（五柳書院）を著し第五回上代文学会賞受賞。2002年に古老の語り口調で訳した『口語訳古事記』（文藝春秋）で第一回角川財団学芸賞受賞。そのほかの著作に『古代研究』、『増補新版　昔話にみる悪と欲望』（以上、青土社）、『古事記、再発見。』（KADOKAWA）、『風土記の世界』（岩波新書）、『古事記を旅する』（文春文庫）、『日本霊異記の世界』（角川選書）、『古事記を読みなおす』（ちくま新書）など多数。

古事記学者《コジオタ》ノート
神話に魅せられ、列島を旅して

2017年1月20日　第1刷印刷
2017年1月30日　第1刷発行

著者——三浦佑之

発行人——清水一人
発行所——青土社
〒101-0051　東京都千代田区神田神保町1-29　市瀬ビル
［電話］03-3291-9831（編集）　03-3294-7829（営業）
［振替］00190-7-192955

印刷所——ディグ（本文）
方英社（カバー・表紙・扉）
製本——小泉製本

装幀——クラフト・エヴィング商會

ISBN978-4-7917-6968-1　C0095